모든 복은 소년에게

모든 복은 소년에게

정철훈 장편소설

문학동네

차례

레닌도서관의 개

나는 반쯤은 연구 목적으로, 반쯤은 나 자신도 딱히 이해할 수 없는 다른 이유들로 인해 모스크바에 머물고 있었다. 크렘린궁에서 그리 멀지 않은 러시아 국립 레닌도서관이나 옛 공산당중앙위원회 아르히프(고문서보관소)에 틀어박혀 온종일 자료를 찾느라 마음은 마음대로 몸은 몸대로 바빴다.

레닌도서관의 육중한 문은 안과 밖을 완벽하게 차단해주었으며 실내의 적막은 높이 솟구친 천장까지 가득 채워져 있었다. 현관 입구의 웅장한 아치홀을 지나 지하 계단을 밟고 3개 층을 내려가면 아르히프였다. 일반 열람실 출입은 신분증 제시만으로도 얼마든지 가능했지만 아르히프 출입은 매우 까다로운 편으로, 대학원생 신분증과 교수 추천서를 지참해야 했다. 그때는 페레스트로이카 바람을 타고 공산 시절 비밀문서들의 해제가 이루어지고 있었다. 그것은 1991년 4월 26일자로 보리스 옐친 대통령이 서명한 '탄압받은 민족의 복권에 관한 러시아연방 법률'에 따라 이루어진 조치였다. 하지만 실제로 비밀해제문서를 손에 넣기란 여간 어려운 일이 아니었다.

비밀해제문서는 스탈린 통치 시기에 자행되었던 극동지역 한인들의 강제이주와 관련된 구소련 당국의 명령서들을 포함하고 있었다. 그건 내 연구논문인 「재소한인 강제이주에 관한 디아스포라적 의미」를 작성하는 데 있어서도 빼놓을 수 없는 자료였다. 지도교수인 블라디미르 표도르비치는 국립 모스크바 대학을 수석 졸업한 인물로 학계의 최고 영광인 레닌상을 수상한 역사학계의 명망가였다. 그가 내게 부과한 탐구 범위는 논문 주제를 훨씬 벗어나 스탈린 시절의 거의 모든 소수민족 탄압으로 확대되었다. 블라디미르는 논문 주제의 깊은 내면세계로 몰입하기 전, 먼저 그 시대의 유물론적 세계를 성찰해야만 역사의 영혼을 장악할 수 있다고 말하곤 했다.

비밀문서 해제는 학계는 물론 정계에도 민감한 이해관계를 촉발시켰다. 비밀해제된 문서 목록이 학계에 통보되자 이를 한시라도 빨리 손에 넣고자 하는 경쟁이 암암리에 불붙고 있었는데, 문서의 내용에 따라 정적에 대한 견제력을 확보할 수 있었고 때로는 정적에게 치명적인 일격을 가할 수 있는 메가톤급 폭로전이 얼마든지 가능했기 때문이다. 그러니 정계에서도 자연히 학계 쪽에 선을 대고 있는 경우가 허다했다. 어떤 아르히프는 특정 교수의 추천장 없이는 아예 접근 자체가 불가능했는데, 하루가 멀다 하고 내가 아르히프를 들락거렸던 것도 이러한 이해관계에서 자유로울 수 없었다. 비밀 등급에서 막 해제된 따끈따끈한 문서들을 근거로 논문을 작성할 경우, 학위심사에 결정적인 작용을 할 것임은 물론 그 문서가 포괄하고 있는 다른 문제에 대한 접근도 용이해질 수 있기 때문이었다.

복사 시설이 낙후한 탓에 오전중에 복사를 맡겨도 도서관 문 닫기 직전에야 겨우 찾을 수 있었지만, 모든 일이 그렇듯 예외는 있었다. 그건 복사실 직원에게 몰래 급행료를 건네는 것인데, 그러면 두어 시간 안에 너끈히 필요한 자료를 손에 넣을 수 있었다. 많은 열람자가 한꺼번에 몰리는 바람에 한 번 신청에 서른 장 이하로 복사가 제한되었으나 모든 규칙이란 깨지기 위해서 만들어졌다는 것을 방증이라도 하듯 1달러 서너 장을 건네면 책 한 권 분량까지 원하는 만큼의 문서를 복사할 수 있었다. 그건 레닌도서관의 오래된 관행 가운데 하나였다. 블라디미르는 공산 시절 레닌도서관의 웃지 못할 비화에 대해 말해준 적이 있었다.

유대계 러시아인에 대한 스탈린의 인종차별은 거의 병적인 수준이었다는 것이다. 유대인에 대한 비호감으로 신경쇠약증까지 앓을 정도였던 스탈린은 차르 당시 사회적 지위와 부를 거머쥐었던 유대계 러시아인을 탄압하기 시작했다. 유대계 러시아인들은 재산을 포기한 채 국경 너머 유럽을 향해 목숨을 건 탈출을 시도해야 했다. 미처 소련을 탈출하지 못한 유대계 러시아인들은 강제수용소로 보내졌지만 그 가운데서도 귀족 출신 유대인은 따로 분류해 레닌도서관에 쓸어넣어버렸다는 것이다.

이른바 유대인 식자층은 대부분 햇볕이 들어오지 않는 도서관 지하의 아르히프에 배정되어 근무했는데, 그들은 난해하기 이를 데 없는 러시아 고어를 해득할 수 있을 만큼 고도의 교육을 받은 지식인이었다네. 그들에게는 난필에 가까운 수기(루코피시)나 고문서를 읽고 분류하는 작업이 주어졌지. 그러나 그들은 상황을 역전시켰다네. 지하 아르히프에 배치된 그들은 나름의 수칙을 만들어 문서들을 분류해갔고, 시간이 흐름에 따라 이들이 부여한 문서 번호와 코드가 없으면 도서관장조차 문서를 찾을 수 없는 지경에 이르렀던 거야. 이들은 아르히프를 서서히 장악해갔고 때로 고위층에게 사례금을 받고 문서를 복사해준다는 소문이 나돌았지. 비밀문서를 손에 넣으려는 고위층은 살벌한 권력 투쟁에서 낙오되지 않기 위해, 또한 경쟁자의 오점을 잡기 위해 혈안이 되어 있었는데 정적들이 공식의 이름으로 하달한 명령서나 서명이 들어 있는 개인 편지 등을 확보하기 위해서는 이들 유대인에게 뒷돈을 쥐여주지 않을 수 없었던 게야. 그들은 지하 아르히프의 유대인들을 도서관의 개라고 불렀다네.

블라디미르는 비화를 들려주면서 세상이 아무리 바뀌어도 지식인은 좌에 붙든 우에 붙든 써먹을 데가 있다는 말도 잊지 않았다. 그게 지식인의 운명일 거야, 라고 말하던 그의 눈동자가 잠깐 흔들렸던 것도 같다. 문서 해득 능력은 과거의 진실에 대한 장악을 의미하므로 현실적으로도 그 영향력을 무시할 수 없는 실체인 것이지, 라고 블라디미르는 말했는데 항간에는 블라디미르 역시 도서관의 개들과 연줄을 대고 있을 거라는 소문이 나돌았다. 도서관의 개에 대한 그의 논평을 들어보면 늘 비호 발언으로 결론이 나곤 했기 때문이다.

난 도서관의 개라는 말을 들으면서 속으로 러시아에 새로운 견유학파(犬儒學派)가 등장했네, 라고 생각했다. 내 딴에는 도서관의 개보다는 견유학파라는 말이 더 어울린다고 느껴졌던 것이다.

견유학파라는 명칭은 그리스의 철학자 안티스테네스학파가 부흥했던 아테네의 키노사지(Kynosarges) 지역에서 발원한 '개 같은 생활(kynicos bios)'이란 말로부터 생겨났다는 것을 어디선가 읽은 적이 있다. 행복은 유덕한 생활에 있으며, 유덕한 생활이란 외적 조건에 좌우되지 않는 생활인 동시에, 강인한 의지로 욕망을 억제하는 것에 의하여 달성될 수 있다는 것이 이 학파의 가르침이었다.

그들은 지극히 간소하고 자연에 가까운 생활을 유지하면서 문명사회의 관습과 제도를 무시한 채, 걸식을 하기도 했다. 가진 것이라곤 남루한 옷과 지팡이, 목에 거는 주머니에 나무통을 집으로 삼아 살아가는 이 거지 철학자들은 스스로를 '개 같은 디오게네스'라고 불렀다. 그들은 '아무것도 필요로 하지 않는 것이 신의 특징이며, 필요한 것이 적을수록 신에 가까운 자유로운 인간'이라는 말을 입버릇처럼 되뇌었다. 알렉산더 대왕이 거지처럼 살고 있는 디오게네스에게 필요한 게 무엇이냐고 물었을 때 햇빛이나 가리지 말아달라고 했다는 말은 얼마나 유명한가. 대낮에 디오게네스는 등불을 켜 들고 '인간은 어디에 있는가'라고 외치면서 거리를 방황했다고 한다. 견유학파는 로마제국이 도덕적으로 타락하였던 1세기경에 융성하였다고 하니, 블라디미르 교수가 말한 도서관의 개들은 스탈린 시대의 또다른 디오게네스에 비유될 수 있을 것이다. 스탈린 시대만큼 로마 시대도 독재의 그늘 아래 신음하는 민중들이 있었던 것이다.

나는 복사를 맡겨놓고, 기다리는 시간이 지루한 나머지 다리 운동 삼아 계단을 오르내리거나 혹은 잡지 코너에서 각종 정기간행물을 탐독하곤 했다. 도서관 옥상에 전망대라도 있었다면 시가지를 조망할 수도 있었을 것이나, 레닌도서관은 크렘린 담장에서 직선거리로 2백미터밖에 떨어지지 않은 탓에 보안을 이유로 옥상으로 통하는 문에는 어린아이 머리통만한 자물쇠를 채워놓았다. 복사물을 기다리는 동안, 좌든 우든 붙어먹게 마련이라는 지식인의 운명을 떠올리며 블라디미르는 과연 어느 편일까, 대체 견유학파는 어떻게 생겨먹은 인간일까 궁금했다. 3년 넘게 레닌도서관을 비롯해 중앙공산당문서보관국, 10월혁명 국립중앙문서보관국, 러시아 대외정책문서보관국 등을 드나들며 비밀해제문서들을 열람하고 다녔지만 블라디미르가 말한 도서관의 개는커녕 개의 꼬리조차 보이지 않았다.

블라디미르 교수가 도서관의 개에 대해 들려준 다음부터 난 레닌도서관에 갈 때마다 사서나 일반 직원들을 면밀히 살펴보곤 했다. 그러던 어느 날, 복사실에 문서를 맡겨놓은 후 점심식사를 하기 위해 천천히 지하 식당으로 내려갔다. 식당은 꽉 들어찬 사람들로 인해 후텁지근했다. 한 손에 포크와 숟가락을 들고 한 손에는 식수를 받기 위한 빈 컵을 든 행렬이 길게 늘어서 있었다. 좀체 줄지 않는 행렬 가운데 끼어 있는 게 무료한 나머지 고개를 이쪽저쪽으로 돌리며 사람들을 관찰했는데 내 앞쪽 20미터쯤 떨어진 곳에서 식판을 들고 서 있는 한 사내가 눈에 들어왔다. 칠순이 족히 넘어 보이는 사내는 갸름한 턱선과 도톰하게 나온 이마가 어딘지 모르게 소년 시절의 모습이 남아 있는 듯했고, 두 눈동자는 촉촉이 젖어 고개를 흔들기만 하면 눈물이 뺨으로 흘러내릴 듯 보였으며, 짧게 기른 인중의 수염 아래로 입술의 윤곽이 더욱 도드라져 보였다. 젖은 눈 속에는 어딘지 쓸쓸해 보이는 빛이 머물고 있었다.

난 옥수수수프 한 주걱과 흑빵 두 조각을 식판에 담은 뒤 빈자리를 찾으려고 주변을 둘러보았다. 마침 한 무리의 사람들이 거의 동시에 식사를 마치고 일어났다. 테이블에 다가가 식판을 내려놓는데 아까 본 사내가 거의 동시에 맞은편 자리에 식판을 내려놓고 의자를 끌어 당겨 앉았다. 그가 내 눈길을 끌었던 건 다음 동작이었다. 그는 손수건을 꺼내 식기통에서 집어온 포크와 숟가락을 꼼꼼히 닦았다. 숟가락은 수많은 이빨자국과 더불어 심하게 마모되어 있었다. 그건 내가 들고 있는 포크와 숟가락도 마찬가지였다. 그는 흑빵을 입으로 가져가기 전에 매번 코끝에 대고 냄새를 맡았는데 그건 너무도 자연스럽고 정밀한 동작이었다. 그는 미각에 앞서 후각으로 음식을 즐기는 미식가적 취향의 인간으로 보였으며, 한편으로는 식탐을 떨쳐버리지 못하고 음식을 허겁지겁 입안에 밀어넣는 게걸스러운 유형과는 다른 부류의 사람임을 짐작게 했다. 내가 그를 유심히 지켜본 것처럼 그 역시 식사 중간중간에 내가 식판 옆에 놓아둔 비닐 파일에 싸인 문서들에 시선을 던지고 있었다. 그건 내가 며칠 전, 10월혁명 국립중앙문서보관국에서 발굴한 새로운 비밀해제문서였다.

그는 목을 길게 빼고 세심하게 몇 대목을 읽는 게 분명했다. 한순간 그의 입술이 소리 없이 움직였다. 그건 확실히 '데포르타치 카레이스코보 나셀레니야(한인 강제이주)'라는 단어를 발음하는 입 모양이었다. 한편으로 내가 긴장했던 이유는 그 문서들 역시 최초로 공개된 것으로, 스탈린 시대의 폭정을 고발하는 옛 기밀들을 담고 있기 때문이었다. 혹시 그가 나와 비슷한 주제를 연구하는 사람이라면, 하는 생각에 은근히 경계심이 생겼던 것이다. 그건 낯선 사람에 대한 일종의 방어적인 발로이기도 했다. 내가 서둘러 식판을 들고 비닐 파일을 겨드랑이에 낀 채 일어서려는 순간, 파일에서 문서들이 미끄러지면서 식탁 아래로 흩어지고 말았다. 내가 황망한 표정을 지을 때 사내는 허리를 굽혀 바닥에 흩어진 문서들을 한 장 한 장 주워 건네주었다. 내가 고맙다는 인사말과 함께 그의 얼굴을 처음으로 정면에서 바라보았을 때조차 그는 문서에서 눈을 떼지 않았다.

그는 도서관 직원용 출입증을 목에 걸고 회색 후드를 입고 있었다. 회색 후드는 초록색 후드의 복사실 직원들보다 좀더 직책이 있는 중간 간부들의 복장이었다. 게다가 그는 오른손 엄지와 검지에 고무골무를 끼고 있었다. 골무로 미루어보건대 도서관 서고에서 책장을 넘기거나 문서를 분류하는 일에 종사하고 있는 게 틀림없었다.

그는 나에게 어디서 왔느냐고 조심스럽게 물었는데 자칫 흘려버릴 수도 있는 작은 목소리였다. 내가 유즈나야 카레야(남한)라고 대답하자 그는 유즈나야 카레야라고요? 그런데 전쟁은 어떻게 돼가고 있나요? 라고 물으며 인중의 수염을 쓰다듬었다. 질문은 나를 당혹시켰다. 그는 오래전에 끝난 한국전쟁에 관해 묻고 있었다. 하긴 한국과 소련은 반세기 동안 교류가 없었으니 새삼 전쟁이 끝났느냐고 묻는 그를 탓할 수도 없는 일이었다. 나는 전쟁이 끝난 지 반세기가 다 되어간다고 말했는데 그 말을 한 직후에 금세 후회했다. 과연 전쟁은 끝났는가. 사내의 질문이 불러일으킨 묘한 현실감이 가슴으로 밀려들었다. 전쟁이 완전히 끝난 것은 아니고 전쟁을 잠시 쉬고 있는 셈인데 말하자면 휴전이지요, 반세기 전에 남과 북은 휴전협정에 서명을 했고 그 상태가 지금도 계속되고 있지요, 라고 내가 말하자 사내는 씁쓸한 미소를 지으며 잠시 생각에 잠긴 듯했다.

콧수염 때문인지는 몰라도 그의 인상은 독일 동화에 나오는 피리 부는 사나이를 연상시켰다. 독일의 하멜른 시에는 피리 소리로 시가지를 온통 뒤덮은 쥐떼를 베세(Wesse) 강까지 꾀어간 의문의 사나이에 대한 이야기가 전설로 내려오고 있지만 실제로 피리 부는 사나이의 뒷이야기는 끔찍하기 이를 데 없다.

피리 부는 사나이가 마을 곳곳에 들끓던 쥐를 물리치자 하멜른 주민들은 너무 쉽게 일이 끝난 게 억울하다고 생각했는지 약속했던 보상을 거부했다. 화가 난 사나이가 나중에 다시 도시에 찾아와 어른들이 축제로 집을 비운 사이에 피리 소리로 아이들을 꾀어 모두 데리고 떠나버렸다는 이야기가 그 결말이다.

아이들 가운데 귀머거리, 장님, 절름발이 세 명만 미처 따라가지 못하고 마을에 남았다고도 전해진다. 이 이야기는 그림 형제의 동화로 잘 알려져 있는데, 결말이 워낙 황당하다보니 이야기의 교훈이 뭔지 어리둥절해지기도 한다. 실제로 옛 독일에서는 아이들의 실종 사건이나 유괴 사건이 빈번하게 일어났고, 그 사건에 쥐가 곁들여지면서 피리 부는 사나이 이야기가 탄생한 것으로 간주되고 있다. 피리 부는 사나이는 아동 유괴범의 변신에 다름 아니었다.

사내의 수염은 다분히 보헤미안적인 분위기를 풍기고 있었다. 어디론가 정처 없이 헤매고 다니는 족속의 일원. 게다가 그가 걸치고 있는 회색 후드는 그 자신의 내면이 베일에 싸여 있음을 상징하는 것처럼 보였다. 그날은 진눈깨비가 내리는 궂은 날씨여서 도서관에 들어오는 거의 모든 열람객들의 신발이 눈에 젖어 후줄근하게 변해 있었는데 그의 구두는 깔끔하게 빛났던 것도 눈길을 끌었다. 다음 순간 그는, 그러니까 내 말이 아주 틀린 말은 아니었군요, 라며 응수했다. 그는 뭔가 더 이야기를 나누고 싶다는 표정을 짓다가 천장의 스피커에서 음악이 울려퍼지는 바람에 그만 입을 다물었다.

네 슬리쉬니 브 사두 다제 쇼로히(정원에는 바스락거리는 소리조차도 들리지 않네)

브세 즈제시 자멜로 도 우투라(여기 모든 것은 아침이면 사라져 버리고)

예슬리 브 즈날리 븨, 칵 므네 도로기(당신은 알고 있나요? 내게 얼마나 소중한지를)

포드모스크브에 베체라(모스크바 근교의 밤이여)

그건 나도 즐겨 듣던 러시아의 유명한 대중가요였다. 〈모스크바 근교의 밤〉은 선율이 너무 애잔해서 시큼한 흑빵보다 더 시큼한 맛을 자아내곤 했다. 음조는 묘한 감흥을 불러일으켰다. 그것은 가사에 나오는 1인칭과 2인칭 때문에 더욱 친근하게 다가왔다. 가사 속 "당신은 알고 있나요?"는 나를 지칭하는 것 같았고 그 가사가 여러 차례 반복되면서 내게 무엇인가를 호소하는 것만 같았다. 사내는 마치 그 슬픈 선율로 샤워라도 하는 것처럼 천장의 스피커를 올려다보았다. 아마도 그는 어떤 상념에 잠겨 있었거나 혹은 아무 생각도 하지 않는 무념의 상태였을지도 모른다. 아니, 그가 무슨 말을 뱉어낸다 해도 그 말은 식당 안의 소음에 묻혀 들리지 않았을 것이다. 내가 다시 그를 쳐다보았을 때 그의 눈에는 눈물이 고여 있었다. 다음 순간, 그는 자리에서 일어나 식판을 반납한 다음 식당 밖으로 자취를 감추었다.

며칠 뒤 블라디미르 교수의 연락을 받고 연구실로 찾아갔을 때, 그는 내게 축하한다며 손을 내밀었다. 손가락과 손등의 털이 인상적인 두툼하고 큼지막한 손아귀엔 잔뜩 힘이 들어가 있었다.

지난달 치러진 자쉬타(논문심사 방어)에서 15인 심사위원회가 만장일치로 자네의 논문 초고를 통과시켰다네. 만장일치란 극히 드문 일이야. 자네도 짐작하겠지만 역사학계란 게 여간 보수적이지 않잖나. 학자들은 자신의 이상이 어떻게 후학에 의해 왜곡되고 변형되는지에 지대한 관심이 있는 한편 과거의 진실마저도 점차적으로 복원되는 데 기쁨을 느낀다네. 그들은 자신도 모르는 사이에 레닌식 사회주의를 스탈린식 사회주의로 바꿔치는 데 참여했다는 사실로 인해 깊은 상처를 입은 사람들이지. 그러나 어떤 시대, 어떤 곳을 막론하고 아무리 요란스럽고 질서가 없다 하더라도 선량한 사람들은 존재하는 법이지. 그것도 아주 많이. 그들은 스탈린 시대의 그늘지고 우울한 유산을 평가할 새로운 잣대를 사용하고 싶어 안달이 난 것이지. 그런 의미에서 자네의 운이 좋았다고나 할까. 일단 논문 초고가 무사히 통과되었으니 이젠 학계의 규격에 맞춰 논문 타이핑을 해야 하는데, 전통적으로 이런 일을 전문적으로 하는 사람이 있다네. 내가 전화번호를 적어 줄 테니 조만간 찾아가서 논문을 맡기게나.

블라디미르는 그렇게 말한 뒤 책상 위에 놓여 있던 논문 초고를 내게 건네주었다. 능숙한 필체로 문장이나 단어를 몇 군데 첨삭했지만 그건 각주나 토씨를 수정한 것일 뿐, 내가 최종적으로 제출했던 초고와 큰 차이가 없었다. 사실 논문 초고를 제출한 지 거의 1년이 다 되어가지만 그는 논문 내용에 관련해서는 한마디도 언급하지 않은 채, 새로운 발굴 자료의 문헌 분석을 통해 종래 소련의 지적 풍토에 강하게 노정되어 있던 이데올로기적 존재 구속성을 어떻게 탈피해야 하는지에 대한 나의 생각을 묻는 데 치중해왔다. 그럴 때마다 나는 이렇게 답변했다.

지금까지 소련의 연구자들은 물론 소련 내 소수민족의 하나인 재소한인 출신 학자마저도 1937년의 강제이주 전말에 대해서는 언급조차 하지 않은, 결정적인 흠을 가진 논문만을 작성해왔다는 점에서 강제이주사는 완전히 새로 씌어져야만 합니다. 이를 위해서는 단지 문헌 분석뿐만 아니라 이주 현장을 직접 관찰하고 1세대 이주자들에 대한 인터뷰 내용을 토대로 논문이 작성되어야만 하지요. 이것은 이데올로기의 시대는 지나갔다는 구태의연한 조류에 편승하자는 것이 아니라 오히려 이데올로기를 좀더 알기 위해서 꼭 한번은 걸러내야만 할 필요성을 절감하고 있기 때문이죠. 제 말은 더이상 이데올로기에 얽매여 불합리한 에너지 낭비를 삼가자는 의미입니다. 남의 눈에 든 조그만 티에 예민한 반응을 보이기보다는 오히려 제 눈 속에 든 들보를 먼저 가려내는 태도가 필요하지 않을까요.

내 말을 중간에 자르지 않고 끝까지 들어주는 블라디미르의 인내심을 인정한다고 하더라도 그가 여전히 보수적인 연구 경향을 고수하고 있다는 것은 변할 수 없는 사실이었다. 그는 스탈린 시대를 향유했던 한 지식인으로서 뿌듯한 자부심마저 느끼는 듯했다. 그가 즐겨 쓰는 용어 가운데 하나가 '시대의 산물'이었는데 비밀해제문서는 또하나의 원전 자료로서의 가치를 지닌다면서 이렇게 강조하곤 했다.

비밀해제문서는 그것이 작성됐을 당시 소련의 시대상을 지루할 정도로 자세히 묘사하고 있는데 이것은 스탈린 통치 시대의 소련 사회상을 이해하는 데 많은 시사점을 제공하고 있지. 이 역시 시대의 산물이자 우리의 자화상이 아니겠나.

나는 시대의 산물이나 우리의 자화상이라는 그의 말을 듣기가 거북했다. 그건 엄연히 블라디미르의 시대이고 블라디미르의 자화상일 뿐, 나와 무슨 상관이란 말인가. 내게 필요한 것은 다만 과거의 시대적 모순과 역사적 오류를 평가할 객관적인 시선과 기준이었다. 스탈린의 강제이주정책을 놓고 블라디미르는 그 시대의 민족정책의 한 결과물로 해석한 데 반해 나는 일종의 국가적 테러이자 범죄 행위로 해석해야 한다며 마찰을 빚어왔다. 그래서인지 논문을 타이핑해서 정식으로 제출하라는 그의 말을 직접 듣고도 믿기지 않았다. 나와 그는 대화를 나눌 때만 표정 관리를 했을 뿐, 뒤돌아서면 곧바로 안색을 바꿀 만큼 서로 감정의 촉이 맞지 않았다. 그는 나를 마지막 아나키스트로 불렀고 나는 내심 그를 마지막 사회주의자라고 불렀다. 사실 내가 그런 별명을 얻은 데는 자업자득의 측면이 없지 않았다.

나는 이 도시에 처음으로 발을 들여놓았을 때부터 내 정체성이 무정부주의에 있다는 것을 점차 알아가기 시작했다. 도시는 서로 알지 못하는 벽과 벽으로 삶을 구획하고 있을 뿐 아니라, 누가 죽고 누가 태어나는지 서로 알지 못하는 도시적 무정부주의가 엄연히 존재하고 있으며, 사람들이 각자 무인도처럼 떠 있는 익명의 군도(群島)를 이루고 있다고 자각하는 데는 많은 시간이 걸리지 않았다. 모스크바 레닌스키 대로변 베르나드스코보 37번지 기숙사의 두 칸짜리 방을 월세로 얻은 후 창밖을 내다보았을 때 시야에 들어온 아파트촌이라든지 그 너머로 빼꼼히 보이는 들판, 그 어느 곳에도 소속되어 있다고 느껴지지 않는 중간 존재가 바로 나 자신이라는 상념에 사로잡혔던 것이다. 그러고 보니 나는 이 도시에서 가장 수상한 존재이기도 했다. 사람과 사람 사이에 시간이 만들어놓은 어떤 흐름이 어둠의 심연 속으로 향하고 있으며, 사람들은 자신이 파놓은 갱도에서 두 눈을 깜박이며 그 흐름을 속수무책 지켜보고 있다는 생각은 잠이 들 때까지 멈춰지지 않았다. 인간의 등 뒤엔 영원한 밤이 있으며 영원의 빛이 반짝이고 있기에 누군가 머물고 간 자리를 응시하고 있으면 그 사람의 인광이 느껴질 것 같은 착각마저 들었다. 어떤 역사도 인간 개개인의 가슴 속 심연에는 닿지 못한다. 역사를 불신하면서도 역사를 전공하고 있는 모순이 내 안에서 성립되고 있었다. 모스크바 중심가에 우뚝 솟은 고딕 양식의 외무성 건물을 비롯한 정부 청사라든가 학교, 교회, 그리고 모든 종류의 정치 조직과 제도 들이 하나같이 진리가 아닌 다른 측면으로 나아가도록 인간의 사유를 몰고 가는 경향이 있다고 느껴졌다. 말하자면 모든 제도는 개인의 욕망을 통제하는 쪽으로 사람들의 생각을 몰고 간다는 느낌을 갖게 되었던 것이다. 그들이 주장하는 측면의 사유, 측면의 진리란 사실상 진리에 이르기 위한 것이 아니라 공리와 체제 유지를 위한 수단인 경우가 대부분이라는 생각은 점점 굳어지고 있었다.

전화를 걸고 찾아간 아파트 단지의 외벽은 군데군데 칠이 벗겨진 채 여기저기 낙서가 그려져 있었으며 쓰레기장은 오래도록 치우지 않은 듯 악취가 진동하고 있었다. 단지 내에서도 내가 찾아가려는 아파트는 아치형 출입구를 세 번이나 통과해야 하는 외진 곳에 자리잡고 있었다. 안이 훤히 들여다보이는 개방형 엘리베이터 천장엔 거미줄이 붙어 있었는데, 그나마 작동을 한다는 게 믿기지 않을 정도였다.

7층에서 내려 초인종을 누르자 노부인이 문을 열어주었다. 음식 냄새가 풍기는 게 저녁식사중이었다. 주방 식탁에는 흘레브와 소시지가 놓여 있었고, 나이가 지긋한 남자가 저녁 가운 차림에 머리엔 히잡을 쓴 채 정어리 통조림을 따고 있다가 내가 들어서자 엉거주춤 일어나 손을 내밀었다.

순간, 나는 깜짝 놀랐다. 그는 며칠 전 레닌도서관의 식당에서 내 문서들을 집어준 바로 그 사람이었다. 하지만 그는 나를 기억하지 못하는지 아무 내색도 하지 않았다. 나로서는 구면인 셈이지만 그렇다고 해서 그 우연한 만남을 일부러 상기시키고 싶지 않았다. 세상에는 우연이란 게 존재하며 우연은 내가 그 집을 찾은 그 순간에도 계속되고 있을 것이라고 스스로를 다독이는 게 내가 할 수 있는 전부였다.

눈가의 잔주름과는 대조적으로 형형하게 빛나는 눈, 빳빳하게 잘 선 콧대, 단단하고 가지런하며 단호한 이빨, 연륜을 보여주는 이마의 깊은 주름, 이런 것들이 그의 안면 표정을 집중력 있고 강하게 만들어주고 있었다.

그는 농장에서 직접 재배해 담갔다는 딸기잼을 꺼내놓으며 함께 식사하기를 권했지만 난 괜찮다고 대답한 뒤 응접실에 앉아 식사가 끝나길 기다렸다. 흘레브에 잼을 바르고 소시지를 끼워넣는 그의 손놀림은 매우 정교해 보였다. 식사 시간은 아주 천천히 흘러갔고, 노부부는 식도락까지는 아니지만 먹는 것을 즐기는 부류인 듯했다.

난 노부인이 따라준 차를 마시며 주위를 둘러보았다. 찬장 속의 금테두리가 유난히 반짝이는 주전자와 찻잔은 한눈에도 값비싼 고급 제품으로 보였고 부부가 사용하고 있는 포크와 나이프도 골동품이었다. 그러고 보니 식기류도 러시아에서 최고급으로 치는 그젤 도자기 세트 일색이었다. 거실 서가엔 두툼한 고서가 질서 있게 꽂혀 있고 응접실의 의자와 테이블도 고급 가죽 제품이었다. 집 밖의 을씨년스러운 분위기와는 달리 이런 고급 취향의 집기는 다소 의외였는데, 그건 노부부가 상당한 재력가이자 로맨티시스트라는 선입견을 주었다. 식사가 끝나고 응접실에서 마주 앉았을 때야 비로소 노인은 통성명을 했다.

파벨 라브렌치라고 하네. 블라디미르 교수에게 들어서 알고 있겠지만. 그래, 논문 제출 시한이 언제인가. 내가 지금 타이핑해야 할 논문이 세 개나 되는데 논문 제출 일자가 가장 빠른 것부터 타이핑 작업에 들어가야 하지 않겠나.

블라디미르 교수가 논문 제출 일자에 대해 말하지 않던가요?

전화를 받긴 했지만 일자에 대한 언급은 없었다네. 그 친구는 내가 자네를 만나보고 논문을 타이핑할 것인지 여부를 판단하라는 말뿐이었네. 오늘은 내가 자네를 간보는 것일세.

노인은 내 의표를 찔렀다. 논문 초고를 맡겨놓고 가면 될 거라고 생각했는데 간을 본다고 하니 당황스러웠다.

블라디미르가 자네의 논문 작성을 지도하고 있다면 나는 그 논문이 앞으로 러시아 국가최고자격심사위원회에 접수될 때까지 어떤 과정을 거쳐야 하는지를 지도하는 역할을 맡은 것이지. 블라디미르가 아카데미 안의 지도교수라면, 나는 아카데미 밖의 지도교수인 셈이라네. 물론 내게 교수 자격이 있는 것은 아니지만 이를테면 그렇다는 걸세. 난 자네가 자쉬타에서 15인 심사위원회의 만장일치를 받았다는 것을 알고 있네. 블라디미르가 전화를 걸어와 자네를 만나보라고 했을 때부터 난 그게 궁금했지. 15인 심사위원회가 만장일치로 논문을 통과시키는 것은 매우 드문 일이거든. 난 두 가지 가능성에 대해 생각해봤다네. 자네의 논문이 그만큼 탁월한 것인지, 그게 아니라면 15인 심사위원회가 역사학계의 원로인 블라디미르 교수의 입장을 고려해 그런 결과를 낳은 것인지, 라고 말일세. 사실 원로 교수를 스승으로 두고 있는 제자의 자쉬타는 인지상정이라는 측면에서 매우 순조롭게 진행되는 게 통례이긴 하지. 15인 심사위원회를 구성하는 교수들도 거개가 원로급에 해당하는 사람이어서 일종의 품앗이 성격이 있는 것이지. 논문에 큰 하자만 없다면 일단 통과시키는 것을 전제로 하고 있지만 늘 두세 명은 반대 의견을 내곤 하는데, 이는 완벽한 논문이란 없으며 어떤 논문이든 보완의 가능성이 있다는 것을 교육적 차원에서 강조하기 위한 일종의 견제 의견인 셈이지. 그런데 자네 논문이 만장일치로 통과했다는 말을 듣고 대체 어떤 논문인지 매우 궁금했다네. 내 말은 내가 자네의 논문에 대한 타이핑을 수락한다는 거야. 사실 블라디미르는 논문 초고를 가장 먼저 읽을 수 있는 사람이지만 논문 최종본은 그것을 타이핑하는 내가 최초의 독자일 수밖에 없다네. 내가 타이핑하는 텍스트가 결국은 최종본이 된다는 점에서 나와 자네의 의견 조율은 블라디미르의 역할만큼이나 중요하다는 사실을 알아두기 바라네.

뜻밖의 복병을 만났다는 생각이 들었다. 그때 뇌리를 스쳐가는 게 있었다. 노인은 어쩌면 블라디미르가 말한 도서관의 개일 수도 있다는 것이었다. 그는 결코 호락호락한 타입이 아니었다. 그렇다고 내 마음대로 타이피스트를 바꿀 수도 없는 문제였다. 블라디미르는 그를 이쪽 분야에서 최고의 실력을 갖춘 노련한 타이피스트라고 소개해주었던 것이다.

자네가 1937년 강제이주에 관한 논문을 썼다고 들었네. 하지만 강제이주는 단지 재소한인뿐만 아니라 소비에트 시절 소연방에 살고 있던 모든 소수민족들이 겪었던 비극이라네. 강제이주야말로 스탈린의 폭정을 가장 잘 보여주는 강압정책이었는데 스탈린 자신이 대학에서 민족문제를 연구한 전문가였다는 사실은 참으로 아이러니지.

깐깐하기 이를 데 없다는 선입견에 비해 노인에겐 아니, 이 견유학파의 차분한 음성엔 상대방을 배려하려는 섬세함이 배어 있었다.

독소전쟁이 발발하자, 스탈린은 독일에 부역하거나 부역할 가능성이 있는 볼가 독일인, 체첸인 등을 카자흐스탄, 우즈베키스탄 등으로 강제이주시켰다네. 이주 과정에서 추위와 굶주림으로 많은 사람들이 죽었으며 중앙아시아에 도착한 후로도 현지 공산당 간부들의 비인간적인 차별로 인해 평생을 고통 속에 살았지. 소수민족 출신 공산주의자들도 이를 피할 수 없었다는 건 요즘에 와서 알려진 사실이라네. 이는 스탈린의 우카즈(명령) 하나로 그리되었는데 민족별로 차등을 두고 이들 소수민족들을 하위민족으로 낙인찍어 변방으로 내팽개친 것이지. 여기엔 스탈린 자신의 혈통적 열등감 같은 게 개입되어 있다는 게 요즘 거의 정설로 굳어지고 있다네.

그때 마침 전화가 걸려왔고 견유학파가 전화를 받는 동안 나는 러시아 국립중앙문서보관소에서 복사해온 비밀해제문서들을 가방에서 꺼내 한 장 한 장 다시 읽어보았다.

극비(특별 서류철)

1937년 8월 21일

극동지방 국경 부근 구역에서 조선인 거주민을 이주시키는 문제에 관하여

소비에트 사회주의 연방공화국 인민위원회와 전 소연방 공산당(볼셰비키) 중앙위원회는 다음과 같이 결의한다. 극동지방 일본 정보원들이 침투하는 것을 차단하기 위한 목적으로 다음과 같은 방안을 실시한다.

1. 전 소연방 공산당(볼셰비키) 극동지방, 공산당 지방집행위원회 극동지방, 내무인민위원국의 극동지방 국경 부근 구역들: 포시예트, 몰로토프, 그로제코보, 한카, 하롤, 체르니고프, 뱌젬스키, 하바롭스크, 수이푼, 키롭스크, 칼리닌, 라조, 스바보드느이, 블라고베시첸스크, 탐보브카, 미하일로프, 아르하라, 스탈리노, 블류헤르에서 모든 조선인 주민을 내보낸 후 남카자흐스탄 주 아랄해 구역, 발하쉬 구역과 우즈벡 소비에트 사회주의 공화국으로 이주시킬 것을 지시한다. 이주는 그로제코보에 인접해 있는 구역들과 포시예트에서부터 실시한다.

2. 빠른 시일 내에 이주 작업에 착수하여 1938년 1월 1일까지 완료한다.

3. 이주시 이주 대상 조선인들은 소유물, 농기구, 동물 등을 소지할 수 있다.

4. 이주민이 두고 간 동산, 부동산, 파종 종자 등은 가격을 계산하여 보상

한다.

·
·
·
·
·
·

11. 조선인을 이주시키는 구역들에 대한 국경수비강화를 위해 국경수비병력 3,000명을 더 증가시킨다.

소비에트 사회주의 연방공화국 인민위원회 의장 웨. 몰로토프

전 소연방 공산당(볼셰비키) 중앙위원회 서기장 이. 스탈린

스탈린의 지령은 결의안이 채택된 지 20여 일이 지난 1937년 9월 9일부터 실행에 옮겨졌다. 때는 가을이다. 기본적으로 추수가 모두 끝난 시기였으나 시일이 촉박한 이주민들은 수확물을 아주 낮은 가격을 받고 곡물수매소에 넘길 수밖에 없었다. 농기구나 동물 들을 가지고 갈 수 있다고 되어 있지만 소, 돼지, 닭을 실은 화차가 따로 편성되었다는 기록은 어디에도 없었다. 물탱크와 작은 난로에, 그리 많은 양은 아니지만 식량과 장작을 저장하느라 미어터질 것 같은 차량 내에서 돼지나 닭을 실을 공간이 어디 있었겠으며, 이 가축들을 먹일 사료 또한 실을 자리가 없었다는 건 명백한 사실이었다.

또다른 문서는 수송열차를 편성하는 데 필요한 군용 취사차량과 난로를 지급하는 문제를 언급하고 있었다. 60대의 수송열차를 편성하는 데 필요한 60대의 군 보유 취사차량—한 열차에 한 대씩—과 난방시

설을 위해 필요한 난로 3,100대를 차용할 수 있도록 허가한다, 라고 적혀 있었다. 수송열차 60대에 약 2,000명의 이주민이 실리는데 이들을 먹일 취사차량은 1대뿐이라니. 그건 이주민들을 먹이려는 의도가 애초부터 없었다는 것이고, 1대의 취사차량이 단지 수송열차에 탑승한 군인과 기관사를 위한 것에 불과했다는 것은 너무도 자명했다.

위생격리차량에 대한 언급도 있긴 있었다. 노인, 부녀자, 어린이 들을 우선적으로 출발시키되 위생격리차량을 배치할 것을 지시한 이 문건에서도 다른 의미가 읽혀졌다. 젊은 남자에 비해 체력이 월등히 떨어지는 노약자들을 수송할 때 생길 수 있는 전염병을 염두에 둔 조치였던 것이다. 만약 전염병이 발생할 경우, 시베리아횡단노선과 중앙아시아로 연결되는 투르크시프 노선이 통과하는 철도 연변의 지방 거주민들을 위협할 수 있다는 판단 아래 위생격리차량을 운행한다는 또 다른 의도가 숨어 있었다.

거의 모든 수송열차는 출발 시간이 7시간에서 12시간쯤 지연되고 있었는데 이는 지붕이 없는 무개차량을 객차로 개조하는 시간을 미처 계산하지 못한 탓이었다. 1937년 10월 1일 열차 편성은 새벽 1시에 맞춰져 있었으나 아침 10시가 되어서야 승강장으로 보내졌다. 이 열차는 28량으로 구성되었는데 미처 판자를 잇댈 시간도 없어 지붕에 구멍이 뚫린 게 대부분이었다.

그럼에도 내무위원국은 오로지 열차가 연착되지 않도록 이주민들을 화물차에 염소나 돼지처럼 꾸역꾸역 밀어넣고 문을 바깥에서 잠그는 것으로 이주 작전을 완결시키는 데만 혈안이 되어 있었다. 문건에 씌어진 것은 조악한 타자기로 찍은 러시아 문자였지만 그 문자들 사이에서 얼굴을 내밀고 있는 하나의 이미지는 일체의 현실적 삶으로부터 쫓겨난 채 살아 있는 자들의, 눈에는 결코 보이지 않는 깊은 슬픔의 덩어리였다. 그 이미지는 내 마음을 뒤흔들어놓았다. 문장 사이사이에서 상처 입은 짐승이 내는 거친 숨소리가 들리는 듯했다.

다른 문서는 강제이주 당시 23세였던 김연옥의 증언이 실려 있었다. 증언에 따르면 이주민들은 화물차에 실려 40여 일에 걸쳐 이동하는 동안 식량 배급을 제대로 받지 못했고 의복도 이불도 받지 못해 추위에 떨었으며 간이역에서 차량이 정차했을 때조차 밖으로 나갈 수 없었다. 차량은 소독이 되지 않았으며 목욕도 할 수 없어서 이주민들의 옷에는 이가 바글거렸다. 그 열차는 화물차 30량으로 편성되었는데 이주 도중에 환자가 생기면 그 즉시 들것에 실려나갔다. 완쾌되면 가족에게 돌려보낸다고 약속했지만 환자들 가운데 누구도 가족에게 돌아온 사람은 없었다. 그러자 이주민들은 환자가 생겨도 호송군인에게 알리지 않고 숨겼는데 병이 낫는 경우도 있었지만 그대로 죽는 경우가 허다했다. 화물열차에 실려 한 달 넘게 이동한 이주민들은 집 한 채 없는 허허벌판에 짐짝처럼 부려졌다. 그들을 기다린 건 눈보라와 살을 에는 바람뿐이었다. 추위를 견뎌야 했으므로 결국 땅굴을 파고 들어가야 했다. 위생 상태가 나빠 많은 아이들이 희생되었고 굶어 죽거나 얼어 죽는 사람들도 부지기수였다.

한 문서는 극동지방 거주 조선인 인구가 이주 이전에 25만 명이었으나 중앙아시아에 도착한 인원은 총 18만 명이라고 적었다. 이주 과정에서 7만 명이 어디론가 사라져버렸음을 시사하고 있었다. 25만 명이나 거주했던 극동 한인촌에 강제이주를 앞두고 흉흉한 소문이 나돌았다는 보고는 극비로 분류되어 있었다.

카자흐스탄에는 기아와 말라리아가 기승을 부리고 거주할 집도 없다. 모든 이주자들은 어쩔 수 없이 죽고 말 것이다. 강제이주 열차를 타는 것은 죽는 거나 마찬가지다. 노인들은 도착도 못한 채 병들어 죽을 것이다. 카자흐스탄으로 가는 조선인을 태운 차량 몇 개를 제방 아래로 떨어뜨려 수많은 사람이 생매장되었다. 우리가 떠나게 되면 이곳에 러시아인들이 살게 될 것이므로 하나도 남김없이 때려부숴야 한다. 이주자들은 치타까지만 수송하고 거길 넘어가면 모두 총살시킬 것이다.

극동군 특별사령부는 소문을 퍼뜨린 조선인을 찾아내 심리중이라고 적고 있었다. 이들 조선인들은 반혁명분자로 낙인찍혀 처형당했고 때로는 가족 단위로 체포되어 쥐도 새도 모르게 사라져갔다. 대체 7만 명에 이르는 사람들은 어디에 매장되어 있단 말인가. 하바롭스크 근처에서 비극적인 열차 전복 사건이 발생했고 열차 파편에 깔려 생매장된 수십 명의 사체가 발견되었으며 그 속에 부녀자, 노인, 어린아이 들이 뒤엉켜 있었다는 내용의 내무성 보고 문건도 있었다. 설령 중앙아시아에 도착했다 해도 출발지에서 꾸려진 온전한 가족의 모습은 아니었다. 1938년 8월 21일 자로 작성된 또다른 청원서는 더 기막힌 사연을 담고 있었다.

공화국 특별기구 발하쉬 구역 쿠프차이촌
콜호스 '노브이 푸치' 대표 김의 청원서

저는 정부의 결정에 기초하여 1937년 9월 9일 극동지방을 출발하여 1937년 10월 6일에 카자흐 소비에트 사회주의 공화국 바스쮸베 역에 도착했습니다. 세 살 난 딸 김올가는 이주 도중에 죽었습니다. 그리고 제 아들은 극동지방에서 출발하여 떠나오는 도중 노보시비르스크에서 다른 열차로 옮겨 태워졌습니다. 그런데 도착한 바스쮸베 역에서 일곱 살 아들아이가 아랄 해 구역으로 간 것을 알게 되었습니다. 그렇게 이미 8개월이나 지났는데 굶주림과 돈이 없는 까닭으로 아들아이에게 가지 못하고 있습니다. 돈이 있어야만 하는데…… 하여 이주용 자금 500루블을 제게 지불해주십사 하고 두번째로 청원합니다. 요즈음 콜호스에서 일을 하면서도 아들아이 걱정과 어떻게 하면 그 아이를 데려올 수 있을까 하는 생각을 합니다. 제 청원을 들어주십시오. 결정이 나는 대로 제게 연락해주시기 바랍니다.

서명 김게르만

1938년 8월 21일

나는 모스크바의 낯선 곳에서나마 멀쩡히 숨을 쉬고 있고, 세월의 저편에서는 김씨의 세 살 난 딸 올가가 강제이주 열차에 실려 화물칸의 차디찬 마루짝에서 마지막 숨을 몰아쉬고 있다. 아랄 해 구역으로 갔다는 아들이 살아 있다면 지금쯤 팔순에 이르렀을 것이고 편지를 쓴 김이라는 사람은 이미 고인이 되었을 것이며 이주용 자금 500루블은 결코 지불되지 않았을 것이다. 문건들을 넘기면 강제이주 열차가 지금도 중앙아시아 어느 불모지를 향해 달리고 있고 철도 연변에 피어난 잡풀더미가 기차가 일으키는 바람에 마구 흔들리고 있었다. 김씨의 아들은 생명을 부지했다 해도 사막에 피어난 잡초처럼 평생 동안 굶주리고 목말랐을 것이며 직사광선이 그 아이의 머리 위에 쏟아지면서 피부는 검게 타들어갔을 것이고 사막의 인종처럼 거칠게 변해갔을 거라는 데 생각이 미치자 목이 메어왔다. 소년의 졸린 듯 감기는 두 눈과 낡은 옷에 감싸인 연약한 두 어깨와 몸속에서 일렁이는 피묻은 절규 같은 게 문서를 읽는 행간 사이에서 들려오는 것만 같았다. 하지만 소년의 그을리고 지친 얼굴과 세 살 때 죽은 아이의 이미지가 아무리 내 시선에 와 매달리고 있다고 한들, 지금에 와서 무슨 소용이 있는 것도 아니었다. 비밀해제문서들은 내게 과거는 결코 바로잡을 수 없다는 좌절감과 무력감을 안겨주었다.

인기척이 느껴져 뒤를 돌아보니 견유학파가 전화를 끊고 돌아와 소파 뒤에 선 채 나를 물끄러미 지켜보고 있었다. 나는 무슨 말인가를 해야 할 것 같았다.

여기 이렇게 씌어 있군요. 오래전, 한 소년이 강제이주 열차에 실려 동쪽에서 서쪽으로 건너옵니다. 소년은 지친 심신에도 불구하고 실눈을 뜨고 반사막지대인 스텝의 황량한 벌판을 쳐다봅니다. 소년이 본 것은 무엇이었을까요? 아마도 자신의 운명이었겠지요. 그 순간에는 보이지 않았을지 모르지만 소년이 죽지 않고 살아 있다면 강제이주 열차에서 이미 운명의 단초를 읽어냈을 게 분명합니다. 소년의 아버지가 행정당국에게 보내는 이 청원서에 다 적혀 있지요.

견유학파는 손으로 턱을 받친 채 아주 흥미롭다는 표정을 지어 보였다. 내 말의 어떤 부분이 그에게 감흥을 주었는지는 확실치 않지만 좀처럼 속을 모를 것 같던 그가 신중한 말투로 속내를 털어놓기 시작했다.

소년이 강제이주 열차에서 이미 자신의 운명을 보았을 거라는 자네의 말에 전적으로 동감하네. 인간은 철이 들면서부터 깊은 회의의 늪에 빠져들기 마련이지. 인간은 왜 사는가, 삶의 의미는 무엇인가, 삶이 무의미하다면 꼭 살아야 할 필요가 있을까, 라는 상념에 사로잡히게 되지. 나 역시 이런 의문들에 대한 대답을 찾기 위해 필사적이었던 소년 시절이 있었다네. 그 시절에 내가 우연히 접하게 된 것이 소련의 해방작가 일리야 예렌부르크의 단편소설 「즐거운 파올로」였다네. 혹시 읽어본 적이 있나? 자네는 역사학도이지 문학도가 아니기 때문에 알지 못할 테지만. 더구나 자네가 외국인인 걸 감안하면 더욱 읽어본 적이 없겠지.

파올로는 러시아 어느 고장의 선량한 유지급 인사였다네. 그러나 그는 혁명이 일어나자 숙청 대상이 되었다네. 당에서 파견한 인사들이 그 도시를 점령한 다음날, 바로 내일이면 파올로는 처형되든지 어디론가 끌려가야 할 운명에 놓였다네. 그런 파올로에게 남은 하루를 소설은 추적하고 있지. 날이 어두워진 다음 그는 정든 고향 도시를 산책한다네. 어느 시장 골목에서 그는 무식한 사람들이 입에 담기 어려운 욕지거리를 하며 싸우는 소리를 듣는다네. 그러면서 그는 생각하지. '그래, 난 바로 저런 것을 사랑한다.'

그리고 이어지는 한 문장이 나에게 커다란 깨달음으로 다가왔다네. '그는 삶의 이 마술적인 무의미를 사랑했다.' 이 문장을 읽는 순간 나는 온몸에 전율이 흐르며 내가 찾던 해답을 얻은 것 같은 느낌이었지.

바로 그거였다네. 삶은 무의미할지 모른다. 그러나 그것을 사랑하는 것이 중요하다. 이 깨달음이 나를 회의의 늪에서 건져올리는 데 큰 역할을 했을 것이라고 나는 지금도 확신하고 있다네.

스탈린의 공포정치 속에서 난 이 문장을 마음속에 간직한 채 죽음의 유혹으로부터 빠져나와 살아남았지. 내가 유대인이라는 단 하나의 이유만으로 나는 내가 일하던 출판사에서 하루아침에 쫓겨나 레닌도서관 3등 사서로 일하게 되었다네. 말이 사서일 뿐, 도서관 지하 문서수장고에 나를 가둬버린 것이지. 아침에 출근하면 햇볕 한번 쬐지 못한 채 하루종일 책을 분류하고 목록을 작성하는 게 내 평생의 일이었다네.

견유학파의 말을 듣고 있는 동안 모든 인간은 과거 속으로 여행을 계속하고 있는 회귀 지향의 시간여행자라는 생각이 들었다. 중요한 사실은 파벨이 레닌도서관 안에 있든 밖에 있든 그것이 그에게는 큰 차이가 있지 않으리라는 점이었다. 파벨 라브렌치라는 존재는 그 자신의 말대로 소년 시절의 꿈과 좌절로부터 시작되었으며, 파벨의 소년 시절이야말로 그에게는 지금도 불가사의하고 유일한 것이자 동시에 세상에 태어나서 처음으로 기적을 이룰 것 같은 열망으로 가슴 두근거리던 시절이었는지도 모른다. 견유학파는 잠시 눈을 지그시 감았다가 뜨면서 말을 이어나갔는데, 나는 그가 눈을 감았을 때 그의 얼굴에 소년 시절의 앳된 모습이 순간적으로 머물다가 지워지는 것을 보았다.

나는 문학청년이었다네. 아니, 내가 레닌도서관에서 사서로 일해야 하는 운명을 피해갈 수만 있었다면 아마 작가가 되었을지도 모를 일이지. 모든 작가의 작품은 항상 그의 운명과도 같다는 점에서 그렇다는 걸세. 작품과 작가의 운명은 마치 단일한 텍스트처럼 간주되곤 하지. 내가 오늘날 러시아의 뛰어난 작가로 추앙받는 알렉 바실리예비츠 볼코프를 만났던 것도 레닌도서관이었지. 만약에 볼코프의 텍스트들에 대해서 말한다면 그 모든 텍스트는 절대적인 가치가 있으며, 운명에 대해 언급하자면 그것은 모든 것을 초월한다네. 볼코프는 오랜 인생을 살다 갔지. 그의 뛰어난 에세이 「내가 사랑하는 포인터들」을 보면 그가 생애 첫번째 개(포인터)의 이름을 '반자이'로 붙인 게 1904년인데 그건 그의 소년 시절이 일이었다네. 하지만 그다음의 기억들은 아주 우울하고 침울하기 이를 데 없었지.

그는 1927년 2월 반역죄로 체포되었다네. 세 가지 언어에 능통했던 그는 당시 번역 일들을 하고 있었으며 이러한 그의 언어 지식과 더불어 부르주아 출신이라는 이유만으로 체포되었던 것이야. 그의 유형생활은 몇 번에 걸쳐 1956년까지 이어졌지. 그리고 말년이 되어서야 비록 길지 않은 기간이었지만 그는 자신의 명예 회복을 위해 모든 힘을 바쳐 글을 썼지.

마찬가지로 내가 레닌도서관에 배치되었을 때, 아무도 나에게 시선을 주지 않았다네. 나를 어깨너머로 힐끔힐끔 넘겨다보는 동료들의 시선에서 차가운 살기가 느껴졌지. 난 유대인이라는 이유만으로 그들에게 혐오감을 주는 존재였던 거야.

1977년 내가 처음 볼코프를 레닌도서관에서 만났을 때 그의 외모에 놀라지 않을 수가 없었다네. 은색의 턱수염에다 전혀 늙지 않은 피부, 큰 키에 잘생긴 외모, 그리고 균형 잡힌 체구를 가진, 감히 노인이라 말할 수 없는 그가 청바지를 입고 그야말로 등을 꼿꼿이 세운 채 내 앞에 서 있었다네. 오랜 유형 생활에서 오는 육체적 피로감 같은 건 느낄 수 없었지.

그와의 첫 만남은 그해 7월 내 일기에 기록되어 있다네. 그때는 막 러시아 출신의 작가 블라디미르 블라디미로비치 나보코프의 죽음에 대한 소식이 전해진 직후라서 우리가 나눈 대화를 지금도 생생하게 기억하고 있지. 우리는 퇴근 후 같은 버스를 탔고 버스 안에서 그는 이렇게 첫 마디를 시작하였지. 그런데, 나보코프가 죽었소! 그리고 그는 가벼운 어조로 이렇게 덧붙였다네. 나는 학창 시절에 바로 그와 한 책상에 앉았었지! 그때 뭔가 내 머리를 스쳐가는 생각은 그가 단순히 나보코프와 한 책상에 앉아 공부했을 뿐만이 아니라 『마쉔카』에서부터 『롤리타』가 완성될 때까지 그 기간을 그와 함께 지냈다는 사실이었어. 실제로 그들은 동급생이었고 같은 학급에서 공부했었다네.

첫 만남 이후 시작된 우리의 우정은 그가 죽을 때까지 오랫동안 계속되었다네. 난 지금도 그에게 가해진 소비에트 정권의 무성의와 무책임성에 대해 용서할 생각이 없다네. 95세에 이른 볼코프는 그날도 개를 데리고 산책을 나갔다가 모스크바 중심가에 있는 한 고급 주택가 근처에서 뚜껑이 열려 있던 맨홀에 빠져 다리가 부러지는 사고를 당했지. 그리고 며칠 뒤 그는 세상을 떠나고 말았다네. 그렇지 않았더라면 우리는 그와 함께 낡은 20세기를 보내고 새로운 세기를 같이 맞이할 열망에 들떠 있을지도 모를 일이지. 언젠가 그는 나에게 이런 질문을 한 적이 있다네. 파벨 라브렌치, 당신은 수용소 생활을 해본 적이 있소? 난 대답했다네. 아니요.

그렇게 대답하고 사실 난 조금 당황스러웠다네. 한 번도 감옥에 가본 적이 없다는 사실이 나에게는 늘 콤플렉스였거든. 그가 대답하더군. 그래요, 러시아 작가들에게는 하다못해 5년…… 아니 10년 정도는 수용소 생활을 해보는 것도 나쁘진 않소. 그러고는 잠시 침묵한 뒤에 말하더군. 하지만 15년이라는 기간은 정말 안 될 말이요. 그는 계속 얘기를 했다네. 내가 어째서 참고 견뎠는지 아시오? 난 내 일생 동안 단 한 번도 남한테 상스러운 욕을 내뱉어본 적이 없기 때문이요. 바로 이것이 그의 인격을 나타내주고 있는 것이지.

그는 대단히 예의 바른 사람이었다네. 그리고 항상 솔직한 사람이었지. 무엇이 좋은지, 무엇이 안 좋은지 신중히 설명하였으며 당국의 문학 검열에 대해서도 늘 항의하곤 했어. 그의 많은 작품들은 검열에서 잘려나갔고 완전히 그의 마음에 들지 않은 상태에서 출판되었다네. 이러한 사실에 대해 그는 몹시 분개했었지. 그리고 그는 나에게 원본을 넘겨주며 출판해줄 것을 부탁했다네. 그 대신 단서를 달았지. 단어 하나라도 바꾸지 말고 출판한다는 게 조건이요. 그 말은 스스로 추방을 각오하고 있음을 의미하는 것이었다네. 그러나 난 단어 한 개라도 바꾸지 않고 출판하기는 힘들다고 말했는데 아마 내게는 그게 약속을 지킬 수 있는 최선의 말이었는지도 모른다네. 나는 이 문제로 줄곧 괴로워했으며 그는 80세가 되어서야 출판된 한 권의 책으로 보답을 받게 되었지.

그가 무엇을 썼는지 궁금하지 않나? 그는 죽어가는 바이칼 호수에 대해 그리고 북쪽 강들의 변천에 대한 글들을 썼다네. 그중에서도 그의 가장 중요한 작품은 바로 『어둠 속으로의 몰입』이라는 작품이라네. 이 책은 아주 훌륭한 여행 모험기이자 그의 인생 역사가 실려 있는 책이기도 하지. 이 작품은 샬라보프-솔제니친-돔브로프스키-긴즈부르크처럼 러시아의 훌륭한 작가들 대열에 낄 뿐만이 아니라, 그들의 작품 속에 등장하는 주인공과는 다르게 작가 자신이 바로 주인공으로 등장한다네. 프랑스에서 먼저 출판된 『어둠 속으로의 몰입』은 그다음 해 러시아에서 출판되었으며 20세기에 우리가 반드시 읽어야 할 책이 되었지. 왜냐하면 그 책은 바로 출생과 고통을 같이 나눈 위대한 작가들을 연결하기 때문이라네. 자네의 논문 주제가 강제이주에 관한 것이라고 블라디미르에게서 전해 들은 직후부터 난 볼코프의 소설 『어둠 속으로의 몰입』을 떠올리곤 했다네. 볼코프는 내가 레닌도서관에서 일하는 동안에 만난 가장 인상 깊은 인물인 동시에 나의 우상이라네. 나는 그의 장례식에 기꺼이 참석했으며 그를 나의 수호신으로 삼아 하루하루를 살아갔지. 난 레닌도서관에서 정년퇴임해 연금생활자로 생활하고 있지만 일주일에 이틀은 레닌도서관에서 촉탁으로 일하고 있다네. 난 지하 수장고에서 희귀 고서들을 분류하고 열람번호를 매기는 일을 거의 평생 동안 해왔지만 내가 기다린 건 아직 출판되지 않은 단 한 권의 책이라고 할 수 있지. 4,300만 권의 장서, 총연장 275킬로미터의 서가, 게다가 전체 장서의 30퍼센트가 247개 언어의 서적으로 이루어진 어마어마한 서고 앞에서 나는 내 신분이 하루아침에 최하층으로 강등된 억울함을 그나마 달랠 수 있었다네. 레닌도서관에 뼈를 묻을 수밖에 없는 운명이라는 것을 받아들이게 된 직후부터 나는 도서관에 정을 붙이려고 나 자신에게 주문을 걸었다네. 나는 책과 책 사이를 산책하는 순례자다, 라고 말일세. 책은 그것이 표지와 내용으로 구분된다는 점에서 피부와 내부기관으로 분리되어 있는 인간과 닮은 점이 있지.

그건 물리적으로 닮은꼴일 뿐만 아니라 정신적으로도 닮아 있다네. 말하자면 표지를 열어서 그 내용을 한 줄 한 줄 읽지 않으면 하나의 인격체로서 인간을 이해할 수 없듯 책도 역시 사유의 행간을 알기 위해서는 우선은 표지를 젖힌 다음, 그 내부 속으로 시선을 깊숙이 밀어 넣을 수밖에 없지.

도서관에 근무하다보면 레닌의 유령이 수많은 장서들 사이를 오가면서 책장을 넘기고 있다는 착각이 들기도 하지. 그럴 땐 소름이 돋곤 하는데 실제로 레닌의 유령을 보았다는 직원도 있었다네. 사실, 레닌의 저작들이야말로 레닌의 유령이 아니겠나. 나는 가끔 저 유명한 『공산당 선언』의 머리글인 "하나의 유령-공산주의라는 유령이, 유럽에 떠돌고 있다"라는 문장을 내 방식대로 바꿔서 '하나의 유령-레닌이라는 유령이, 도서관을 떠돌고 있다'라고 되뇌이곤 했다네. 하지만 이제 레닌뿐만 아니라 공산주의도 역사의 유령이 되고 말았지 않나. 과거의 모든 강령이 휴지 조각으로 변하는 것을 나는 레닌도서관에서 묵묵히 지켜봐야 했다네.

하지만 공산혁명 당시, 소련 공산당원 전체의 70퍼센트 이상이 유대인이었다는 것을 자네도 알고 있겠지. 공산당 중앙위원 7명 중 4명, 트로츠키, 카메네프, 지노비예프, 스베르들로프가 유대인이었어. 그러니까 러시아 공산혁명은 결국 유대인이 주축이 되어 일으킨 것이었지. 레닌의 몸속에 흐르는 피의 4분의 1도 유대인이라네. 러시아와 동유럽에서는 중세 이래로 유대인에 대한 지속적인 탄압과 학살이 자행되어왔는데 이를 포그롬이라고 부른다네. 이에 대한 반발이 러시아 공산혁명이었던 것이지. 러시아에서 소수에 불과한 이들이 공산혁명에 성공한 것은 서유럽과 미국 쪽 유대인들의 은밀한 지원이 있었기 때문이라네. 후에 스탈린은 이러한 유대인 공산주의자들을 미국 제국주의자들의 간첩으로 몰아서 상당수를 숙청하고 말지만 말일세. 스탈린의 유대인혐오증은 그가 청년 시절, 그루지야의 유대인 재벌인 로스차일드 일가가 소유한 정유공장에서 아르바이트를 하면서 싹텄다는 설이 있을 만큼 뿌리 깊은 것이라네. 스탈린은 집권 이후 가상의 적이든, 실제의 적이든 당 안에서 끊임없이 적을 찾았는데 그의 머릿속에서는 유대인 탄압과 적 색출 작업이 같은 말이었던 것이야. 1948년 이스라엘이 창건되면서 소련 내 유대인 사이에서 시온주의가 확산되자 스탈린은 유대인들에 대한 테러를 지시했다네. 스탈린의 충복인 몰로토프의 아내 역시 시온주의자로 몰려 강제수용소로 갈 수밖에 없었지. 1952년에는 20여 명의 저명한 유대인 지도자들이 크림 지역에 별도의 유대인 국가를 세울 음모를 꾸몄다는 혐의로 비밀리에 재판을 받고 처형당했다네. 스탈린은 사망하기 직전인 1953년 1월, 유대인 의사 7명을 포함한 9명의 크렘린 의사들이 자신의 이데올로기 담당 충복이자 레닌그라드 당 서기였던 즈다노프를 비롯한 소련의 여러 지도자들에 대한 암살 계획을 세웠다는 혐의로 이들을 체포하라고 명령했다네. 그는 죽음을 앞두고 의심과 편집증세가 극도에 달한 정신분열 증세를 보이기도 했어.

스탈린 사후에 밝혀진 의사들의 음모를 둘러싼 스탈린의 시나리오에 따르면 그들은 1953년 여름, 붉은광장에서 공개처형을 당하게 되어 있었고 이어서 러시아 유대인들을 인민들의 정당화된 분노로부터 안전하게 격리시킨다는 명분 아래 모스크바에서 소개(疏開)시키는 작전이 짜여 있었다네. 소개열차는 각 15량 이상의 특별 열차로 편성할 계획이었지. 모스크바 외곽 100킬로미터 밖에서는 특수부대가 그 열차에서 100명의 남자를 추려내 부역하도록 되어 있었다네. 아녀자들에게는 어떤 종류의 긴급한 국가적 임무가 이들을 필요로 하며 아버지와 남편 들은 나중에 돌려보내준다는 말이 전해지게 되어 있었지.

이들 100명의 남자들은 기차선로를 따라 부역하는 곳으로 옮겨져 삽을 지급받고 도랑을 파라는 명령을 받게 되는 것이지. 밤중에 이들을 도랑가에 일렬로 세우고 즉시 사살한 후 도랑으로 던져넣고 재빨리 도랑을 흙으로 메운 다음, 그 위에다 야생화들을 심게 되어 있었던 것이라네. 아침이면 이 가공할 만한 학살을 자행한 흔적은 사라지고 없는 것이지. 그리고 동쪽으로 또 100킬로미터를 가서 이러한 학살이 되풀이되고 긴급한 국가적 임무를 수행하게 될 또다른 100명은 똑같은 방식으로 차출되어 자신들이 묻힐 무덤을 파야 할 운명이었던 것이지.

러시아는 광활한 땅이며 원동(遠東)으로 가는 길은 머나먼 길이라네. 스탈린의 계획에 따르면, 아녀자들과 노약자들만이 약속의 땅에 도착하여 남자들 없이 타이가의 잔인하고 괴로운 생활 속에서 서서히 죽어가는 것이었지.

이 가공할 계획은 보쥐드라는 작자에 의해 착안되었는데 만약 스탈린이 죽지 않았다면 그 어떤 것도 그의 의지를 막을 수 없었을 것이고 계획은 일사천리로 수행되었을 것일세. 그러고 나서 이 작전의 모든 참여자들도 숙청되었을 게 뻔한데, 종국엔 단 한 명의 증인도 남기지 않을 작정이었지. 스탈린은 사회주의자들의 사회 모델을 세우는 것이 가치가 없다고 판단한 300만 명의 러시아 유대인을 모두 학살할 참이었지. 그러나 그들은 스탈린의 죽음으로 극적으로 살아남게 되었는데, 그 구원은 옛날 옛적 어느 때 성경에서 하느님이 유대인들을 그의 보호하에 두었듯 마치 어떤 초자연적인 힘이 이 세상의 이곳 삶에 재개된 것처럼 실제로 일어난 기적과도 같은 것이었다네.

신문들이 의사들의 음모 사건과 그들의 충분한 변론이 종결되었다는 뉴스를 앞다퉈 보도하고 있을 때, 스탈린 장례식에서 발사된 조포의 잔향은 채 멎지도 않은 상태였다네 그 잔향 속에서 극동지역 비로비잔으로의 추방이라는 모든 유대인들의 두려움도 사라진 셈이지. 비로비잔의 타이가 지역에 유대인을 위한 막사가 이미 지어지고 있었다는 것도 나중에 밝혀졌지만 당시엔 그러한 운명이 닥칠 것이라는 것을 아무도 모르고 있었다네.

견유학파가 들려주는 이야기를 들으면서 재소한인들의 운명이야말로 소련 유대인을 닮았다는 생각이 스쳤다. 그가 담배를 빼 물자 노부인이 성냥을 그어 불을 붙여주었다. 그들은 아주 오래 호흡을 맞춰온 연극 무대의 한 쌍처럼 보였다.

이 견유학파는, 그러니까 블라디미르의 코멘트를 감안한다면 도서관의 개였던 것이 틀림없는 이 노인은 한번 말을 시작하면 끝장을 보고야 마는 집요한 근성의 소유자였다. 그는 자신이 경험한 바에 대해 무서운 집중력을 발휘하고 있었다. 그 집중력과 집요함으로 논문을 썼더라면 아마도 열 개가 넘는 박사학위를 너끈히 받고도 남았을 것이다.

대체 도서관의 개였던 시절, 견유학파는 비밀문서를 얼마나 물어다 날랐던 것인가. 그런 문건들을 절실하게 원하는 사람들에게 전달하고 그가 받은 대가란 무엇이란 말인가. 내 궁금증은 견유학파가 쏟아내는 무수한 말들의 강물을 거슬러가고 있었다. 견유학파는 입술이 마르는지 찻잔을 들어 목을 축이려고 했으나 차는 이미 식어 있었다. 그는 찻주전자를 들고 주방으로 건너갔다. 나는 그를 물끄러미 쳐다보았다. 그는 주방 식탁을 손으로 짚은 채 물이 끓기를 기다리며 눈을 지그시 감고 있었는데 귓구멍에서 삐져나온 하얀 털은 한 줌이나 되어 보였다.

귓속에서 삐쭉 자라 나온 하얀 털만큼이나 그는 할 이야기가 많아 보였다. 그가 주전자에 끓는 물을 담아 자리에 돌아와 앉으면서 물었다.

내가 어디까지 말했나?

난 하마터면 '도서관의 개까지'라고 말할 뻔했다. 하지만 입은 다른 말을 하고 있었다.

논문 이야기를 마무리할 차례지요.

그렇군. 논문 이야기를 마무리해야지. 논문은 저 책상 위에 놓여 있는 타이프라이터로 작성될 걸세.

타이프라이터는 한눈에 보기에도 상당한 세월이 느껴지는 골동품이었지만 관리를 잘해서인지 그리 낡아 보이지는 않았다. 사람의 생각을 활자로 바꾸는 일은 두뇌가 한다지만 그 활자를 형상화시키는 것은 타이프라이터와 손에게 할당된 역할이다. 난 호기심이 발동한 나머지 골동품에 가까운 타이프라이터를 면밀히 살펴보았다. 그것은 글자판을 누르면 글쇠가 리본을 때려서 글자를 찍는 수동 타자기였다. 난 타자기 앞면에 새겨진 1914라는 숫자를 보고 놀라지 않을 수 없었다. 그러니까 견유학파의 타자기는 1917년 러시아 10월혁명 당시에도 누군가 사용했을 골동품이었다.

자판은 그것이 얼마나 오래 사용되었는지를 말해주듯, 거기에 음각되어 흰색으로 새겨져 있었을 알파벳 형상이 거의 남아 있지 않았다. 음각된 철자가 다 닳아 까만색 일색인 글자판은 숙달된 타자수가 아니라면 단 한 글자도 찍을 수 없어 보였다.

타이핑은 또다른 예술이지. 난 타자를 치다가 오자를 바로잡을 때 수정테이프를 사용해 단 한 방에 오자를 종이에서 제거한다네. 요즘 유행하는 수정액 같은 건 단 한 번도 사용해본 적이 없지. 타자기는 1714년 영국에서 최초의 특허가 있었다는 것이 기록을 통해 전해지고는 있으나 실물은 남아 있지 않다네. 19세기 중반까지 주로 맹인을 위한 기계로 발전한 것이 타자기였어. 그후 세계적인 실용화에 성공을 거둔 기업이 미국의 레밍턴 사라네. 총기를 생산하는 레밍턴 사에서 타자기를 만들어 세계에 보급했다는 사실이 흥미롭지 않나? 저격용 장총에서부터 군사용 장총에 이르기까지 정교하기 이를 데 없는 살상 목적의 총기를 만드는 일이 바로 타이프라이터 제조 기술에서부터 진화했다는 사실 말일세. 나는 자판을 두드릴 때마다 총을 쏘는 기분이 들곤 한다네. 자판을 치는 순간이 방아쇠를 당기는 순간이며 그 힘에 의해 글쇠가 종이를 때리는 순간이 바로 탄환이 발사되는 순간인 것이지. 총을 쏘는 기분으로 타자를 칠 때 느껴지는 희열을 자네는 알 수 없을 걸세.

견유학파는 누런 갱지에 타이핑을 한다고 했다. 다른 종이에 비해 갱지는 잉크가 잘 배어들 뿐만 아니라 무엇보다도 타이핑할 때 먹지를 끼우고 복사본을 동시에 만들어내야 하는 작업에서는 누런 갱지만큼 글쇠의 힘을 효율적으로 흡수하는 종이가 없기 때문이라고 했다. 그는 작업 과정을 보여주겠다며 종이 다섯 장을 꺼내 그 사이사이에 네 장의 먹지를 끼우면서 말했다.

논문은 모두 5개 판본이 필요하다네. 그게 이쪽 세계의 룰이지. 아직도 러시아 학계에서는 옛 방식을 고집하고 있지. 우선 논문 작성자인 자네에게 첫번째 판본이 돌아갈 걸세. 두번째 판본은 지도교수의 몫이지. 세번째는 국립중앙문서보관국에 소장될 것이며 네번째는 전소련 공산당중앙문서국 산하 학위논문 수장고에 소장될 걸세. 그리고 마지막 판본은 레닌도서관 부속 학위논문 수장고로 보내져야 한다네. 자네는 논문을 쓴 장본인이지만 나는 그것을 한 자 한 자 종이에 박아서 5개 판본을 만들어내는 문자 판화가이기도 하다네.

그의 말마따나 단 하나의 오탈자도 없이 3만 단어에 육박하는 논문을 타자기로 정확히 찍어내는 일은 숙련된 사람이 아니면 불가능한 작업이었다. 시쳇말로 그는 1타 5피의 내공을 갖춘 실력자였던 것이다. 그가 사용하는 타이프라이터는 한눈에 보기에도 일반 타자기에 비해 두 배는 커 보였고 무게도 꽤 나가 보였다. 키릴문자를 하나씩 머리에 붙인 글쇠의 길이도 일반용에 비해 두 배는 길어 보였다.

그렇게 길어야만 종이에 글쇠가 닿는 타점에서 최대치의 힘으로 펀칭을 할 수 있다네. 그런 힘이 없으면 다섯번째 종이에까지 문자가 찍힐 수 없지. 그러자니 첫번째 판본은 너무 강하게 펀칭되는 바람에 종이에 구멍이 뚫리는 경우도 있는데 숙련된 사람일수록 그런 흠집이나 먹지의 번짐 없이 5개 판본을 만들어낼 수 있는 걸세.

그의 타이핑 솜씨는 흡사 클래식 명반을 녹음하는 피아니스트의 연주를 연상케 했다. 피아노의 88개 건반을 서너 번씩 갈아치우는 피나는 연습 끝에 세계적인 반열에 오른 피아니스트, 연주 중 피아노 줄이 끊어지는 무지막지하게 강한 타법의 소유자가 이 견유학파였다.

내겐 자판 소리가 음악처럼 들린다네. 나는 종이 위에서 내가 찍은 타이핑으로 인해 말이, 문장이, 그 틀을 만들어가는 과정을 지켜보는 걸 행복으로 삼고 살아왔지. 그것은 미학적인 문제이기도 하다네. 타이핑을 할 때 나는 내가 만들어가는 단어의 형상에 대해 조각가와 같은 심정을 느끼곤 한다네. 수공업적 상상력이 있어야 글이 풀려나가거든.

우선 달그락, 걸쇠를 푼다. 따르륵, 둥근 손잡이를 돌려 종이를 끼운다. 드르륵, 캐리지 뭉치를 오른쪽 끝까지 민다. 따닥따닥, 자판을 때릴 때마다 긴 활자대가 벌떡벌떡, 일어서서 철컥철컥, 글자를 찍는다. 한 줄이 차가면 땡, 가벼운 종소리가 울린다. 레버를 젖혀 철커덕, 캐리지를 움직이고 새 줄이 시작된다. 이처럼 타이핑을 하면 우선 귀부터 즐거워지지. 엷게 번지는 잉크 냄새. 난 탁상등만 켠 어둑한 방에서 작업하는 습관이 있다네. 내 나이 열아홉 살, 그때 내가 가장 가지고 싶었던 것은 타자기와 몽크 화집과, 카세트 라디오에 연결해 레코드를 들을 수 있는 턴테이블이었다네. 그건 타이피스트로 일하던 어머니의 영향이기도 하다네.

20세기 초 타자기는 여자들을 처음 사무실 일터로 불러냈지. 타자란 기계적이고 지루한 일거리였어. 1926년 미국 속타(速打)대회 우승자 스텔라 윌린스는 1분에 264단어를 치는 기록을 세웠는데 그때 되풀이해 친 문장이 '이 일이 얼마나 지겨운지(How I loathe this work)'였다네. 물론 어머니가 들려준 이야기인데 그래서 타자수에겐 원초적 우울함이 있다네. T. S. 엘리엇의 「황무지」에서 짜증이 난 타이피스트가 기계적인 정사(情事)를 나누듯 말일세. 타자기가 발명된 지 150년이 지났는데 그동안 그것을 사용하는 인간의 성격을 변질시켜버렸다고 해도 과언은 아니지. 하지만 그 반대의 경우도 성립한다네. 타자기는 타자 치는 사람의 성실성을 나타내는 도구임에 틀림없다네. 타자기가 마침내 사라질 때 우리는 그것을 다시 그리워할 게 분명하지.

그가 찍은 타이핑 종이를 넘겨받았을 때 활자가 남긴 요철 자국에서 그의 인생이 만져지는 것 같았다. 매끈한 컴퓨터 글자에선 맛볼 수 없는 온기가 배어 있었다.

타이프라이터의 리본을 무엇으로 만드는지 알고 있나? 그건 치밀하게 짜인 고밀도의 직물이라네. 이집트산 장모근(長毛筋) 면화에서 방출한 70번 수보다 가는 코마사로 짜이는데, 경사보다도 위사를 가늘게 하고 밀도를 올려 평직으로 짠다네. 내 어머니도 나처럼 직장에서 귀가해서도 아르바이트로 타이핑을 하곤 했는데, 아마도 거의 모든 종류의 문서를 작성했을 거네. 어느 날 어머니는 타이프라이터 리본을 갈아 끼우면서 나에게 이렇게 말하셨지.

"파벨, 넌 고대 로마의 안토니우스가 클레오파트라에게 바친 결혼

선물이 무엇인 줄 아니? 그는 로마의 정복지인 시리아 지역에 있던 페르가몬도서관의 20만 장서를 통째로 배에 싣고 와 연인에게 애정의 증표로 바쳤단다. 화재로 도서관 장서가 손상되어 상심하던 클레오파트라를 위로하기 위한 선물이었던 것이지. 영웅들을 매혹시킨 클레오파트라는 어려서부터 도서관을 애용했던 지성과 미모를 겸비한 여왕이었단다. 그녀의 지혜와 지략, 유려한 언변은 도서관에서 갈고 닦은 내공에서 나온 것이지. 클레오파트라가 그토록 소중히 여겼던 고대 알렉산드리아도서관은 당시로는 어마어마한 규모인 70만 장서를 보유하고 있었단다. 도서관은 당대 최고의 작가와 학자들을 초빙해 최고의 대우를 해주면서 연구에 전념케 하는 지식의 공장 역할을 했던 곳이지. 로마와 아테네가 인문학 중심이었던 데 비해 알렉산드리아는 천문학, 지리학, 물리학, 화학 등 자연과학을 중시했단다. 그 유명한 아르키메데스, 에라토스네스, 유클리드 등이 그곳 출신이었어. 그 도서관으로 인해 알렉산드리아는 지중해의 지적인 수도로 불렸지. 하지만 전쟁이 빈번했던 고대에 알렉산드리아도서관은 여러 번 불타고 약탈당했단다. 도서관의 가장 위험한 적은 바로 전쟁이야. 하지만 2차 세계대전 중 독일군이 레닌그라드를 900일간이나 봉쇄해 식량과 연료 공급을 차단했을 때조차 단 하루도 문을 닫지 않은 러시아 과학아카데미도서관의 이야기는 지금도 나를 눈물겹게 한단다. 혹한이 유달리 극심해 영하 30, 40도까지 수은주가 내려갔지만 유리창이 깨지고 난방도 되지 않는 상태에서 단 하루도 도서관을 닫지 않았다는 것은 기적과 같은 일이었지. 살인적 추위와 배고픔, 날아오는 포탄 속에서 도서관의 장서를 보호하기 위해 사투를 벌인 결과 당시 직원의 절반이 사망하고 말았어. 극한 상황에서도 도서관 문을 닫지 않은 이유는 무엇이었을까? 그것은 도서관이 그 자체로 인류의 희망이었기 때문이란다."

난 어머니가 들려준 이 말을 평생 잊을 수 없다네. 내가 레닌도서관에서 일할 때 남들이 나를 어떻게 부른다는 걸 잘 알고 있었지만 그들이 생각하는 협잡 같은 것은 전혀 없었다고 자부할 수 있네. 도서관에서 일할 때가 내 인생의 황금기였지. 내가 원하는 거의 모든 책을 읽을 수 있었으니까 말일세. 내가 레닌도서관에서 정년퇴임하던 날, 도서관장이 나에게 갖고 싶은 책을 고르라고 말했을 때 난 주저하지 않고 자하로프 출판사에서 출간된 『브로드스키, 모든 것의 인터뷰』라고 대답했다네. 도서관에서는 퇴임할 직원들이 고른 책을 따로 출판사에 주문해 선물로 주는 관행이 있었지.

견유학파는 자리에서 일어나 거실 책장에 꽂혀 있는 두툼한 책을 꺼내 보여주었다. 겉표지를 넘기자 "언어는 신(神)보다 더 중요하다"라는 문구와 함께 그의 정년퇴임 날짜가 적혀 있었다. 견유학파는 그 문구를 읽고 있는 나를 빤히 지켜보면서 마르지 않는 샘처럼 이야기를 이어나갔다.

하루에도 수천 명이 드나드는 시내 중심가의 널찍한 대형 서점 매장에 들러보면, 단행본이든 전집류이든 또는 화려한 장정이든 포켓판이든 무엇이나 다 진열돼 있는데, 막상 이오시프 브로드스키의 시집이나 수필집은 거의 찾아보기 힘들다네. 오래전에 다섯 권짜리 전집이 나온 적은 있지만 이미 시중에는 자취를 감춘 지 오래고 혹시 있다고 해도 당연히 엄청나게 비싼 값에 거래되고 있지. 이런 현상은 출판사들의 잘못이라기보다는 러시아의 근본적인 문화정책이 낳은 오류 때문이라네. 러시아는 브로드스키를 낳긴 했지만 수모를 안겨 그를 내쫓았다네. 시를 쓰고 읽는 것이 인간사 가운데 거의 유일하게 가치 있는 것이라 여겼던 그는 결국 외국으로 추방된 채 자신의 세계를 가꿀 수밖에 없었거든. 이런 상황에서 자하로프 출판사가 펴낸 『브로드스키, 모든 것의 인터뷰』는 하나의 사건이었다네. 거의 700쪽에 걸쳐서 자신과 시와 동시대인과 시대성, 또 신과 언어에 대한 시인의 육성이 고스란히 담겨 있고, 많은 부분이 처음 소개되는 글이기도 했지. 책장을 이리저리 들추다보면, 브로드스키가 그의 창작 생애에서 가장 중요하게 여긴 가치들이 일목요연하게 드러난다네.

그 첫번째 자리에는 물론 언어가 등장하지. 그가 보기에 언어란, 어떤 내용을 표현하기 위한 도구나 방법이 절대 아니었다네. 인간, 그중에서도 특히 시인은 오히려 언어의 도구라는 것인데 브로드스키는 이렇게 말했다네.

견유학파는 책장을 넘겨 원하는 구절을 찾아내 읽기 시작했다.

언어란 독자적인 위대함이요, 독자적인 현상이요, 스스로 생존하고 발전하는 진귀한 것이다. 어찌 보자면 바로 자연이라 할 수도 있고, 그래서 언어는 특정한 성장을 거듭한다. 시인이나 작가는 거기서 떨어지는 열매들을 주워 그것을 이러저렇게 짜맞추는 데 불과할 뿐이다. 그렇다면 시란 도대체 무엇인가? 본질상 그것은 언어 활동의 최고 형태인 것이다. 우리가 짐승과 다른 점 가운데 하나는 조음과 언어구사 능력이다. 바로 이런 점에서 사실상 시는 문학의 한 분야나 예술의 형태에 머무는 게 아니며 나아가 재밋거리나 머리 식히기는 더더욱 아니다. 시란 바로 생물학적 종개념으로서 인간이 추구하는 목표 바로 그 자체인 것이다. 시를 만지는 사람들은 곧 생물학적 견지에서 가장 완성된 형상의 인간들이다…… 언어란 신보다도, 자연보다도, 다른 그 무엇보다도 더 중요한 것이다……

브로드스키는 바로 이런 개념으로 실제의 모든 것들을 설명했다네. 심지어 권력과의 관계마저도 그렇게 설명했지. 그는 평생 자신을 러시아의 이단자라 여겨본 적이 없었던 시인이라네. 단지 서로 다른 언어를 갖고 권력에 대해 이야기했던 것뿐이라네.

어떤 시인이 성숙 발전한다면, 그에 따라 시의 내용이 아니라 시인의 특유한 어법과 문체 들이 최고권력의 눈에 어긋나게 되는 순간이 도래한다…… 언어는 체제와 또 그 체제가 이용하는 관용적 어법의 모순과 적대 상태에 처하게 된다.

238쪽에 나오는 내용이지. 그는 냉정한 이성주의자였다네. 신에게 의지하지 않으며, 바깥세계와 다른 인간을 마주 대할 때 감상에 사로잡히지 않는 이성주의자였지. 그가 생전에 나눈 여러 인터뷰에서 드러나는 것처럼, 그의 신관(神觀)은 좀 복잡하긴 하지. 그가 바라보는 신은 지극히 독단적이며 반드시 복을 안겨주지는 않는다네. 이런 면으로부터 그가 취하고 있는, 고전적 개인주의가 나오는 것이지. 그는 자신과 젊은 시절의 친구들이 현재의 미국인들보다 훨씬 더 미국적이었다고 즐겨 말하곤 했지. 젊은 날의 그가 보기에 미국 땅에서 구체화됐던 개인주의 사상과 개별 존재로서 인간의 자주성이라는 이상은 언제나 확고부동의 것이었지.

사실, 그런 가치체계를 유지해나가려면 커다란 용기가 필요한 법이지. 확신에 찬 진정한 개인주의자들이 러시아에서나 미국에서나 별로 사랑받지 못한다는 점을 감안하자면, 그는 자신의 사고력을 끝까지 밀고 나간 용기의 소유자였다네. 그는 고전적 개인주의를 여러모로 러시아 시에 접목시키려 애썼지. 러시아 시에 대한 그의 놀라운 견해를 내가 읽어줌세.

> 강약약 격의 여성적 종결이 지나치게 널리 쓰이는 것은 20세기 소비에트 시대 러시아 시가의 주요 특성이다. 그런데, 이는 무엇을 뜻하는가? 무엇보다도 시의 재료나 혹은 실제 사실에 대한 접근이 이성적이지 못하며 푸념 일색의 감성적 반향이라는 것이다. 그러니까 자기한탄이요, 징징거린다는 뜻이다.

자기한탄과 징징거림은 그의 시에서는 나타나지 않는다네. 그가 세상을 보는 눈은 허세나 분노 따위와 상관없이 아주 냉담하지. 이런 점은 그 자신이나 또 이 책에 많이 등장하는 동시대인들에게 일치되는 지적인데, 브로드스키 미학의 출발은 바로 신보다 더 중요한 언어에서 나온다는 사실에 있다네. 그것이 내가 브로드스키의 시를 사랑했던 이유였네. 나는 레닌도서관의 열람실에서 책을 읽고 있는 브로드스키와 딱 한 번 마주친 적이 있는데 행간을 따라 읽던 눈동자가 영롱

하게 반짝이고 있던 그 모습은 지금도 생생하지. 그를 발견하고 다가갔지만 결국 말도 붙여보지 못한 채 그냥 지나치고 말았다네. 그를 방해하고 싶지 않았지.

하지만 그를 지나쳐가면서 그가 바로 나 자신이라는 것을 깨달았다네. 빛과 어둠이 어차피 하나의 몸에서 떨어져나온 두 개의 영혼이듯, 나는 그의 가장 중요한 시론인 "언어는 신보다 중요하다"라는 말을 이해할 수 있을 것 같았지. 그것이 내가 레닌도서관에서 퇴직할 때 『브로드스키, 모든 것의 인터뷰』를 골랐던 이유라네.

이 타자기는 어머니의 유물인데, 어머니가 평생 일했던 소련 공산당 중앙위원회에서 은퇴했을 때 당에서 선물한 것이야. 내가 레닌도서관에서 퇴직했을 때 브로드스키의 책을 선물받았듯 말일세. 내가 먹지 네 장을 이용해 논문 다섯 권을 만들듯, 어머니 역시 모든 공식 문건에 대해서는 다섯 장의 정본을 타이핑해야만 했다네. 어머니는 청년공산당학교 시절부터 전문 타이피스트 요원이 되기 위해 혹독한 훈련을 받아야 했지. 난 어머니를 통해 타이피스트라는 존재의 중요성에 대해 눈뜨게 되었어. 타이피스트는 단순히 문서 작성으로 끝나는 게 아니라네. 당 지도부의 모든 명령을 문서화해 결제를 받은 다음, 그 명령과 관련된 유관 부서와 유관 공화국으로 발송하는 일까지 책임을 져야 하는 막중한 업무를 수행해야 했다네. 문서는 그 내용에 따라 상관의 재가를 받고서 극비, 1급 비밀, 2급 비밀, 3급 비밀 등의 비밀 등급 직인을 찍어 분류하는데, 일단 비밀 등급이 매겨지면 공산당 서기장이 정하는 별도의 해제 명령 없이는 열람이 불가능하지. 그만큼 비밀문서는 아주 엄격하게 관리되고 있지. 그러니 타이피스트의 사소한 실수 하나로 인해 얼마나 무서운 결과가 초래될지는 불 보듯 뻔한 일 아니겠나? 문서 작성에서부터 비밀 등급 분류, 그리고 발송에 이르기까지의 전 과정을 타이피스트가 책임져야 하기 때문에 어머니는 그 긴장감 때문에 귀가해서도 불면증에 시달리곤 하셨지.

여기까지 말한 견유학파는 벽에 걸려 있는 괘종시계를 쳐다보며 눈을 크게 떠 보였다. 시곗바늘은 열한 시를 가리키고 있었다.

시간이 벌써 이렇게 된 줄 몰랐군. 말이 좀 길어진 것이니 양해해주기 바라네.

견유학파가 부인의 눈치를 보며 미안한 표정을 지어 보이자 부인은 나를 쳐다보며 오히려 이해를 구했다.

이 사람이 이야기를 들어줄 사람을 오랜만에 만난 모양이에요. 보통 때는 말이 없어 오히려 답답한 사람인데.

견유학파는 장식장에서 보드카 한 병을 꺼낸 뒤 신문지에 싸서 내게 내밀었다.

젊었을 때는 나도 애주가였지만 이제는 건강이 허락하지 않는다네. 장식장에 처박아놓기만 하면 뭘 하겠나. 술도 주인이 따로 있는 법이지.

그는 문밖까지 나와 나를 배웅했다. 나는 아파트 현관을 나와서 방금 빠져나온 견유학파의 집을 올려다보며 한참 동안 생각에 잠겼다. 견유학파와 레닌도서관. 그에게 레닌도서관은 지옥인 동시에 꿈의 궁전이 아니었을까.

몰락한 가문에는 상실의 거울이 있기 마련이다. 이 경우에 역사는 진행중인 상실인데 그 자체로 무의식의 심연이 존재한다. 견유학파가 스스로를 유대인이라고 소개했을 때 그의 얼굴이 소금물에 담근 듯 쪼그라들고 있다는 느낌을 받았다. 멀리 떨어진 섬. 거기서 오랫동안 혼자 살다 돌아온 사람의 이야기를 나는 주의 깊게 들었던 것이다. 피곤한 얼굴, 초췌한 어깨, 뭔가를 다 털어놓지 못하고 헤매는 소리, 침묵과 단절 속에서 간간이 이어지던 야릇한 언어, 그리고 내가 절대 갈 수 없는 시간과 공간 사이의 한정 없는 거리, 테두리만 보일 뿐 결코 그 안을 들여다볼 수 없는 완강함. 그러니까 하나의 심연이 그와 나 사이에 가로놓여 있었다. 과거는 흐르지 않고 유체처럼 끈적거린다.

그것은 좌절된 꿈의 변형이며 일종의 상실이다. 심연에 상응하는 그의 장황설. 그날 밤, 견유학파와 나는 상실을 더듬고 있었다. 그렇다. 태어나는 것들은 이제 되찾을 수 없는, 그 내부에 대한 향수로 숨을 토한다. 견유학파가 레닌도서관에서 보낸 나날들은 갱도에서 가쁜 숨을 몰아쉬는 광부의 시간이었지만 그가 상실의 시간을 견뎌낼 수 있었던 것도 바로 그 갱도가 있었기 때문인지도 모른다.

진실은 뽑혀진 뿌리, 바로 그곳을 건드린다. 하지만 진실은 미리 정해지지 않는다. 이 현기증 나는 상황이 견유학파로 하여금 처음 만난 나에게 그토록 많은 이야기를 털어놓게 만들었던 것은 아닐까.

이야기가 없으면 과거는 회복되지 않는다. 하지만 이야기가 절대적인 것은 아니다. 이야기는 언제나 과장되고 미화될 수 있으며 실제로 일어난 일과 일치되지도 않는다. 다만 발화하는 순간의 행위를 드러낼 뿐이다. 그 발화가 텅 빈 과거를 다 메우지도 못한다. 과거에 무슨 일이 일어났는지에 대한 이야기는 얼마든지 가능하지만 그것으로 과거가 완전히 복원되는 것은 아닐 것이다. 체험은 각자의 것이며 진실 역시 각자의 것이다.

해안가에 한번 닿았다가 우리를 영영 버려둔 채 멀어져가는 파도의 심연. 그것이 우리가 그토록 찾고자 했던 이름이며 느끼고자 했던 사랑인 것이다. 과거는 바닥없는 심연이다. 바닥의 요동은 계속된다. 그리고 인생의 어느 순간들은 번개처럼 머리에 박힌다. 견유학파는 지금 불 켜진 창 뒤에서 하루의 일과를 마무리하고 잠자리에 들 것이다. 그러나 잠에 빠져드는 것은 그 자신일 뿐, 그가 살아온 나날들은 역사의 유령이 되어 그의 침대 곁을 서성일 것이다. 그는 어쩌면 살아서 유령이 된 인간인 것이다. 그는 그날 밤 내게 과거의 유령을 만나게 해주었다.

은폐된 진실

나는 그날 이후 레닌도서관에 처박힌 채 논문에 수록할 각주와 참고문헌을 다시 한번 꼼꼼히 정리하는 데 여념이 없었다. 견유학파의 존재를 전혀 의식하지 못한 채 보름 정도가 지난 어느 날, 나는 지금도 이해할 수 없는 방식으로 우연히 그와 마주쳤다.

서울로 전화를 걸 일이 있어 모스크바 중앙전신전화국을 찾아갔는데, 내가 머물던 기숙사의 전화기는 국내전화만 걸 수 있도록 잠금장치를 해둔 탓이었다. 중앙전신전화국은 거대한 인종 전시장을 연상시켰으며 개인 전화가 없는 임시체류자나 하숙생 또는 외국 유학생 그리고 망명자 들이 국제전화를 걸 수 있는 유일한 장소였다. 접수창구에 길게 늘어선 사람들의 행렬 가운데 단연 눈에 띄는 사람들은 중앙아시아에서 온 유색인종이었다. 그들은 머리에 터번을 두르거나 이슬람교도가 쓰는 앙증맞은 페즈를 마치 뚜껑처럼 머리에 얹고 있었다. 그들은 접수를 하고 나서 긴 나무의자에 나란히 앉아 전광판을 응시하고 있었는데, 전광판에 접수 번호와 함께 전화를 받을 부스의 번호가 깜박거리면 재빠르게 달려들어갔다. 대기실은 수십여 개의 언어로 웅성거리는 다양한 인종들의 수다한 지껄임으로 가득 차 있었다.

체구가 작은 베트남인들도 그 무리에 섞여 있었는데, 그들은 중앙 전신전화국이라는 인공정원에 들어온 토끼나 햄스터처럼 순박해 보였지만 두 눈동자에서는 불꽃이 튀었다. 그들은 몰락한 종족의 마지막 후예처럼 원한 가득 찬 표정을 짓고 있었다. 그들 옆에 앉아 고개를 숙인 채 메모지에 무언가를 열심히 적고 있는 사람은 뜻밖에도 견유학파였다.

전화국 여직원의 안내방송이 나오자 견유학파가 부스의 문을 열고 안으로 들어갔다. 수화기를 든 그의 목소리는 전혀 들리지 않았지만 때로는 격렬하게 손짓을 하며 무엇인가를 설명하고 있었다. 부스 안에 켜진 작은 전광판에는 남은 통화 시간이 시시각각 점멸하고 있었고, 어느 정도 시간이 지나자 줄어드는 전광판 숫자에 눈을 고정시킨 채 그의 입술이 점점 빠르게 움직이고 있었다. 이윽고 그가 손수건으로 입 주위를 닦으며 부스에서 나왔을 때 얼굴은 상기되어 있었다. 그는 우연한 재회임에도 불구, 나를 다소 한적한 구석의 빈자리로 이끌더니 이 믿을 수 없는 만남에 대해서는 아무 언급도 하지 않은 채 우리만의 대화를 이어나갔다.

어쩌면 이곳에서의 국제전화도 모두 도청을 하고 있을지도 모른다네. 특별한 도청 기술도 필요 없이 그저 녹음기만 틀어놓으면 되니까. 거의 모든 전화가 도청되고 있다고 보면 틀림없지. 정보국에 그걸 전담하는 부서가 별도로 있었는데 타스 통신에 근무했던 내 친구도 그쪽 출신이었지.

견유학파는 그렇게 말하고 나서 뭔가를 골똘히 생각하더니 말을 계속했다.

죽은 이후에도 땅에 묻히지 않고 중력의 법칙을 이겨낸 사람에 대해 알고 있나?

다음 순간, 그는 벌떡 일어나서 하늘을 향해 고개를 치켜든 채 마치 솟아오를 듯 발끝을 들어 보였다.

유리 가가린이 인류 최초의 우주인이라는 건 잘 알고 있겠지. 1961년 4월 12일 보스토크 1호를 타고 1시간 29분 만에 지구의 상공을 일주함으로써 인류 최초로 우주비행에 성공한 가가린이 우주에서 지구를 본 감상을 '지구는 푸른빛이었다'라고 말한 건 지금도 유명하지 않나. 우주비행에 성공한 뒤 중위에서 소령으로 특진했고 우주비행사대대를 이끌며 대령으로 진급했지만 1968년 3월 27일 비행훈련중 제트기가 모스크바 근교 블라디미르 시의 한 마을에 추락해 사망했다고 알려져 있지.

하지만 내가 알기론 가가린의 유해는 어디서도 발견되지 않았다네. 가가린의 유해는 레닌과 막심 고리키를 비롯한 지난 시대의 영웅들과 함께 크렘린 성벽 아래의 특수 무덤에 안치되어 있다고 알려져 있으나 그것은 밀랍인형일 뿐, 그의 사체는 아닐세. 나는 이 지구상에 가가린의 시신은 없다고 믿고 있다네. 하지만 가가린이 프롤레타리아의 영웅이라는 사실은 변하지 않을 걸세.

가가린이 주물공장 노동자 출신이라는 것은 당시 우주 개발을 주도하고 있던 당국의 구미에 딱 맞는 선발 조건이었다네. 공산당원이었던 가가린은 우주에 올라가 맡은 바 임무를 완벽하게 수행하고 돌아온 다음에도 자신은 지극히 평범한 사람이라고 말했는데, 이 말을 들은 당국자는 평범한 사람이라는 말 앞에 소련이라는 단어를 붙일 것을 주문했지. 소련에서 가장 평범한 사람이라고 말일세. 우주비행에 성공하고 무사히 지구로 귀환한 직후 그가 제정 러시아의 가가린 왕자의 피를 이어받은 귀족 출신이라는 소문도 나돌았으나 그건 호사가들이 만들어낸 것일 뿐, 그의 아버지는 집단농장에서 농부와 목수로 일한 육체노동자였고 어머니는 평생 동안 소젖을 짰다네.

가가린이 차르의 혈육이라는 말은 낭설에 불과한 것이지. 1941년 일곱 살의 가가린은 운명적인 장면을 목격한다네. 당시 그는 모스크바에서 서쪽으로 100마일 떨어진 클루시노라는 작은 마을에 살고 있었는데 그곳은 나치에 의해 점령당한 상태였지. 그때 소련 전투기 한 대가 독일군의 대공포를 맞고 추락하기 시작했는데, 전투기는 꼬리에서 시커먼 연기를 뿜으며 가가린의 머리 위를 지나갔으며, 추락하던 전투기에서는 마지막 순간까지 기관총이 발사되었고 마침내 이동중이던 독일군 행렬을 향해 떨어져 자폭하고 말았지. 가가린은 이때부터 전투기 조종사를 꿈꾸었는데 조국전쟁(2차 세계대전)이 끝난 후 모스크바 근교의 류베르치 주물학교에 입학했다네. 겉보기에 그는 중공업 분야에서 최선을 다하는 일벌레로 새로운 소련 시민의 전형이 될 운명의 소유자였지만 속으로는 다른 꿈이 영글어가고 있었던 것이야. 류베르치는 항공기 제작 공장으로도 유명한 곳이었어. 그는 틈만 나면 조종사들과 어울렸고 그들의 시험비행을 눈여겨보기 시작했지. 이듬해 사라토프 공대에 입학한 그는 근처에 비행학교와 활주로가 있다는 사실을 알고 비행 수업을 듣기 시작했다네. 사라토프는 우주탐

험을 위한 극비 프로젝트를 수행하는 소련의 몇몇 연구기관 가운데 하나였다네. 가가린이 사라토프에 있게 된 것은 우연이 아니었는지도 모를 일이지. 비행이론과 야간비행술을 공부하던 가가린은 타고난 조종사로서의 자질을 보였다네. 학교를 졸업하고 전투기 조종사로 공군에 입대했는데 157센티미터에 불과한 작은 키 때문에 미그기를 몰 때 의자 위에 방석을 깔아야 했지.

하지만 이 작은 체구가 우주선 조종석의 좁은 공간에서는 오히려 유리하게 작용했다네. 2년 후 그가 소련의 비밀 우주프로젝트에 자원했을 때 그를 능가할 다른 후보는 없었지. 그는 지금까지 아무도 시도해본 적이 없는 극도로 위험한 임무를 수행하는 데 필요한 모든 조건을 갖추고 있었어. 그는 완벽한 우주비행사였던 것이야.

그러나 3년에 걸친 집중훈련기간 동안 배운 것이라고는 로켓 변속 때 발생하는 관성력의 변화를 예측하는 것과 무중력 상태에서 방향감각을 상실했을 때 대처하는 방법, 그리고 대기권에 재진입하는 방법뿐이었지. 나머지는 그의 타고난 자질에 맡겨진 것인데 마침내 운명의 날, 가가린은 가족들에게 '매우 중대한 임무를 수행하러 간다'라는 수수께끼 같은 말을 남기고 카자흐스탄 바이코누르 시 외곽에 설치된 우주발사대로 떠났다네. 로켓 발사를 준비하는 동안에도 확실한 것은 아무것도 없었지. 우주에서 인간에게 어떤 일이 일어날지 아무도 예측할 수 없었다네. 신체는 극심한 기온 변화에 어떤 반응을 보일 것인가, 심리적 긴장감을 어떻게 이겨낼 것인가. 기술적인 문제가 발생하면 가가린은 까맣게 타버리든지 아니면 칠흑 같은 우주 공간에서 고독한 죽음을 맞을 수도 있었지. 8만 톤의 추진력을 지닌, 그르렁대는 로켓 위에 설치된 자갈 모양의 캡슐로 기어올라가는 동안 오직 가가린만이 침착함을 잃지 않았지. 가속을 알리는 불길이 뿜어져나왔고 그를 태운 로켓은 마침내 우주비행을 위해 발진했다네.

1961년 4월 12일 오전 9시 7분, 4.75톤의 보스토크 1호가 가가린을 태우고 하늘로 날아오르던 모습은 소련 전역에 생중계됐고, 그때 나도 텔레비전 수상기 앞에 들러붙어 이 광경을 지켜보았지. 가가린이 1시간 48분 동안 지구를 한 바퀴 돌고 귀환하자 미국과의 우주 대결에서 승리했다는 자부심이 소련 전역에 넘쳐났지. '이즈베스티야'는 「전 세계를 뒤흔든 108분」이라는 제목을 달았고 프라우다는 특별 호외를 찍었지. 그가 어린 시절을 보낸 그자츠크 시는 이름을 가가린 시로 바꿨다네. 소련은 그동안의 모든 우주비행 기록을 갈아치우며 경쟁적인 우주개발의 선두자리를 차지하려는 미국의 야망을 산산조각 내는 성과를 거둔 셈이지. 하지만 여기엔 알려지지 않은 몇 가지 사실이 숨어 있다네.

가가린은 사라토프 지역 엔젤 남서쪽 26킬로미터 지점인, '레닌의 길'로 알려진 전혀 개간되지 않은 콜호스의 딱딱한 지면 위에 안전하게 착륙했지만 착륙 과정은 지금도 공개되지 않고 있다네. 당시만 해도 딱딱한 육지에 착륙하는 기술은 개발되지 못했고 가가린은 7천 미터 상공에서 사출의자를 이용하여 우주선에서 분리된 후 낙하산을 타고 하강함으로써 생존할 수 있었지. 그러나 이런 사실을 발표할 경우 비행체에 승무원이 탑승한 채 이륙하고 착륙해야 기록을 인정하는 국제항공연맹(FAI)의 규정을 위반한 것이 되기 때문에 비밀로 할 수밖에 없었던 것이지.

또하나 알려지지 않은 사실은 그가 무중력 궤도에 진입했을 때 한 말이라네. 가가린은 바이코누르 통제센터와 교신했는데, 우주선 캡슐 밖으로 아주 작은 별 하나가 스쳐지나가는 것을 보았고 그 아름다움에 매우 놀랐다는 내용이었지. 그는 이렇게 외쳤다네. "우주선 창밖으로 스쳐지나가는 별들의 모습은 너무너무 아름답습니다. 우주선은 비행을 계속합니다. 나는 왼쪽 오른쪽 창밖의 별들을 번갈아가며 쳐다봅니다. 계속해서 별들은 나타났다가 사라지곤 합니다."

과연 가가린의 이 말은 무엇을 의미할까. 가가린이 본 것은 외계인의 우주선이었을 가능성이 높다고 나는 믿고 있다네. 보스토크 1호의 두꺼운 유리창 밖에 자유자재로 나타났다가 사라지고 다시 나타나는 아주 작은 별의 정체란 무엇이겠나.

그건 외계의 또다른 비행체라 할 수밖에, 달리 어떻게 설명할 수 있을까. 외계의 비행체. 가가린은 자신이 본 것을 아주 작은 별이라고 표현했을 뿐, 실은 마음속으로 외계에 또다른 비행체가 있다는 것을 믿었던 것이지.

내가 이렇게 말하는 이유는 1968년 미그기를 몰다가 모스크바 근교의 블라디미르 시 야산에 추락해 사망한 가가린의 시신을 찾지 못했다는 것과 관련이 있다네. 결론부터 말하자면 가가린은 죽지 않았다네. 죽지 않았을 뿐 아니라 외계의 비행체가 가가린이 탄 미그기가 추락하기 직전에 공중에서 가가린을 구출해 우주로 데려간 것이지. 가가린이 영원한 생명을 얻어 우주에서 살고 있다는 가설은 성립하고도 남는다네.

언젠가 우주개발에 대한 정보를 담은 극비 문서가 비밀해제되면 내 말이 사실이라는 것을 믿게 될 걸세. 소련은 모든 전화를 도청하고 모든 사항을 극비로 분류해 오로지 최고통치권자만이 그 정보를 장악하고 있던 폐쇄회로의 세계였다네.

우리가 대화를 나누는 동안 저녁이 되었고, 전신전화국이 문을 닫을 시간이어서 그 많은 인종들도 사라지고 실내는 텅 비어 있었다.

자네가 내 말을 의심한다고 해도 하는 수 없는 일이지. 하지만 우리가 정녕 믿어야 하는 것은 보이는 것이 아니라 보이지 않는 것 가운데 존재한다네. 자네가 그토록 매달리고 있는 해제된 비밀문서의 모든 기록들이 강제이주의 전모나 진실을 담보하고 있다고 말할 수는 없는 일이지. 기록은 그것이 기록되는 순간에 그 기록 밖에 있는 진실을 은폐시키고 만다네. 기록은 일종의 선택이며 축약이고 함축일 뿐이어서 실제 사실과는 상당 정도 거리가 있기 마련이지. 자네가 내 이야기를 의심한다 해도 사실 그 자체는 변하지 않는다네. 단지 보이지 않는 것을 믿을 준비가 되어 있다면, 다시 말해 자네가 지금까지 알고 있는 지식이나 선입견을 제쳐두고 백지상태로 마음을 비워놓기만 한다면 모든 이야기는 새로 씌어질 수 있는 걸세.

우리 두 사람은 천천히 거리로 나와 걷기 시작했다. 멀리 크렘린 궁의 가장 높은 탑 위에 매달린 별 모양의 에메랄드에서 뿜어지는 붉은 불빛이 기이하게 보였다. 우리가 트람바이를 타고 중앙대로를 빠져나왔을 때는 이미 밤이었다. 어디까지 믿어야 할지 종잡을 수 없었지만 견유학파가 들려준 가가린 이야기의 핵심은 소년 가가린이 일곱 살 때 본 추락하는 전투기에서 자신의 꿈을 찾았다는 것이었다. 추락하는 물체에서 꿈의 비상을 보았던 소년 가가린은 주물공장에서 막노동을 하면서도 꿈을 더욱 뜨겁게 더욱 강하게 담금질했던 것이다. 주물 공장에서 뜨거운 쇳물을 수레로 나르는 동안 하늘을 날아야겠다는 그의 꿈은 더욱 부글부글 끓고 있었을 것이다. 그건 견유학파도 마찬가지였다.

소년 파벨은 어머니로부터 도서관 이야기를 들은 다음부터 문학청년의 꿈을 키워갔으며 유대인이라는 이유 때문에 도서관의 개로 살아야 했던 그 압착당한 세월에서조차 문학에의 꿈을 버리지 않았으니, 파벨과 가가린은 아무도 좌절시킬 수 없는 불타는 손으로 소년 시절의 꿈을 어루만지며 성장했던 것이다. 아니, 모든 소년들은 불의 손을 갖기 마련이다. 하지만 운명은 그 불을 꺼버리고 손에는 얼음살이 박히기 시작한다. 내가 비밀해제문서에서 발견한, 콜호스 노브이 푸치 대표인 김게르만의 일곱 살 아이도 한때 불의 손을 가진 소년이었을 것이다. 소년은 살아 있을까? 살아 있다면 어디에? 생사조차 알 수 없는 미궁의 인물이 비밀해제문서에서 불쑥 되살아나 나에게 묻고 있었다.

내가 소년에 골똘해 있을 때 견유학파는 자신의 집으로 가자며 나를 이끌었다. 지난번 방문 때와는 달리 그의 부인은 부재중이었으나 나는 부재의 이유를 묻지 않았다. 그는 서재의 문을 열면서 말했다.

나와 아내 말고 이 방에 들어온 사람은 당신이 처음이라네. 아무리 친한 친구라 해도 이 방에 들이지 않았거든. 비밀의 서재라고나 할까.

서재엔 책과 잡지가 가득 차 있어 마치 연구실처럼 보였으며 서가에 더이상 꽂을 공간이 없었는지, 방바닥엔 책더미가 무질서하게 층층이 쌓여 있었다. 그는 책꽂이에서 한 권의 스크랩북을 꺼내 펼쳐 보였는데 거기엔 잡지에서 오려낸 기사와 함께 몇 장의 사진이 붙어 있었다.

한 장은 미확인비행물체가 하늘을 날고 있는 사진이었으며 다른 한 장은 마치 잠수복처럼 미끈거리는 피부를 가진 생명체의 양손이 무릎 아래까지 닿아 있는 사진이었다.

이 기사와 사진을 좀 보게나. 여기엔 얼마 전 카자흐스탄 알마티 상공에 한 무리의 미확인비행물체가 나타났으며 이를 목격한 사람이 10여 명이나 된다는 사실과 함께 바로 그날 밤 톈산 산맥의 한 자락인 메데오 지역의 한 가정에서 기이한 일이 벌어졌다고 적혀 있지 않나.

그날 밤 그 가정의 가장 큰 어른인 노인의 몸에 자력이 생겨 모든 물건이 몸에 달라붙는 현상이 일어났을 뿐 아니라, 키가 천장에 닿을 듯이 큰 그림자인간이 침대 곁에 서서 자신을 한참 동안 내려다보는 꿈을 꾸었다는 손녀의 인터뷰 내용도 실려 있지. 여기 마침 소녀가 꿈에서 보았다는 그림자인간을 묘사한 그림이 함께 실렸지 않나. 미확인비행물체의 출현과 과거엔 없던 자력이 생겨난 점, 그리고 그림자인간 등 세 가지 요소가 한꺼번에 성립되기는 흔치 않은 일이라고 이 잡지는 지적하고 있다네.

무엇보다도 나를 깜짝 놀라게 한 것은 바로 알마티의 자석인간이 나와 오랫동안 알고 지낸 친구라는 사실이었어. 그는 알마티 푸시킨 명칭 국립도서관에서 평생을 사서로 일했지. 나와는 도서관 일로 만나게 된 친구인데 자네도 짐작하겠지만 전 소련 도서관협회가 1년에 한 차례씩 주관하는 도서관회의에 우리는 한 번도 빠지지 않고 참석했다네. 알고 지낸 게 30년은 넘었을 걸세. 하지만 정작 내가 자네에게 말하고 싶은 것은 이 친구가 재소한인 출신이라는 사실이네. 어떤

가, 자네의 관심을 끌 만하지 않나? 내가 자네에게 이 친구를 소개해 주고 싶은 것은 자네가 미처 모르는 역사적 사실을 그가 증언해줄 여지가 있다고 생각했기 때문이라네. 그 역시 1937년 강제이주를 당한 사람인데 시간이 나면 자네가 직접 그를 찾아가서 면담을 하는 것이 좋을 것 같네.

견유학파는 메모지에 알마티 친구의 주소와 전화번호를 써주며 한 마디를 덧붙였다. 그건 친구가 성격이 좀 괴팍해서 상대방을 전적으로 신뢰하지 않으면 여간해서 입을 열지 않을뿐더러 오히려 엉뚱한 행동으로 상대방을 당황시킬 수도 있다는 조언이었다. 그는 이어 내게 따로 소개장을 써주지 않는 것은 친구의 독특한 성격상 소개서 따위를 들이민다고 해서 마음을 열 타입이 아니기 때문이라는 말도 잊지 않았다.

알마티의 고독

여름방학을 이용해 나는 카자흐스탄 알마티로 떠났는데 그건 견유학파의 권유 때문만이 아니라 논문을 끝낸 뒤의 허탈감과 공허함을 달래기 위한 목적도 있었다. 논문을 완성했다고 해서 재소한인 디아스포라 문제가 종결된 것은 더더욱 아니었고, 오히려 박사 후 과정의 연구를 시작하기 위해서는 강제이주 당사자들의 생생한 육성 녹취가 절실하게 필요했다. 더구나 언젠가부터 비밀해제문서에서 보았던 소년의 존재가 머릿속에서 떠나지 않고 시도 때도 없이 나를 불러대고 있었다. 일시적인 현상이겠거니, 대수롭지 않게 생각했다가도 잠자리에 누우면 그 소년이 방구석에 앉아서 흐느끼는 소리가 들려와 온몸에 소름이 끼친 게 한두 번이 아니었다. 소년의 행방을 찾아보기로 내심 작정은 하고 있었지만 어디서부터 시작해야 할지 갈피를 잡지 못하다가 일단 알마티행 항공권을 예매했던 것이다. 알마티 푸시킨도서관에 가면 강제이주와 관련된 문서들을 열람할 가능성도 배제할 수 없었다. 그동안 내가 추적해온 문서들이 모스크바 일원의 문서보관소에 치중된 것이었기에, 구소연방 일원이었던 카자흐스탄이나 우즈베키스탄의 문서보관소를 소홀히 했다는 자괴감을 떨쳐버리자는 일종의 깜냥도 있었다.

블라디미르 교수에게 전화를 걸어 중앙아시아로 학술 출장을 떠나겠다고 말했을 때, 그는 다소 언짢은 듯 말했다.

자쉬타도 통과했고 논문까지 타이핑을 맡겨놓았으니 이제부터 내가 매달리고 있는 『재소한인 강제이주 백서』 프로젝트 일을 거들어주는 게 낫지 않을까. 앞으로 6개월 안에 '백서'를 출간해야 하므로 손이 열 개라도 모자랄 판이네.

그는 중앙아시아에 가봤자 쓸 만한 자료는 얻어 보기 힘들 것이라며 거의 모든 문서들은 모스크바 국립중앙문서보관소에 망라되어 있는데 괜한 헛수고를 할 필요가 없지 않냐고 나를 설득했다. 내가 고집을 꺾지 않자 그는 솔깃한 제안을 해왔다.

백서 출간 작업에 참여하는 사람들의 이름을 공동저자로 올릴 작정이네. 비록 공동저작이 되긴 하겠지만 자네의 첫 저술이 될 수 있으니 시간을 갖고 생각을 해보게나.

구미가 당기지 않은 것은 아니었지만 그 제안에 붙들린다면 소년의 행방을 추적할 기회가 두 번 다시 오지 않을 것이라는 생각이 머릿속에서 맴돌았다. 스탈린의 범죄적 광기에 희생된 개개인의 운명을 찾아나서는 일은 너무도 시급했기에 나는 완곡하게 학술 출장을 고집했다. 하지만 블라디미르의 회유도 만만치 않았다. 그는 소년을 찾는 일은 지난하고도 우매한 일일 뿐 아니라 낯선 타지를 떠돌아다니는 동안 예상치 않은 고통과 상처를 받을지도 모른다며 다시 한번 숙고할 것을 권고했다.

하지만 내 초라한 마음속에서는 나를 호출하는 미지의 장소들의 진동음이 울리고 있었고, 뜻밖에 나의 소년을 찾아내기라도 한다면 한 인간에게 몰아닥친 불행이 그 사람을 어떻게 변화시켰는지에 대한 운명적 탐구가 역사학의 심층을 더욱 풍요롭게 할지도 모른다는 막연한 기대감마저 부풀어올랐다.

나는 소년의 행방을 추적하고 싶다는 내심을 전화통화 말미에 블라디미르에게 털어놓은 후회감과 백서 출간 프로젝트를 포기할 수밖에 없는 씁쓸함을 동시에 곱씹으면서 한 달, 혹은 두 달이 걸릴지도 모르는 장기간의 여행을 위해 짐을 꾸렸다.

아에로플로트가 부누코보 공항을 이륙한 때는 오후 4시 정각이었다. 하늘엔 잔뜩 먹구름이 끼어 있었다. 항공기가 활주로를 박차고 이륙하자 점액질의 구름이 두 갈래로 찢어졌다. 손바닥만한 창밖에 작은 물방울들이 매달려 미끄러졌다. 시속 8백 킬로미터의 속도가 무색할 정도로 그 작은 알갱이들이 상당 시간 동안 떨어지지 않고 매달려 있다는 사실은 놀라운 일이었다. 항공기는 탑승객 2백여 명을 태운 좁다란 투폴레프 기종으로 아에로플로트가 보유한 구형 여객기였다. 날씨가 좋지 않아 이륙 직후부터 기체의 흔들림이 유난하더니 얼마 지나지 않아 좌석 벨트를 조여매라는 빨간 등이 번쩍였다. 대기는 불안정했다. 먹구름 사이에서 퍼런 번개가 번뜩이자 항공기는 진흙탕에 빠진 짐승처럼 맥을 추지 못했다. 날개가 당장이라도 떨어져나갈 듯 위아래로 휘청거렸고 동체는 소용돌이에 휘말린 듯 마구 흔들렸다.

급하강과 급상승도 반복되었다. 승객들의 얼굴에 두려움의 살얼음이 끼기 시작했다. 어떤 이는 머리를 무릎 사이에 끼운 채 어금니를 물었고 어떤 이는 십자가 목걸이를 풀어 손에 꾹 쥔 채 성호를 그었다. 나 역시 잔뜩 경직된 표정으로 의자에 달린 손잡이를 부여잡았다. 이러다 추락할 수도 있겠다는 생각이 들 정도였다.

어차피 죽을 바엔 순식간에 곤두박질하는 편이 나을 것이다. 그러나 아, 어떻게 죽는가. 도대체 어떻게 죽는단 말인가. 이 생생하고 펄펄 뛰는 생명을 어떻게…… 이런 불길한 생각도 잠시뿐이었다. 20여 분에 걸친 터뷸런스가 잠잠해지자 여승무원들이 기내식을 나누어주었다. 하지만 속이 울렁거린 탓에 기내식 포장을 뜯어 식사를 하는 승객들은 그리 많지 않았다. 나 역시 어질머리가 일어 앞좌석에 머리를 기댄 채 한동안 눈을 감고 있었다. 어느덧 항공기는 짙은 먹구름을 뚫고 하강하면서 알마티 공항으로 접근하고 있었다. 기내 스피커에서 러시아 여가수 알라 푸가체바가 부르는 고음의 노랫가락이 흘러나왔고 노래 가사가 유리창의 물방울처럼 내 귀에 또다른 물질이 되어 엉겨붙었다. 나는 헝클어진 머리를 손으로 쓸어올리며 천천히 안도의 한숨을 내쉬었다.

알마티 공항에 도착했을 때는 저녁 7시쯤이었다. 나는 인파에 섞여 공항 입국심사대 쪽으로 떠밀려갔다. 집단 속에 끼어 있다는 사실에 야릇한 안도감이 들었다. 그건 집단 안에서 배양되는 자기방임적 심리에서 기인한 것인지도 모른다. 그런 의미에서 집단은 무채색에 가까웠다.

밤인데도 공항 천장에 매달린 중세풍 샹들리에가 대낮처럼 실내를 밝히고 있었다. 천궁도를 닮은 둥근 돔은 만유의 비밀을 숨기고 있는 듯 움푹 패어 있었다. 두 줄로 늘어선 입국자 대열은 좀체 줄지 않았는데, 실내는 에어컨이 가동되고 있는데도 불구하고 열대의 정글 속에 들어온 듯 숨이 턱턱 막혔다. 당장이라도 밖으로 뛰쳐나가 맑은 공기를 폐부 가득히 들이마시고 싶었다. 모스크바에서 네 시간 남짓의 비행거리지만 지구 반대편에 도착한 느낌이었다. 국경은 하늘에도 엄연히 존재한다는 생각이 든 건 그때였다. 모스크바에서는 늘 정체 모를 불안감에 휩싸이곤 했는데 그건 대기의 밀도 차이에서 기인하는 현상일 수도 있었다.

북위 55도의 모스크바는 공기마저 더욱 희박한 것 같았다. 물리적으로 대기의 밀도를 계측한다면 북위 39도의 알마티와 북위 55도 사이엔 상당한 차이가 있을 것이다. 하지만 인간이 그 밀도차를 느낀다는 건 거의 불가능에 가까운 일이었다. 계측과학으로도 설명할 길 없는 극소한 산소 차이였겠지만 나는 그 차이가 느껴지는 것도 같았다.

입국심사대는 열 개가량 됐지만 일을 보는 곳은 단 두 군데뿐이었다. 한 군데는 내국인, 다른 하나는 외국인. 외국인 줄은 내국인 줄에 비해 줄어드는 속도가 느렸다. 여권을 조회하기 위해 컴퓨터 자판을 두드리는 것은 사무요원들의 손가락이 아니라 그들이 들고 있는 연필과 볼펜이었다. 그들은 급할 게 없다는 표정으로 입국심사대 앞에 서 있는 나를 힐끗 쳐다보았는데 그 시선에서 하급관리의 풋냄새가 풍겼다. 한 시간이나 줄을 선 채 뻗치고 있자니 귀에서 웽 하는 쇳소리가 밀려나왔다. 공항 입국심사대의 행정 처리가 느려터진 것은 소비에트의 사회 시스템에서 기인한 것이라는 생각이 들었다. 여권에 입국 도

장은 찍혔지만 관문은 하나 더 남아 있었다.

수화물 컨베이어 벨트는 한참 만에 돌아가기 시작했다. 모든 게 느리고 더뎠지만 아무도 불만을 터뜨리지 않았다. 이 역시 사람들에게 일종의 체념 상태를 강요하는 체제의 모순 같았다. 사람들은 따분한 나머지 화장실에 들어가 담배를 빼 물었지만 공항 직원은 흡연을 제지하지 않았다. 그 역시 끽연자였던 것이다. 현실사회주의 체제의 완강한 질서 뒤에는 이렇듯 예외와 열외 의식이 은폐되어 있는 것 같았다.

생각해보면 여행의 기억은 뒤엉켜 있다. 기억은 뒤엉킨 세탁물이다. 한 세탁물을 끄집어내려고 하는 순간, 원하지 않는 세탁물도 같이 딸려온다. 여행에 대한 즐거운 기억이 지나간 삶에 대한 고통과 함께 수반되는 이유가 있는 것이다. 그런 의미에서 역사도 뒤엉킨 세탁물이다. 각 나라의 역사를 횡적으로 연결할 때, 민족주의적인 눈으로는 포착되지 않는 사람들의 삶을 이해할 수 있는 것이다.

다수끼리 한통속이 되어 소수자를 억압하는 곳. 볼셰비키(다수)의 의미를 화장실 앞에서 떠올리며 나는 오소리 굴 같은 화장실을 피해 바깥이 내다보이는 창가로 걸음을 옮겼다. 청사 바깥엔 조도 낮은 가로등이 켜져 있었다. 사방에 어둠이 내려앉았고 하늘엔 달빛만이 교교하게 빛나고 있었다. 달이 뜨면 지상에서 가장 밝게 빛나는 것은 자작나무 군락이었다. 자작나무의 하얀 직립. 달빛을 받고 있는 자작나무에서 후광 같은 게 느껴졌다. 자세히 보니 후광은 하늘이 아니라 멀리 톈산의 봉우리를 덮은 하얀 눈에서 뿜어져나오는 것 같았다. 달빛과 톈산 봉우리의 하얀 눈과 자작나무는 서로에게 상관하면서 은밀히 소통하고 있었다.

치마단(여행용 가방)을 끌고 출구 쪽으로 걸어갈 때 머리에 아몬드 문양이 수놓인 모자를 쓴 위구르 노인이 의자에 앉아 위구르 언어로 된 신문을 펼쳐 보고 있었다. 1면에는 이탈리아 나폴리의 베수비오 산이 화산재를 내뿜고 있는 이미지 사진이 실려 있었다. AD 79년 8월 베수비오 화산 대폭발을 다룬 특집기사가 틀림없어 보였는데, 용암에 뒤덮인 폼페이는 그 열기를 견디지 못하고 찬 물결이 일렁이는 지중해로 떠밀려난 시신처럼 시커멓게 그을려 있었다. 3미터 두께의 화산재로 뒤덮인 고대도시 폼페이는 지금은 내륙이지만 당시에는 베수비오 산의 남동쪽, 사르누스 강 하구에 위치한 항구도시였다. 15세기까지 사람들은 화산재에 덮인 폼페이의 존재를 까마득히 잊고 있었다. 하지만 16세기부터 부분적인 발굴이 시작되었고, 1748년부터 본격적인 발굴이 착수된 후 지금은 옛 시가의 절반쯤이 발굴되었고 벽화를 포함한 초기의 발굴품들은 대부분 나폴리박물관에 소장되어 있다는 것을 언젠가 읽은 적이 있었다.

신문에서 눈길을 끈 건 2000년 전, 서로 부둥켜안고 키스를 하다가 용암에 뒤덮인 채 발굴된 한 쌍의 남녀 사진이었다. 화산재에 뒤덮여 그대로 굳어버린 한 쌍의 미라. 그것은 용암이 그들의 살과 뼈를 삼키기 전에 굳어져버린 사랑의 순간을 말해주고 있었다. 화산재 때문에 숨조차 들이쉴 수 없었던 찰나에 그들은 서로를 껴안고 죽음을 맞이했으니 그들이 껴안은 것은 최후의 사랑이라고 해도 과언이 아닐 것이다. 용암에 덮여 있는 것은 인간의 뼈와 살이 아니라 그들이 나눈 사랑의 시간이었던 것이다. 한 쌍의 연인들은 대체 누구였을까. 폼페이는 로마 귀족들의 별장이 들어선 휴양지였지만 나는 사진 속 연인들을 귀족 출신이라고 믿고 싶지 않았다. 차라리 귀족들 몰래 사랑을 나누던 폼페이의 하인 계급이었을 거라는 생각이 들었다. 그들은 폼페이 최후의 날, 자신들이 일하고 있던 귀족의 집을 몰래 빠져나와 그들이 자주 만나곤 하던 은밀한 장소에서 사랑을 나누었으며 용암이 밀어닥치는 순간, 마지막 키스를 하며 숨을 멈추었던 것이다. 그리고 모든 것은 무(無)로 돌아갔다.

사진을 보는 순간, 나는 그들의 키스에 끼어든 것 같은 느낌을 받았다. 폐허에는 늘 신비가 감돈다. 내가 엉거주춤 서서 위구르 노인이 펼쳐든 신문을 곁눈질하는 동안 공항청사에는 마지막 탑승 안내방송이 울려퍼지고 있었는데, 내 귀에 그 소리는 화산 폭발을 피해 폼페이를 탈출하려는 사람들이 가족이나 친척들의 이름을 부르는 절규처럼 들렸다. 다음 순간, 그 소리는 1937년 극동 연해주에서 강제이주 열차에 태우려고 재소한인들의 이름을 호명하는 호송군인들의 목소리로 변주되고 있었다.

그때 무슨 일이 있었던 것일까. 일곱 살 소년이 울고 있다. 새하얀 달걀처럼 아직 때를 타지 않은 미성년으로서의 완전체인 소년이 강제이주 열차에 짐짝처럼 실려 가다가 가족과 헤어져 아랄 해 구역으로 가야 했을 때, 소년은 울다 지쳐 눈물마저 말라버리고 그 영혼은 졸아들었을 것이다. 강제이주는 1937년 9월에 시작되어 그해 12월 말까지 거의 넉 달이 소요되었다. 이주 해당 지역은 바이칼호수 동쪽 모고치 시에서부터 연해주에 걸친 지역이었으며 이들이 옮겨간 곳은 중앙아시아의 카자흐스탄, 우즈베키스탄 그리고 아랄 해 유역이었다. 소련 내무인민위원장 예조프가 인민위원회 대표에게 보낸 1937년 10월

25일 자 보고에 따르면 그 숫자는 17만 1,781명이다. 그후에도 각 지역별로 이주 사업이 연장됐음을 감안하면 전체 숫자는 최소한 17만 5천여 명에 달한다. 하지만 내가 17만이라고 쓰고 있을 때 그 집단 안의 개인은 철저히 무시되어, 보이지 않는다. 역사적 통계는 개개인의 영혼을 숫자 뒤에 은폐시킨다. 소년도 그렇게 은폐된 개인 가운데 한 명이다. 소년의 아버지조차도 카자흐스탄 발하쉬 구역 쿠프차이촌에 정착해 콜호스 '노브이 푸치' 대표를 맡기까지, 거칠고 황량하기 이를 데 없는 벌판에 이주촌을 건설하는 동안 그 질긴 노동의 심줄을 옥죄며 간간이 잃어버린 아들을 잊기도 했을 것이다. 실종. 역사는 실종된 자를 기억하지 않는다. 역사는 살아남은 자만의 유산이다. 살아남은 자의 망각에 의해 역사는 씌어진다. 망각이 아니라면 어찌 일곱 살 아들을 잃어버린 채 숨을 쉴 수 있으며 밥을 넘길 수 있단 말인가. 하지만 이건 시쳇말로 언어적 구술일 뿐, 산 사람은 살아야 되기에 아들을 잃어버리고도 얼마든지 숨을 쉬고 밥을 넘길 수 있는 것이다. 인간의 감정은 어느 정도 최초의 진실로부터 멀어져 죽지 않을 만큼만 그리움의 대상을 염원하기 마련이다. 서푼 짜리 의식을 믿을 바에야 차라리 불안과 공포와 저주와 자살 충동이라는 무의식의 세계에 침투하는 게 나을 것이다.

그러나 역사는 무의식을 다루지 않는다. 모든 사건과 행위의 결과만을 가지고 흘러간 시간의 뼈대를 세울 뿐이다. 역사는 개인의 무의식과 감정의 합일을 시대적 소산이라는 무한한 충동과 역충동으로 용해시켜버린다. 역사는 누군가의 존재를 부각하기 위해 씌어지는 것이 아니라 지우기 위해 씌어진다. 하지만 인간의 영혼은 하나의 혼란이며 신성한 카오스이다. 증오, 사랑, 환각, 나약함, 허영심, 금지, 지배욕, 경외심 등 이 모든 욕망 덩어리인 인간 개체의 모순을 은폐한 채 역사는 자신이 취사선택한 최후의 귀결과 통계치만을 가지고 스스로를 세포 분열하여 새로운 괴물을 만들고 있는 것이다. 역사는 인간에게서 나왔음에도 역사에 인간이 없다는 모순이 17만 명의 숫자 속에 섞여서 스러져간 마지막 반딧불 같은 소년에게서 느껴졌다. 아니, 역사마저도 권력의 시녀인 것이다. 스탈린 시대에는 스탈린을 위한 역사가 씌어진다. 그래서 역사는 씌어지는 게 아니라 편찬되는 것이다. 스탈린 생존 시기엔 이주민 당사자들의 수기나 회고록, 그리고 이주 문제를 다룬 연구논문조차 발표될 수 없었다. 스탈린이 살아 있을 때 이주민들의 사회정치적 삶은 일정 지역으로 제한된 채, 살아남아야 한다는 생존 자체가 역사적 증거로 입증되는 처절함으로 점철되었다. 1953년 스탈린이 죽은 뒤에도 1960년대 초까지 그들은 콜호스라는 실험농장 구역을 벗어나지 못했다. 그들은 강제이주 열차의 기적 소리와 호송군인들의 호각 소리를 평생 듣고 살아야 했다. 그래서 나는 국가를 믿지 않는다. 블라디미르가 나를 마지막 아나키스트라고 부르든 말든 무슨 상관이란 말인가. 나는 이미 모스크바를 떠나 알마티 공항에 와 있다.

청사 밖으로 나와 또다시 30분이나 줄을 선 뒤에야 택시를 잡을 수 있었다. 엄밀히 말해 택시가 아니라 불법 영업을 하는 승용차였다. 미터기를 갖추지 않은 탓에 운전수는 목적지를 물어본 후 미리 선금을 낼 것을 요구했다. 바가지 요금이 틀림없었지만 그게 그곳의 법이라면 어쩔 수 없는 일이었다. 돈을 받아쥔 운전수는 뭉그적거리며 차에서 내려 치마단을 짐칸에 실었다. 운전수는 차를 출발시키며 백미러로 나를 힐끗 쳐다본 뒤 제기랄, 세상이 어떻게 돌아가고 있는지 도통 모르겠네, 안 그렇소, 라고 말을 붙였다. 이게 다 고루비 때문이지요. 고르바초프 서기장 말이요. 머리가 완전히 돌아버린 거요. 고루비의 벗겨진 머리 좀 보세요. 소련 지도를 닮은 큼지막한 붉은 점이 불길하지 않습니까. 그가 추진한 글라스노스트니 페레스트로이카니 하는 게 다 헛소리 아니겠소, 라고 운전수는 핏대를 올렸다. 나는 아무 대꾸도 하지 않았다. 그건 여행의 피로 때문만이 아니었다. 낯선 사람과 말을 섞어 나 스스로를 정치 문제로 충동시키고 싶지 않았다.

호텔은 옥상에 금빛 왕관이 씌워져 있어서 멀리서도 한눈에 들어왔다. 하지만 품격 있는 외양과는 달리 정작 회전문을 밀고 호텔 안으로 들어서자 벽지가 썩어가는지, 지금까지 맡아본 적이 없는 냄새가 코를 찔렀다.

프런트에서 계산을 한 뒤 열쇠를 받아들고 엘리베이터로 가는 동안 앳된 모습의 호텔 직원 하나가 이국종인 나에게 한참 동안 눈길을 떼지 않았다. 짐을 푼 뒤에 시장기를 느낀 나머지 다시 1층으로 내려가 식당을 찾아보았지만 너무 늦은 시간이어서 식당 문은 닫혀 있었다. 다시 방으로 올라가 침대에 누웠으나 잠이 오지 않았다. 눈꺼풀 밑에서 눈동자가 까실까실하게 움직이는 게 느껴졌다.

밤의 어둠이 얼굴에 눅진하게 들러붙었고 눈꺼풀은 무겁게 감겼지만 이상하게 의식은 더욱 또렷해졌다. 그날 어떻게 잠이 들었는지 기억나지 않는다. 늦은 아침에 일어나 창문을 열자 공기에서 유황 냄새가 났다.

호텔에서 그리 멀지 않은 곳에 무명 용사의 묘가 있었다. 제단 중앙에는 꺼지지 않는 불이 뜨거운 혀를 날름거리고 있었다. 마침 잿빛 제복을 차려입은 병사들이 칼을 꽂은 장총을 어깨에 수직으로 세운 채 근무교대식을 하고 있었다. 교대식이 끝나자 훈장을 양복 윗저고리에 주렁주렁 매단 노병들이 다가와 꺼지지 않는 불 앞에 장미 다발을 올려놓았다. 청춘을 불사르며 전장을 누볐던 노병들의 하얀 머리 위로 아침의 태양이 이글거리고 있었다. 솟아오른 태양은 적란운의 끄트머리에 걸쳐 있었다. 하늘에 피 묻은 계란이 떠 있는 듯, 지상의 모든 것이 불안해 보였다.

욕조에 뜨거운 물을 받아놓고 몸을 담갔다. 한참을 그렇게 누워 있으면 여독이 풀릴 것으로 예상했으나 위층에서 들려오는 달그락거리는 소리와 투숙객들이 웅얼거리는 소리가 낡은 천장에서 마치 모래가 흘러내리는 것처럼 나를 무겁게 짓눌렀다. 조난당한 폐선에서 집채만한 파도에 떠밀려 몸이 옆으로 기울어지는 것 같았다. 이 엉성하고도 시끄러운 호텔보다는 민박을 구해야겠다고 마음먹고, 호텔 건너편에 있는 서양식 음식점에 들어가 아침식사를 주문한 뒤 주인 여자에게 민박집을 구할 수 있느냐고 물었다. 여자는 마침 먼 친척되는 사람이 작은 집 하나를 월세로 내놓았는데 달러로 지불할 수만 있다면 당장이라도 계약이 가능할 것이라고 말해주었다.

여자가 그려준 약도는 매우 상세해서 집을 찾기란 그리 어렵지 않았다. 호텔에서 도보로 10분가량 떨어진 곳이었다. 트람바이의 철길이 어지럽게 널려 있는 넓은 도로를 건너 낮은 경사면을 걸어 내려가니 이내 회양목 울타리로 둘러싸인 너른 공터를 낀 작은 아파트 단지가 나왔다. 공터 주위엔 키 큰 떡갈나무와 잡목 들이 손질한 지 오래되었는지 아무렇게나 자라고 있었고 나무 그늘 안에는 작은 간판이 붙은 우체국 출장소가 있었다.

4층에 있는 그 집 창문을 한번 올려다본 다음 녹슨 경첩이 달린 나무 문을 밀고 계단을 올라갔다. 시선이 높아지자 창밖 떡갈나무 가지에 까마귀들이 틀어놓은 둥지가 여기저기 눈에 들어왔다. 집 현관문은 얇은 나무판을 맞대 이어 허술해 보였으므로 잠시 망설여지기는 했으나 기왕에 소개를 받은 이상 집 구경이나 하자며 초인종을 눌렀다. 인기척과 함께 문이 열렸고 삼십대 후반의 여자가 커다란 초록 눈동자를 깜박이며 그렇지 않아도 친척 언니로부터 전화를 받고 기다리고 있었다며 안으로 들어오라고 손짓을 하면서 실내화를 내주었다. 집주인은 젊어서 이혼을 하고 초등학교 교사로 일하며 혼자 아들 하나를 키우고 있었는데 마침 아들이 군에 가 있다고 했다. 아들이 제대를 하면 함께 미국 이민을 가기 위해 돈을 모으고 있다며 속내를 슬쩍 털어놓는 품새가 초면임에도 불구, 나쁘지 않은 인상을 주었다.

집주인이 차를 내오는 동안 나는 구석구석을 살펴보았다. 벽지는 비록 낡아 보였지만 찢어진 데는 없어 새로 바를 필요는 없어 보였고 방 두 칸, 주방과 화장실까지 꼼꼼하게 청소가 되어 있었다. 위치도 시내 중심부나 마찬가지여서 집을 얻기로 결정했다.

나는 모스크바 역사아카데미 연구원 신분증을 내밀었고 주인 여자는 그걸 주의 깊게 들여다보더니 곧바로 손을 내밀어 악수를 청했다. 그걸로 월세 계약은 성사되었다. 1개월치 선불을 건네자 여자는 달러를 한 장씩 불빛에 비춰보았다. 위조지폐 때문에 골머리를 앓고 있는 건 모스크바나 알마티나 마찬가지였다. 거실 소파며 큰방의 장롱, 주방의 식기들은 사용해도 좋다며 여자는 아량을 베풀듯 어깨를 한번 으쓱해 보였다. 나중에 안 일이지만 주방 식기들은 대부분 이가 빠져 온전한 것을 찾아보기 힘들었다. 삶이 그녀를 지치게 했던 것이다. 주인 여자는 카자흐스탄을 떠나기를 갈망하고 있는 반면, 나는 중앙아시아의 오래된 도시가 한눈에 들어오는 전경에 탄복하면서 한인 강제 이주의 한 거점이기도 한 알마티에서 체류하게 된 것을 내심 자축했다. 이 상치되는 아이러니 속에서 주인 여자의 초록 눈동자는 알마티에서 대체 뭘 건질 게 있어 월세를 사느냐고 되묻는 듯했다. 아니 그런 눈치가 그녀의 시선에 느껴졌다.

남쪽 베란다 너머로 카자흐스탄 대통령궁과 국회의사당이 자리잡고 있었다. 말하자면 알마티 중심문화권에 집을 구한 것이다.

집주인은 내가 그 집에 머무는 동안 알마티 근교에 사는 어머니의 집에 들어가 살기로 하고 아들이 제대하면 본격적으로 이민 수속을 밟을 것이라고 했으며, 자신이 방문하고 싶으면 하루 전에 전화를 주겠다는 말도 잊지 않았다. 그녀는 내게 열쇠를 건네면서 이 동네엔 유난히 까마귀가 많지만 이곳의 까마귀는 음식물 쓰레기를 말끔히 청소해주는 길조인데다 사람에게 해를 입히지 않아 오히려 번식률이 높은 게 문제라고 말해주었다. 짐이라고 해봤자 옷가지가 들어 있는 큼지막한 여행가방 한 개와 문서철 및 책 몇 권을 넣은 보조가방이 전부여서 짐 정리는 예상외로 빨리 끝났기에 나는 어느 때보다 홀가분한 상태가 되었다. 창밖 나뭇가지 위에 앉아 있는 까마귀를 물끄러미 쳐다보고 있었는데 까마귀 역시 낯선 이방인을 쳐다보면서 불길한 울음소리를 냈다. 내가 까마귀를 불길한 새로 간주한다면 까마귀 역시 나를 불길한 동물로 볼 것이다. 살아 있는 것들은 늘 상대방에 대한 긴장을 늦추지 않는다. 나는 중앙아시아에서 만나게 될 불특정 다수의 사람들에 대한 선입견을 최소화시켜야겠다고 생각하며 오후 내내 혼자됨의 자유로움을 만끽했다. 그것은 역사의 바깥처럼 느껴졌다.

다음날 아침 일찍 견유학파가 알려준 재소한인에게 전화를 걸었는데 그는 푸시킨 명칭 국립도서관에서 만나자며 위치를 알려주었다. 약속 시간보다 좀 빨리 도서관에 도착해 로비의 의자에 앉아 10분쯤 기다리자 덩치가 작고 허리가 구부정한 칠십대 초반의 사내가 다가와 통성명을 했다.

텐 빅토르 이바노비치라고 합니다.

텐은 아마도 한국의 성씨 가운데 하나인 정씨의 러시아식 표기법일 가능성이 높을 겁니다. 아버지의 이름인 이반에서 따온 이바노비치를 부칭(父稱)으로 쓰고 있지요.

그는 모스크바의 견유학파로부터 전해 들었는지 내가 서울에서 온 유학생임을 이미 알고 있었다. 그는 1923년생이었다. 강제이주 당시 열다섯 살이었으니 그는 이주 과정을 누구보다 생생하게 기억하고 있을 것 같았다. 하지만 내 예상은 여지없이 무너졌다. 그는 이주 과정에 대해서는 아무 할 말이 없다며 차라리 도서관에 소장된 '레닌 기치'를 뒤져보는 게 좋을 것이라고 짐짓 발뺌을 했다.

레닌 기치는 강제이주 이듬해인 1938년 5월 카자흐스탄 크질오르다에서 공산당 기관지로 창간된 유일한 한글 신문으로, 1978년 8월 알마티로 본사를 이전하였으며 구소련의 붕괴에 따라 1991년 5월부터 제호를 '고려일보'로 바꿔 발간되고 있었다. 정년퇴임을 한 후에도 가끔 도서관을 찾는다는 빅토르는 나를 3층 특별열람실로 안내했다. 그곳은 공화국 간 신문을 모아둔 열람실이었으며 한쪽 구석의 서가에 레닌 기치를 묶은 신문철이 빼곡하게 꽂혀 있었다. 하지만 실제로 열람을 하는 사람이 드문지 신문철마다 먼지가 켜켜이 쌓인 채 방치된 창고를 방불케 했다.

내가 1938년부터 1978년에 이르는 40년간의 레닌 기치를 샅샅이 살필 계획이라고 말하자 빅토르는 눈꼬리를 치켜올리면서 황당하다는 표정을 지어 보였다. 그는 평생 동안 레닌 기치를 빼놓지 않고 구독해왔으나 강제이주에 관한 회상기를 읽은 기억은 없다면서 원하는 회상기를 발굴하는 일은 시간을 많이 할애해야 할 뿐 아니라 혼자 감당하기엔 너무도 방대한 작업이라며 함께 거들어주겠다고 했다.

레닌 기치는 창간 당시 주 6회나 발행됐던 일간지였지요. 재소한인 집단거주지인 타슈켄트, 크질오르다, 두샨베, 비슈케크 등지에 지사를 두었고 한때 4만 부를 찍은 적도 있지요.

신문은 전지 4개 면이어서 예상했던 분량보다는 적어 보였지만 점심때까지 꼬박, 그리고 구내식당에서 점심을 먹은 뒤 거의 오후 5시가 되어서야 겨우 끝이 보일 만큼 손이 많이 가는 작업이었다. 마지막 신문철을 덮고 나자 거의 녹초가 되었는데 하루 종일 손가락의 지문이 닳을 만큼 신문을 넘기고 또 넘겼지만 강제이주에 관한 재소한인들의 회상기는 찾을 수 없었다. 그나마 눈길을 끈 것은 1938년부터 1953년까지의 우즈베키스탄 타슈켄트 주 치르치크 강변의 한 콜호스에 수용되었던 재소한인들의 구술 증언이었다.

증언은 상치르치크 구역에 있는 스베르들로프, 폴리트옷젤, 프라우다 등 세 군데의 콜호스와 중치르치크 구역인 레닌, 북쪽등대, 북극성 콜호스, 그리고 하치르치크 구역인 몰로토프, 부존늬, 드미트로프, 신생활, 미코얀 콜호스의 1세대 재소한인들의 육성을 망라하고 있었다. 하지만 농업 생산성을 다른 콜호스에 비해 3배나 높게 달성해 인민노력영웅 칭호를 받았다는 식의 천편일률적인 증언일 뿐, 기대했던 것과는 달리 이주민들의 수기는 눈에 띄지 않았다. 눈에 띈 몇몇 수기도 지면 사정을 감안해 그 분량이 너무 짧게 압축되어 있었다. 증언이나 회상기가 온전한 가치를 갖기 위해서는 소비에트 당국의 눈치를 보지 않고 개인의 고통과 상처를 적나라하게 드러내야 하는데도 개인의 내면에 새겨진 아픔이 생생하게 전달되는 내용은 찾을 수 없었다.

다만 재소한인들의 많은 인물사진과 콜호스의 건축물, 삽화와 노동가요를 담은 악보 등의 이미지 자료가 함께 실려 있었다. 이미 고인이 되었을 사진 속 재소한인들은 한결같이 바싹 마른 체구에 깊은 주름이 얼굴 전체를 덮고 있었다. 내가 그 사진들을 쳐다보며 허망한 표정을 지을 때 빅토르는 자신의 집에 가서 식사나 함께 하자며 나를 이끌었다.

도서관에서 그의 집까지는 택시로 30분이 채 걸리지 않았다. 택시 안에서 쳐다본 톈산 산맥은 사시사철 녹지 않는 하얀 눈으로 덮여 있는 산봉우리를 이마에 붙이고 있었다. 중앙아시아로의 여행은 처음이기도 했지만, 산은 물론 높은 구릉도 없는 모스크바 인근의 풍경과는 전혀 다른 느낌이어서 우주의 다른 공간에 도착했다는 느낌을 자아냈다.

빅토르의 집은 아파트 7층에 있었다. 초인종을 누르자 초로의 러시아 여인이 문을 따주며 실내화를 내주었다. 실내는 커튼을 쳐놓은 탓에 상당히 어두웠지만 가구와 집기 들은 잘 정돈이 되어 있었다. 빅토르는 얼마 남지 않은 머리카락을 자주 손으로 빗어 올렸고, 그의 뿔테 안경에 내 모습이 아주 작게 비쳤다. 내가 당신에게 일어난 일을 모스크바의 파벨 라브렌치에게 들어서 알고 있다며 대체 무슨 일인지 몹시 궁금하다고 말하자, 그의 얼굴에 화색이 돌면서 주름 깊은 미간이 팽팽하게 펴졌다.

그는 몇 차례 심호흡을 했다. 나는 그가 숨을 쉴 때마다 그 사건이 발생한 시간으로 방 안의 공기가 역류하고 있다는 느낌을 받았다. 숨을 돌리고 난 뒤 그는 자기 자신이 텐 빅토르라는 사람인지 확신이 서지 않는다며 예전의 자신은 죽고 이제부터는 전혀 새로운 자신이 되어 살고 있는 느낌을 받는다고 입을 열었다. 내가 그의 말 한마디 한마디에 집중함에 따라 그 역시 내 표정과 일거수일투족을 주의 깊게 지켜보았는데 최소한 그가 나를 진지하게 받아들이기 시작했다는 것을 느낄 수 있었다. 그는 거실 옆의 서재로 나를 안내했다. 서재는 작은 도서관처럼 꾸며져 있었다. 나는 서가에 꽂힌 책들을 대충 훑어보았다. 얼핏 보아도 그의 장서는 동서양을 넘나드는 방대한 주제를 포괄하고 있었다.

해는 이미 기울기 시작해 저녁 어스름이 창문의 두꺼운 초록 커튼을 뚫고 벽에 물빛 그림자를 드리우고 있었다. 그때 그의 부인이 차를 내왔다. 그는 기다렸다는 듯이 자리에서 일어나 찻잔에 놓여 있던 작은 스푼을 이마에 대고 손을 떼었는데 스푼이 그대로 이마에 매달려 있었다. 그는 부인에게 스푼을 더 가져오라고 말하면서 윗옷을 벗었다. 이번에는 책상 위에 놓여 있는 찻잔 받침대를 집어들고 반듯이 선 채 허리춤에 붙이고 제자리에서 한 바퀴 돌아보였다. 부인이 가져온 스푼은 20여 개쯤 되었는데 그가 그것들을 맨몸의 상체에 붙이자 역시 떨어지지 않고 주렁주렁 매달렸다.

나는 의아한 눈으로 그의 동작을 지켜보았다. 혹시 그의 몸에 밴 땀 때문에 아주 잠깐 동안이나마 표면장력이 생겨 그 물건들이 붙어 있을지도 모른다는 생각이 들었다. 다음 순간, 그는 플라스틱 쟁반과 심지어는 나무젓가락, 그리고 서가에서 꺼낸 책 한 권까지 몸에 붙였다. 물건들에 가려 그의 상체는 거의 보이지 않을 정도였다. 쇠붙이만이 아니었다. 그의 몸에 붙은 물건들은 나무, 플라스틱, 고무, 책 등 다양한 재질을 망라하고 있었다. 나는 눈을 의심할 수밖에 없었다. 그는 이만하면 됐느냐, 고 묻는 듯 웃음을 지어 보이더니 나에게 손을 내밀었다. 난 엉겁결에 그의 손을 잡았는데 이번에는 내 이마에도 스푼 네 개를 갖다붙이는 것이었다. 당신도 자석인간이 된 것이지요, 라고 말하는 그는 분명 나에게 깊은 인상을 심어주었다. 견유학파의 말대로 확실히 불가해한 측면이 있는 사람이었다.

나는 움직이지 않고 그를 정면에서 바라보고 있었는데 그가 꼭 잡았던 손을 풀자, 스푼들은 힘없이 방바닥으로 떨어졌다. 그의 몸에 흐르고 있는 자력이 다른 사람에게도 전도된다는 사실을 나는 인정하지 않을 수 없었다. 부인이 다가와 몸에 붙은 물건들을 떼어내는 일을 거들었고 그는 다시 자리에 앉으면서 나에게도 의자를 권했다. 그는 불쑥 당신의 몸이 좋아지는 걸 느끼게 될 겁니다, 라고 말했는데 찻잔을 들어 입술을 축이면서 나는 그의 말대로 몸이 상쾌해지는 느낌을 받았다.

한번 전도된 몸의 자력은 몇 시간가량 이어지지요, 라고 중얼거리며 앞장을 선 그가 안내한 곳은 뜻밖에도 주방이었다. 그는 주방에 발을 들여놓으면서 나를 돌아보며 말했다.

당신이 정말로 상황의 새로운 국면을 받아들일 준비가 되었는지 모르겠군요, 만약 당신이 내가 하는 말을 믿지 않는다면 이 주방을 보여줄 필요도 없겠지요. 안 그렇소?

그는 내 대답을 기다리지 않고 벽걸이 찬장을 손으로 가리켰다. 찬장은 세 개의 칸막이가 있는 2층 구조로, 유리문은 달려 있지 않았지만 그 안엔 도자기 쟁반과 찻잔, 주전자와 유리잔이 크기대로 가지런히 놓여 있었다. 다음 순간, 그는 나에게 이 찬장이 어떻게 벽에 붙어 있는지 자세히 살펴보세요, 라고 말했다. 나는 얼굴을 벽에 붙인 채 벽과 찬장 사이에 있는 미세한 틈새로 시선을 고정시켰다. 찬장은 벽에 박아놓은 세 개의 걸쇠에 매달려 지탱되고 있었고 찬장 뒷면에 붙은 'J'자 모양의 고정핀이 그 걸쇠에 끼워져 있었다. 그는 의자 두 개를 찬장 아래에 갖다놓더니 둘이 힘을 합쳐 찬장을 바닥에 내려놓자고 했다. 우리는 동시에 힘을 주어 찬장을 벽에서 떼어내려고 했지만 찬장은 그릇들로 꽉 차 있어서 꿈쩍도 하지 않았다.

나는 찬장 안의 사기그릇과 유리잔 들을 식탁 위에 내려놓기 시작했다. 그릇을 떨어뜨려 깨뜨릴까봐 몹시 긴장되었다. 그릇을 다 내려놓은 뒤, 빈 찬장을 떼어내기로 하고 양쪽 귀퉁이를 잡고 움직였지만 벽 걸쇠에 끼어 있는 찬장 뒷면의 'J'자 고정 핀이 쉽게 벗겨지지 않아 애를 먹었다. 이윽고 우리가 힘을 합쳐 그것을 주방 바닥에 내려놓자 그가 입을 열었다.

그날 밤, 나는 잠을 청하고 있었지요. 자정을 넘긴 시각이었지만 나이 든 사람이 대개 그렇듯 밤잠이 없어 뒤척이고 있는 순간, 주방 쪽에서 커다란 폭발음이 들려 깜짝 놀라서 일어났어요. 바로 그때 뒷골을 커다란 망치로 얻어맞은 듯 무지막지한 고통이 밀려왔고 정수리께가 수만 볼트 전기에 감전된 듯 지끈거리는 게 마치 가죽으로 내 머리를 옥죄는 것 같았지요. 나는 깨질 것 같은 머리를 두 손으로 감싼 채 엉금엉금 기어 문을 열었어요. 취침 때면 미등을 거실에 켜놓곤 했기에 주방 문이 희미하게 건너다보였지만 혹시 도둑이 든 게 아닐까 하는 노파심으로 잔뜩 긴장돼 있었지요. 아내와 딸, 그리고 손녀도 그 폭발음을 들었는지 자다 말고 놀라 일어나서 문을 빼꼼히 열고는 차마 나오지 못하고 두려움에 떨고 있었지요. 나는 주방으로 다가가 전등 스위치를 올렸는데 바로 이 찬장이 바닥에 떨어져 있더군요. 이내 소름이 전신을 훑고 지나갔어요.

찬장 안의 그릇들이 전혀 흐트러지지 않은 채 방금 전 당신이 본 그대로, 가지런히 놓여진 상태로 떨어졌다는 사실을 눈치챈 것은 바로 그때였어요. 식구들도 그제야 상황을 알아차리고 입을 벌린 채 굳어 있었지요. 대체 구부러진 걸쇠를 벗겨내고 찬장을 바닥에 내려놓을 수 있는 힘이 무엇일까, 모두들 궁금해했지요. 그때 손녀가 얼굴이 창백해져서 말하더군요. 꿈속에서 그림자인간을 보았는데 키가 천장에 닿을 듯했고 손은 무릎 밑으로 치렁치렁 내려올 만큼 길었다면서 울음을 터뜨렸지요.

아내가 손녀에게 종이를 가져다주며 꿈에서 본 그림자인간을 그려보라고 했는데 처음엔 무서워 연필을 잡지 못하다가 내가 달래니까 다소 안심이 되는지 즉석에서 그림을 그리더군요. 우리가 흔히 『진상과 사실』 같은 잡지에서 보았던 외계인의 모습 그대로였어요. 오후의 가로수 그림자처럼 길쭉한 그림자인간이 손녀를 굽어보고 있었다는 것인데 대체 이것을 어떻게 설명하고 어떻게 믿어야 할지 도저히 엄두가 나지 않았지요. 식구들은 거실에 모여 뜬눈으로 밤을 지새웠어요. 시간은 너무도 더디게 흐르고, 바깥의 어둠은 마치 콘크리트를 부어놓은 듯 더욱 강하게 굳어지면서 우리 식구를 외부와 고립시켰어요. 어둠 속에서 그림자인간이 다시 출현할까봐 공포에 질려 머리털이 곤두서더군요. 무기력한 떨림, 초월적인 경이로움, 그리고 혼돈 상태가 교차하는 가운데 창밖에서 동이 터왔어요. 아침이 되었지만 대체 그 밤에 일어난 일은 종잡을 수 없었지요.

언젠가 톈산에서 일어난 초자연적인 현상에 관한 책을 읽은 적이 있지요. 그 책에는 톈산의 고봉 가운데 하나에 분화구처럼 그 길이를 알 수 없는 깊고 거대한 구멍이 뚫려 있는데 초원의 옛사람들은 아주 오래전부터 은빛으로 둘러싸인 알 수 없는 물체들이 그 구멍에서 솟아나와 무리를 지으며 이동하는 것을 목격했다고 적혀 있었지요. 그 물체는 하늘로 치솟는가 하면 방향을 동서남북으로 바꿀 때조차 비행 속도가 줄지 않았는데 그 물체들의 비행은 너무도 순간적이어서 동쪽에 나타나는가 하면 이내 서쪽에서 나타나기를 반복했다고 하더군요.

동이 튼 다음 다시 주방으로 갔을 때, 어떤 미지의 힘이 그곳에 머무르고 있는 것 같은 느낌이 들더군요. 만약 방사선 측정 기계가 있었다면 최고조의 경고음을 냈을 겁니다.

그때 무슨 생각에서였는지 포크와 스푼을 꺼내 몸에 붙여보았지요. 그 행동은 우연한 것이 아니며 내가 읽은 독서 체험에서 비롯된 본능적인 것이었어요. 나는 언젠가 포크와 스푼이 몸에 붙는 자석인간에 관한 책을 읽은 적이 있는데 유럽에서는 18세기 이래로 정신집중을 통해 인체에 신비한 자력을 띠는 사람들이 존재했으며 그들은 우주로부터 오는 미스터리한 에너지를 받아 자력을 띠게 되었다고 적혀 있었지요.

난 왜 그런 에너지가 나를 엄습했는지에 대해 골똘해 있었지요. 그 일이 있고 며칠 뒤 신문에는 알마티 상공에 미확인비행물체를 보았다는 사람들의 목격담이 실렸는데, 그 날짜가 부엌에서 찬장이 떨어진 바로 그날과 일치했어요. 나는 몸에 자력이 생긴 이유를 지금도 알 수 없지만 그건 내가 어려서 겪은 강제이주보다 더 강력한 것임에 틀림없어요.

이상한 것은 그 일을 겪은 후 내가 과거에 겪은 모든 고통이 전혀 생각나지 않는다는 사실이에요. 내가 당신에게 강제이주 과정의 세세한 이야기를 들려주지 못하는 이유가 바로 이것입니다. 내 기억 속엔 이주 열차의 기적 소리조차 지워지고 없어요.

말을 마친 빅토르의 얼굴은 붉게 상기되어 있었다. 하지만 그보다 나 자신이 더 상기되어 있었다는 게 맞을 것이다. 그의 말을 어디까지 믿어야 할지 당황스럽기 짝이 없었다. 그 말의 사실 여부를 떠나 왜 그에게 그런 일이 일어났는지가 더욱 궁금했다. 나는 정작 그에게 묻고 싶었던 나의 소년에 대해서는 한마디 말도 꺼내지 못한 채 빅토르의 집을 나왔다. 어찌 보면 그는 자력과 기억을 맞바꾼 셈인데 그 결말이 너무 황당하여 믿거나 말거나 식의 허망함이 엄습해왔다. 그의 몸에 자력이 생긴 것은 인정할 수밖에 없지만 그가 옛 기억을 전부 잊었다는 말은 거짓일 수도 있었다. 내가 레닌 기치에서 강제이주에 관한 어떤 회상기도 발견할 수 없었던 것은 이주민들이 그 기억을 떠올리지 않고 망각을 살고 싶었던 결과일 수도 있었다. 이주 초기엔 억눌리고 신산했던 응어리를 가슴에 품고 살았을지 모르지만 시간이 갈수록 그들은 체제에 순응할 수밖에 없었고, 연해주로의 귀환 가능성이 전혀 보이지 않는 가운데 소비에트 공민으로 신속하게 편입되어갔던 것이다. 이주민 정착촌에서 반란이 일어났다거나 봉기가 일어났다는 기록은 어디에서도 찾아볼 수 없었다. 그렇다고 반란이나 봉기가 전혀 없었던 것은 아닐 것이다. 예컨대 내가 모스크바의 문서보관소에서 찾아낸 고문서에는 이렇게 적혀 있었다.

1900년 극동 거주 한인들은 러시아 노동자들과 함께 아무르 주 시미잔 채광장에서 동맹파업을 일으켰고 즐라타우스트 채광장에서는 약 500명의 파업자 중 상당수가 한인이었다. 그리고 한인 농촌지역, 예를 들면 스두고우, 산다고우, 에르구고우, 치신허, 호타쉬 등지에서도 농민봉기가 일어났다. 봉기는 토지를 스스로 점유하거나 세금의 납부나 부역을 거부하는 형태로 나타났다.

일제강점기에 연해주에서 일어난 항일무장봉기의 당사자였던 수많은 한인 지도자들이 강제이주로 집단 소개되는 과정에서 의도적으로 제거되지 않았다면 이주 초기에 체제에 불응하는 비밀조직이 생겨나고도 남았을 것이다. 그러나 그런 흔적은 어디에도 없었다. 그렇다면 결론은 하나였다. 한인 지도자들은 계획적으로 제거되었다. 빅토르 역시 기억을 제거해버리고 잠꼬대처럼 자석인간을 입에 올리며 미궁의 시간을 살아가고 있는 것이다.

이주 초해

그날 이후 나는 혼자 푸시킨도서관의 아르히프에 처박혀 있었다. 나는 무언가에 쫓기고 있었다. 그건 아무 수확도 없이 빈손으로 돌아갈 수 없다는 일종의 강박증이기도 했다. 지친 몸을 끌고 집에 돌아와 창가에 서면 꼭주베라고 불리는 산 정상에 세워진 TV 타워가 손에 잡힐 듯 내다보였다. 꼭주베는 카자흐어로 '초록의 봉우리'라는 의미를 지닌 해발 1,070미터의 산이었다. 알마티 관광지도에 따르면 TV 타워는 327미터의 높이이며, 5개의 TV 채널과 4개의 라디오 채널을 커버하고 주위 190킬로미터 반경까지 전파를 송신했다. 특히 TV 타워의 철심은 내부 지반 내에 고정되어 있어서 강도 10의 지진에도 견딜 수 있도록 설계되었다.

그때 빅토르의 집에 내리꽂힌 우주의 에너지라는 게 혹시 꼭주베에 세워진 TV 타워와 관련이 있을지도 모른다는 생각이 스쳤다. TV 타워가 전파를 외부로 송출하듯 빅토르도 무언가를 끊임없이 외부로 송출하고픈 욕망이 있었을 것이나 평생 그걸 억누르고 살아왔던 것이다. 빅토르의 몸에 생긴 자력은 그의 주장대로 외부의 힘에 의한 것이 아니라 오래도록 억눌려진 내면에서 터져나온 일종의 반작용일 수도 있다. 외로움과 그리움이 한꺼번에 폭발하면 자력을 띠게 되는지도 모를 일이다.

창밖의 모든 풍경들이 쓰다 만 낙서처럼 느껴지는 건 빅토르가 들려준 이야기의 여파이기도 했다. 벽지의 당초무늬는 무엇을 위해 머나먼 알마티까지 왔느냐며 나를 비웃는 것 같았다. 그럴수록 나는 지푸라기라도 잡는 심정으로 푸시킨도서관에 매달렸다.

20여만 권의 장서를 보유하고 있는 푸시킨도서관은 10세기경 카자흐어로 기록된 외교문서를 비롯, 아르메니아 고문서에서부터 타타르어로 씌어진 방대한 문학서적, 몽고, 아프리카에서 수집된 희귀자료까지 국보급 서적들을 소장하고 있었고, 100여 개 소수민족에게서 수집된 민속자료도 한 코너를 이루고 있었다. 재소한인들의 한국어를 포함, 78개 언어로 된 문학작품까지 소장하고 있는 푸시킨도서관은 카자흐스탄이 다민족국가라는 것을 상징적으로 보여주는 언어의 보물창고였다.

재소한인들의 운명과 똑같은 여정을 겪은 뒤 우여곡절 끝에 푸시킨도서관으로 옮겨진 한국 관련 도서들도 눈에 띄었다. 열람실에 있는 서적분류카드에는 1878년에서 1910년 사이 조선의 경성에서 출판된 고서 목록이 적혀 있었다. 권업신문, 선봉 등 희귀본으로 꼽히는 한글 신문들도 거의 완벽한 상태로 보관되어 있었다. 조선시대나 일제 당시에 발행된 단행본의 숫자는 3천여 권에 달했다. 나는 한국 관련 도서를 발견한 직후 흥분을 감추지 못하고 빅토르에게 전화를 걸었는데 그의 음성은 의외로 차분했다.

소련 당시엔 알마티의 푸시킨도서관이 모스크바의 레닌도서관, 상트페테르부르크도서관과 함께 이 한국 관련 도서를 전문적으로 보관하고 있는 3대 도서관 중 하나였지요. 재소한인은 45만 명이나 되지만 한문은커녕 한글을 읽을 수 있는 사람은 채 1퍼센트도 되지 않아요. 그 1퍼센트도 그나마 60, 70대 노령이어서 아마 내가 죽고 나면 열람실의 분류카드라도 제대로 읽을 수 있는 사람은 단 한 명도 없을 겁니다. 이 도서관의 한국 관련 장서들은 사장되고 말 거예요.

그는 1937년 스탈린의 강제이주 명령에는 연해주에 있던 조선극장, 블라디보스토크 조선사범대학의 이전도 포함되어 있었다며 말을 이어갔다.

블라디보스토크 조선사범대학은 1938년 학교 폐쇄 결정으로 문을 닫고, 도서관의 장서들은 카자흐공화국 크질오르다 시로 옮겨졌어요. 그러나 크질오르다에서 조선사범대학 학장으로 부임한 유대계 러시아인 룁킨은 모든 장서들을 불태울 것을 명령했지요. 이미 화물열차 수송 과정에서 상당량의 장서가 분실되거나 훼손된데다 학장의 소각 명령이 떨어지는 바람에 한국 관련 서적들은 잿더미가 될 위기에 처한 것이죠. 그러나 이 위기는 한 한국인 2세의 기지에 의해 극적으로 넘길 수 있었답니다. 그는 당시 이 대학 교수로 재직중이던 리 파벨 필로포비치였는데, 1938년 겨울방학 기간 중임에도 우연히 학교에 들렀다가 학교 난방 일을 보는 카자흐인 화부 케말바가 서적들을 화롯불에 던질 채비를 하고 있는 것을 목격했답니다. 파벨은 그를 설득해 남은 장서를 우선 카자흐공화국 인민교육국으로 빼돌려 임시 보관했고 그후에 인민교육국에서 알마티의 푸시킨도서관에 기증하게 되었지요. 이 교수가 한국 고서들을 구해낸 과정은 재소한인 2세 작가인 한진씨가 「공포」라는 제목의 단편소설로 발표한 적이 있어요.

나는 빅토르의 말을 듣자마자 다시 특별열람실로 가서 레닌 기치 신문철을 꺼내 보았다. 소설은 1989년 5월 23일 자부터 31일 자까지 8회에 걸쳐 연재되어 있었다.

그 시각부터 리선생의 머리는 번개처럼 돌아갔다. 모스크바 레닌도서관으로 보내자고 생각하니 미진한 점이 없는 것도 아니었다. 될 수 있는 대로 가까운 곳에 보내는 것이 빠르고 안전할 것 같았다. 그러면 그것은 공화국 수도인 알마티밖에 없었다. (중략) 문헌비고는 문헌비고대로 동국여지승람은 그것들대로 또 한 권짜리 책들은 한 권짜리 책대로 차근차근하게 가려놨다. 책들은 담배 상자로 두어 상자는 될 것 같았다. '상자!' 상자 생각이 났다. 책을 부치려면 상자가 필요하다. 상자는 헐값으로 상점에서 살 수 있을 것이다. 그러고 있는데 책 이름들을 적어두고 싶은 생각이 들었다. 리선생은 책 이름을 적기 시작하였다. 효경언해 감응 편, 효경, 대자통편 전 5권, 약초략보, 무원록, 청주이씨세보, 조선지지, 국조인물지, 해동명장전, 륙전…… 그때 누군가 교정에 들어서는 것 같았다. 바깥이 내다보이는 다른 방으로 뛰어가 창문을 내다보니 아니나 다를까 화부가 돌아오고 있었다. 리선생은 가슴이 철렁하였다.

이런 숨 막히는 과정을 거쳐 살아남은 한국 관련 서적들이 푸시킨도서관에 소장되었다는 사실은 경이에 가까운 일이었다. 하마터면 화롯불에 던져져 잿더미가 되고 말았을 책들이 서가에 꽂혀 있다니. 하지만 이제 푸시킨도서관의 한국 관련 서적들은 한국에서조차 눈길을 주지 않는 허접스러운 유산일 뿐이다. 왜냐하면 그 서적들은 한국의 국립중앙도서관에도 소장되어 있으므로 결코 희귀본은 아닌 것이다. 그러나 푸시킨도서관의 서적들은 강제이주 열차에 실려 기나긴 격변을 겪은 책들임에 틀림없었다. 책에게도 입이 있다면, 글을 쓸 수 있는 손이 있다면 자신의 굴곡진 여정에 대한 수기를 제 몸에 새겨놓고도 남았을 것이다. 하지만 책은 몸에 새겨진 글자 이외에 아무것도 토해내지 못한다.

내가 나의 소년을 만나더라도 같은 심정일 것이다. 내가 만약 나의 소년을 기어코 찾아내 만난다고 하더라도 나의 소년은 자신이 대체 어디에서 왔는지 기억하고 있을까. 속단할 수는 없겠지만 나의 소년은 왜 나를 찾아왔는가, 라고 문전박대를 할 수도 있을 것이다. 푸시킨도서관의 한국 관련 서적들이 빛바랜 채 소수민족의 유산으로 전락해가듯 모든 기억은 흐려지고 있다. 기억이 소거되듯 극동 한인들도 소거되었다. 말이 좋아 이주일 뿐, 실상은 국가적 테러로서의 소거였던 것이다.

며칠 뒤 도서관이 문을 닫는 공휴일에 무료함을 달래기 위해 빅토르에게 전화를 걸자 그는 동물원 앞에서 만나자고 했다. 나는 약속 시간까지는 아직 여유가 있었으나 방 안에 혼자 처박혀 있기가 싫어서 거리로 나갔다. 먼저 도시 중앙에 있는 공원에 들렀는데 그곳엔 젠코브 러시아 정교회 성당이 우뚝 서 있었다. 성당은 1904년 못을 하나도 사용하지 않고 건축된 것으로 유명한데, 높이는 50미터 정도이고 1911년에 발생한 리히터 규모 10의 알마티 대지진 때도 부서지지 않고 견딘 건축물이었다. 그곳에서 멀지 않은 곳에 판필로바 28인 공원이 조성되어 있었는데, 그곳은 2차 세계대전 순몰용사를 위한 꺼지지 않는 불꽃과 28인의 청동조각상이 마치 전쟁터를 연상시키듯 서 있었다. 마침 결혼식을 막 마친 신랑 신부가 꺼지지 않는 불꽃 앞에 와서 꽃을 헌화하고 있었다. 예배당과 전쟁과 결혼이라는 세 단어가 언뜻 조합이 되지 않았다. 조합이 잘 되지 않기는 빅토르의 말도 마찬가지였다. 그의 집에서 찬장이 떨어진 일은 특별할 것이 전혀 없는, 아주 단순하고 일상적인 중력의 법칙에 불과할지도 모른다.

내가 방금 전에 본 '꺼지지 않는 불'이란 것도 실은 바닥에 연결된 호스에서 24시간 내내 가스가 공급되는 것에 불과할 뿐 아니라, 태양도 아주 먼 미래에는 빛을 잃고 스스로 수축되어 꺼질 수밖에 없음에 비추어 '꺼지지 않는 불'은 한껏 부풀려지고 과장된 것임에도 사람들이 그 말 밖에서 어떤 함의를 새기고 있다는 건 명백한 일이었다.

약속 장소인 동물원에 다다랐을 때 매표소 옆에서 빅토르가 내게 손짓을 했다. 자석인간이 되어버린 빅토르. 그가 자석인간이 된 것은 그 자신도 알지 못하는, 게다가 스스로 책임질 수도 없는, 뻥 뚫린 동굴과 같은 캄캄한 암흑의 영역이 인생에 도사리고 있음을 의미하는지도 모른다. 그 손짓은 내게 운명에 대한 암시를 주었는데 운명은 여기 있거나 저기 있는 것이 아니라, 운명이라고 발음하는 그 자리에 있다는 사실이 뼈저리게 느껴졌다. 삶이 인식과 해석의 장(場)인 까닭이 거기 있지 않겠냐는 생각도 들었다.

나는 빅토르가 미리 구매한 입장권을 내고 동물원 안으로 걸어 들어갔다. 초입에 세워진 안내판에는 95종의 포유동물과 150종의 조류, 80종의 어류, 17종의 파충류가 있다고 적혀 있었다. 톈산곰, 무늬 하이에나, 투르키스탄 스라소니, 카자흐스탄 야생 염소, 분홍 펠리컨, 바다독수리, 스텝독수리, 인도코끼리, 얼룩말, 검은 판다, 시베리아 야생 염소, 아무르 호랑이, 재규어 등 포유류와 조류의 이름이 사진과 함께 소개되어 있었다. 그 동물들은 한결같이 한곳에 있지 못하고 안절부절 어슬렁거리며 날카로운 눈빛을 쏘아보내고 있었다. 이 많은 동물들은 그 개체 수가 상당할뿐더러, 세계적인 보호종이나 희귀종이 아니었음에도 내 눈에 지구상에서 이들만이 살아남은 것처럼 비쳤는데, 그것은 이 동물들이 원한에 찬 표정으로 구경꾼을 향해 적대감을 드러내고 있던 것과 무관하지 않았다. 그 생각의 연장에서 난 빅토르가 어떤 경위로 고향을 떠나 중앙아시아의 톈산 아래에 살게 되었는지 궁금해졌다.

동물 왕국의 이름 없는 구성원들이 동물원에 들어오면서 비로소 속, 종 등으로 분류되듯 재소한인들도 중앙아시아로 강제이주된 후 새로운 이름과 새로운 국적으로 분류되었던 것이다. 야생동물들이 인간의 입장에서 계보화되듯 빅토르도 중앙아시아의 소수민족으로 계보화되기는 마찬가지였다. 내 눈에는 빅토르가 알마티라는 거대한 우리 안에 갇힌 동물처럼 보였다. 우리가 영장류라고 씌어진 울타리 앞에 도착했을 때 빅토르는 거의 신음을 내뱉듯 이렇게 입을 열었다.

나의 부친은 하바롭스크 시에 묻혀 있지요. 어머니는 크림 주 옘파트라 시에, 외할아버지는 타슈켄트 주 미르자 촌에, 친할아버지는 연해주 수하노프카 촌에, 외할머니는 타슈켄트 주 사마르스코예 촌에, 그리고 친할머니는 카자흐스탄의 침켄트 시에, 형님은 연해주 크라스키노 촌에 안치돼 있지요. 그러니 이 고인들을 누가 어디에서 모셔서 성묘를 할 것인지, 기가 막히는 노릇이지요.

여기까지 말한 빅토르는 손목시계를 쳐다보며 점심이나 먹으러 가자고 내 의향을 물었고, 내가 고개를 끄덕이자 주차장으로 가서 연두색 소형차의 시동을 걸었다. 달리는 차 속에서도 그는 독백을 하듯 중얼거렸는데 나는 행선지가 어디냐고 물어보려다 말고 귀를 기울였다.

몇 년 전만 해도 세계는 우리 것이라고 생각했지요. 체제가 무너지기 전에는 말이죠. 우리가 우리의 진리를 확실하게 움켜쥐고 있다고 믿었던 그 한창 시기에 누군가 우리 발밑에 구멍을 파고 있었던 것을 전혀 눈치채지 못했어요. 진리를 움켜쥐고 있다고 생각하던 동안에 우리는 현실성을 완전히 잃어버린 겁니다. 세계의 질서가 재구축되어버린 것이죠. 나는 소련 붕괴 이후나 이전이나 살면 살수록 패배했음을 절감할 수밖에 없었지요. 나는 삶의 목적이 붕괴를 견디기 위한 것이라는 생각을 합니다.

빅토르는 운전대를 잡은 채 정면을 응시하며 혼잣말하듯 중얼거렸고, 목소리가 너무 작아 그의 말을 전부 알아들을 수는 없었다고 해도 '붕괴를 견디기 위해서'라는 말은 오래도록 여운을 남겼다. 그 말끝에 빅토르의 눈가 잔주름이 더욱 두드러져 보였다. 붕괴를 견딘다는 말은 그에게 있어서 국가와 개인, 두 경우에 모두 해당하는 것이었다. 차는 시내 중앙통에 있는 한 식당 앞에 멈춰 섰다.

식당은 중국음식 전문점이었는데 마침 창가 자리가 비어 있었다.

웨이터가 건네준 메뉴판에는 중국어와 러시아어가 병기된 요리 이름이 무슨 암호처럼 몇 장에 걸쳐 적혀 있었으며, 그 음식들의 이름을 눈으로 찬찬히 탐색하는 동안 동서양을 가로지르는 유라시아적 배후가 그 메뉴판을 매개로 형성되고 있다는 느낌이 들었다. 빅토르는 익숙하게 서너 가지 음식을 내게 추천해주었지만 나는 그게 무슨 음식인지 전혀 알 수 없었다. 웨이터가 전채 요리를 가져왔을 때 그는 작은 술잔에 보드카를 가득 채워 건배를 제안했다. 무엇을 위한 건배냐고 묻자 그는 "저 톈산의 눈을 위해서"라고 말한 뒤 단숨에 입안에 털어넣었는데, 그 지극히 순간적인 동작에서 빅토르의 존재감은 나와 더욱 분리되어 자신의 심원한 고독을 향하고 있다는 생각이 들었다.

창밖엔 비가 흩뿌려지고 있었다. 그리 멀리 않은 곳에 서 있는 마야콥스키 동상 좌대에는 알마티에 진출한 다국적기업의 광고문구가 적힌 집채만한 노란색 기구가 바람에 쓸린 채 줄이 팽팽하게 당겨지고 있었다. 빅토르는 그 광경을 지켜보면서 마야콥스키가 생을 일찍 마감한 게 차라리 잘된 일이라는 생각을 하곤 하지요, 라며 말을 이어나갔다.

마야콥스키는 자신의 시에 드러난 주술적인 힘 때문에 자신의 운명이 결정되리라는 사실을 알고 있었던 것 같아요. 어떤 의미에서 삶을 변화시켜야 한다는 랭보의 명제와 세계를 개혁해야 한다는 마르크스의 명제를 종합하려 한 초현실주의적 면모를 지녔다고도 할 수 있지요. 그의 실험은 저 창밖에 있는 노란 광고풍선이 증명하듯 오늘날 실패로 끝났지만, 그 과정에서 의미 있는 창조적 성과를 거두었다는 점만은 대부분의 사가들이 인정하는 사실이지요. 그는 막 태동한 사회주의 체제와 그것을 신봉하는 자신을 침몰시키려고 획책하는 온갖 세력의 현기증 나는 공격에 맞서 자신의 신념을 극한까지 밀고 나가는 용기를 보여주었지요. 그 용기는 예지력을 갖춘 그의 시들에 잘 드러나 있지만 그런 게 한꺼번에 용도 폐기되어버렸다는 증거처럼 그의 동상 기단에 다국적기업의 광고가 매달려 있는 거지요. 이런 광고를 허가해준 알마티 시당국자란 작자는 틀림없이 산업마피아의 청탁을 받고 허가를 내주었을 게 분명해요. 그나마 저 동상에게 그런 역할이라도 맡겨진 게 다행스런 일이겠지요. 지금 시내 중앙공원 한구석엔 두 동강이 난 채 끌어내려진 소비에트 영웅들의 동상이 마치 폐허처럼 나뒹굴고 있는데 그 동상들은 땅에 묻히기를 기다리는 시체처럼 싸늘하고 을씨년스러운 분위기를 자아내고 있어요.

빅토르는 자신이 요즘 들어 가장 많은 말을 하고 있다는 사실을 깨닫고 스스로 놀라고 있으며, 자신이 왜 낯선 타인에게 속내를 털어놓고 있는지 그 이유를 찾지 못하겠으나 다만 우리가 오늘 말고도 언젠가 만난 적이 있는 것 같은 기시감이 느껴진다며 말을 계속했다. 게다가 불과 달포 전 처음 인사를 나눈 낯선 두 사람이 이렇게 마주 앉아 대화를 나누고 있는데 실은 우리 두 사람의 영혼이 역사를 만들어간다는 사실은 너무도 흥미롭지요, 라고 말할 때 그는 유달리 '두흐(영혼)'라는 단어에 힘을 주어 발음했다.

그때 웨이터가 다가와 영업시간이 끝나가므로 후식을 내오겠다고 일러주었다. 나는 잠시 화장실을 다녀오는 길에 카운터에 들려 셈을 치르고 돌아와 자리에 앉았다. 빅토르는 허공을 응시하며 뭔가에 골똘해져 있었다. 우리는 후식으로 나온 초콜릿을 티스푼으로 떠먹는 동안 아무 말도 하지 않았다. 비에 젖은 알마티는 깊은 잠을 자고 있는 거인을 연상시켰다. 길거리에 드문드문 세워진 동상은 거인의 몸에서 아무렇게나 자라난 터럭처럼 보였다. 그 동상들조차도 역사가가 만들어낸 허구일지도 모른다. 영웅의 시대는 끝났지만 영웅은 죽어서도 죽지 못하고 역사라는 광장에 서 있어야 했다. 영웅 신화를 위해 허물어진 것은 개개인의 삶이 새겨진 뒷골목이자 뒤안길이다. 나는 잠시 빅토르가 자리를 비운 사이에 그와 나눈 이야기를 정리해보았다.

1937년 가을, 아홉 살 난 빅토르는 연해주 하바롭스크 역에서 어머니와 남동생, 두 여동생과 함께 기차에 오른다. 아버지의 행방은 묘연했다. 우리 가족은 왜 헤어져야 하는 걸까, 우리는 왜 떠나야 하는 걸까, 염소와 닭과 돼지 들을 그냥 놔둔 채. 우리가 없으면 가축들은 누가 먹이나. 어린 빅토르는 영문을 몰라 한다. 아버지는 어째서 나타나지 않고, 우리는 왜 카자흐스탄으로 가야 하는지 도통 알 수가 없다. 하바롭스크 한인사회에서 존경받던 그의 아버지는 새로 설립된 코민테른 극동지부 지역 간부들 가운데 한 명이었고 몇 달 후엔 가족과 함께 모스크바로 공부를 하러 떠나기로 되어 있었다. 그러나 불행히도 천만 명의 목숨을 앗아간 스탈린의 숙청이 시작되는 참이어서 위험을 느낀 그의 아버지는, 가족들을 모스크바로 미리 보내려고 마음을 먹고 백방으로 수소문해보았으나 모스크바행 열차표를 구할 수 없었다. 며칠 뒤 아버지는 집으로 들이닥친 내무 인민부 소속 군인들에게 체포되었다. 어머니가 죄목이 뭐냐고 물었지만 그들은 묵묵부답이었다.

아무르 강 유역의 중간 계층 농민 가정에서 태어난 아버지는 1917년 고등학교(김나지움)를 졸업한 뒤 1920년부터 모스크바 붉은교수 양성소에서 교육을 받고 1935년까지 당 조직의 여러 위치에서 일했다. 그러다 1937년 10월 체포되었고 결국 부르주아 민족주의자로 몰려 처형당하고 만다.

두 아들과 함께 카자흐스탄 우슈토베에 도착한 어머니는 당에 남편이 어떻게 되었는지를 문의하지만 답변은 오지 않았다. 사실 아버지는 이미 총살을 당한 뒤였다. 그의 나이 겨우 서른다섯이었다. 어린 빅토르는 한때 사람들에게 자신의 성이 무엇인지 알려주지 않았다. 그러나 그의 초등학교 담임선생님은 휘몰아치는 사건들의 소용돌이로 인해 아이들의 미래에 먹구름이 끼는 것을 용납지 않았다. 어느 날 선생님은 빅토르에게 말한다. "앞으로 누가 네 아버지 이름을 물어볼 때 절대로 고개를 숙이고 밑을 내려다보지 마라, 알겠지?" 덕분에 빅토르는 수치심을 극복할 수 있는 힘을 얻을 수 있었다며 이렇게 말했다.

선생님은 내게 용기를 주었지요. 그분은 이렇게 가르쳤어요. 인간다움을 고수하고 인간의 존엄에 가장 큰 중요성을 두라고. 지금도 나는 누가 인간답지 못한 대우를 받거나 모욕당하는 것을 보면 피가 끓어올라요. 우리 세대는 어린 시절에 이주를 겪었고 전쟁을 겪었습니다. 전쟁이 어떤 끔찍한 고통을 불러일으키고 어떤 굶주림과 슬픔을 안겨주는지를 다 보았지요.

2차 세계대전이 시작되자 빅토르 가족의 삶은 더더욱 힘들어졌다. 그들은 다 무너져가는 오두막에서 살았고 어머니가 몸져눕는 일이 잦아서 그는 결국 다니던 학교를 중도에 그만두어야 했다. 하지만 글을 읽고 쓰는 데 뛰어났던 덕분에 지역 당 위원회 서기로 발탁되었다. 그 시기에 그는 전선의 부대에서 보내온 전사자들의 사망통지서를 전달하는 일을 수행했다. 그가 나타날 때마다 사람들은 놀라고 불안한 얼굴로 그를 쳐다보곤 했지만 그렇더라도 그는 가방에서 소련 군대의 봉인이 찍힌 사망통지서를 전달하지 않을 수 없었다.

전사자들의 어머니들은, 그의 말에 따르면, 마치 돌산이 무너져내리는 것처럼 무거운 한숨을 내쉬곤 했다. 그것은 한꺼번에 몰려오는 비탄과 고통으로 가득 찬 한숨이었다. 젊은 빅토르는 슬퍼하는 유족들의 모습을 차마 볼 수 없었지만 그렇다고 거기에서 떠날 수도 없었다. 또 그들을 위로해줄 길도 없었다. 그가 할 수 있는 것이라고는 가슴속에 억누를 수 없는 슬픔이 차오르는 동안 그저 거기에 서 있는 것뿐이었다. 하지만 그 시기의 고통이 젊은 빅토르의 정신력과 용기를 넓혀주었다. 열네 살에 학업을 포기하고 가족을 부양하기 위해 나선 뒤로 마을 소비에트 서기를 거쳐 세금징수원, 하역노동자, 트랙터 기술자의 조수, 면화계량인, 밀수확자, 가축사육자, 목동 등 여러 가지 힘겨운 일들에 종사하는 동안 그는 수많은 사람들과의 만남을 통해서 실제적인 지혜를 익히고, 노력하며 살아가는 사람들의 삶과 예에서 많은 것을 배울 수 있었다. 그는 젊은 시절의 역경에도 불구하고 2차 대전이 끝난 뒤에 소비에트 학교에서 다시 공부할 기회를 얻었으며 도서관 사서가 된 후 현실과 꿈의 어긋남 사이에서 스스로 균형을 잡으며 늙어갔던 것이다.

빅토르는 식당에서 헤어지기 전, 자신이 쓴 회상기 『이주 초해』를 내게 건넸다. 그건 뜻밖의 선물이었다. 그는 내가 그토록 찾고자 했던 강제이주에 대한 증언자였던 것이다. 물론 회상기를 쓴 건 그가 자석인간이 되기 전의 일이었다. 회상기에는 강제이주 열차의 생생한 광경이 이렇게 묘사되어 있었다.

그해 겨울은 유난히도 추웠다. 아마 영하 36도는 넘었다는 생각이 든다. 곳간차에 몸을 의지하고 목적이 없는 여행을 떠났다. 어느 누구도 지금 이 차 속에 있는 사람들이 어디에 왜 무엇 때문에 가고 있는지조차 알 수가 없었다. 기차가 잠깐 정류장에 멈추게 되면, 재빨리 뛰어내려 식수를 얻어와야 했다. 만약에 동작이 느려 기차를 타지 못하면, 눈 덮인 광야에서 동장군과 함께 이 세상을 하직하고 말아야 했다. 대개 한 차량에 32명 혹은 35명 정도가 탔는데, 그 중에는 노약자, 어린아이, 병든 환자, 임산부도 있었다. 열차 안은 언제나 컴컴했다. 앓는 소리, 울부짖는 소리, 한탄 소리. 고함 소리. 가는 도중 열차 내에서 사람이 죽으면 이보다 더 어려운 일이 없었다. 때로는 그대로 차창 밖으로 버리는 경우도 있었지만, 기차 정류장에서 기차가 멈추는 동안 두세 명이 내려서 관도 없이 시체를 매장하여 인간의 도리를 하고자 하는 선남들도 많았다. 우리가 시베리아를 통과할 때는 10월 중순이어서 매서운 추위가 강타하여 정말 인간이 산다는 것과 죽는다는 것을 의식하기에 너무도 쓰라린 긴 여로의 인생 역경이었다.

콜호스에서는 이주민 60세대가 천장이 열려 있고 마룻바닥이 없는 곳에서 살아야 했다. 창문과 문도 없는 임시건물에 배정되었던 것이다. 그래서 한인들은 아이들이든 병든 노인들이든 모두 땅바닥에서 유숙하게 되었다. 땅의 습기가 몸에 심하게 스며들고, 한기는 몸을 오싹하게 만들었다.

회상기에 따르면 연해주에서 온 한인들은 내무성의 탈출 방지 계획에 따라 수도인 타슈켄트에서 되도록이면 먼 지역에 배치되었다. 소련인민위원회 소비에트 지시에 따라, 타슈켄트 주 베카바드, 치나스, 상부 시르다리야, 중부 시르다리야, 페르가나, 사마르칸트, 호레즈므, 부하라, 카라칼바기야 차지공화국 등에 분산되었다. 빅토르는 1937년 11월 카라칼파크 자치공화국, 호레즈므 구역의 한인 이주민들이 생활고에 시달린 나머지 스탈린에게 쓴 편지의 내용 일부까지 수록해놓았다.

우리들은 1937년 10월 22일에 호르세일리 시에 도착하였습니다. 오늘날까지 우리에게 식료품, 땔나무, 운수기계, 가축, 곡물, 채소를 공급하여주지 않았습니다. 원동에서 우리가 떠날 때에 지방 곡물수매소, 고기수매소, 채소수매소에 우리가 소유하였던 모든 것을 반납하였습니다. 그때 현지에 도착하면 국가에서 모두 그의 대가를 공급하겠다고 관리들은 말하였습니다. 그래서 우리는 관리의 말들을 믿고 그대로 떠났습니다. 지금 우리들은 집도 없이 하늘 아래에서 살고 있습니다. 지금은 춥습니다. 우리에게는 가진 돈도 없습니다. 우리에게는 운송할 말도 없습니다. 또 우리들은 몇 번이고 자발적으로 열심히 일하여 목화를 수확한 것을 지방 콜호스에 협조하였습니다. 어린아이에게는 교육의 기회가 주어지지 않았고 학교도 없습니다. 대학생에게는 대학으로 가는 허가도 주지 않았고, 또 대학생을 마치 죄인 취급하듯 하고 있습니다. 우리는 물론 당과 정부의 정책이 이렇게 되어 있지 않으리라는 것을 알고 있습니다.

빅토르는 회상기를 나에게 건네면서 이렇게 말했다.

내가 회상기를 쓸 때마다 마음 깊은 곳에 가라앉았던 기억의 파편들이 떠오르고 그럴 때마다 나는 기억을 되살려낼 수 있을 것이라고 생각했지만 실제로 내가 기억할 수 있는 것에는 한계가 있더군요. 회상기 역시 기억의 전부는 아닌 것이죠. 내 기억의 지층에는 너무도 많은 것들이 차곡차곡 쌓여 있어서 그 퇴적물들을 걷어내지 않는다면 원체험을 재현해낼 수 없지요. 난 강제이주 열차에 짐짝처럼 실려왔지만 그것은 짐짝이라는 말로는 대신할 수 없는 공포를 수반하고 있는데, 그게 지금의 언어로는 도저히 옮겨지지 않는다는 것이 나의 솔직한 고백이지요. 내 안에는 무수한 폐허가 누적되어 있어서 아마도 내 안에 남아 있어야 할 원체험에 대한 기억은 그것에 파묻혀버렸을 겁니다. 내가 전사통지서를 전달할 때마다 나의 고통과 그 유가족의 고통이 혼합되어 또다른 퇴적층을 만들어버렸으므로 나는 내가 느낀 고통의 강도를 온전히 기억할 길이 없는 겁니다.

빅토르의 목소리는 축음기 바늘이 레코드판의 굴곡을 이탈한 것처럼 아프게 들렸다. 그는 수십 년 동안 자기 아버지의 운명에 대해 아무것도 알지 못했다. 그들이 하바롭스크 역에서 작별을 고한 지 30여 년 뒤에 그의 어머니는 사망했고 그로부터 다시 20년 뒤에 갑자기 하바롭스크 인근에서 아버지의 유해가 발견되었다. 1937년 스탈린에 의해 처형된 희생자들로 밝혀진 163구의 시신들을 포함하는 집단매장지가 발굴된 것이었다. 그 유해들 가운데는 가슴에 총탄 구멍이 뚫린 아버지의 시신도 있었다. 아버지와 헤어진 지 54년이 지난 뒤에 빅토르는 마침내 아버지의 시신과 재회하지만, 그의 가슴은 거짓된 기소로 죄를 뒤집어쓰고 거짓말에 의해 살해당한 아버지에 대한 고뇌와 남편이 어떻게 되었는지로 모르는 채 온갖 고생을 다 겪고 생을 마감한 어머니에 대한 고뇌로 들끓었던 것이다.

빅토르의 가슴에서는 강제이주 열차들이 지금도 서쪽으로 달려간다. 오로지 동쪽에서 서쪽으로. 열차의 그림자가 땅에 붙은 채 기차를 따라오고 있다. 그가 부려진 곳은 중앙아시아의 노란 스텝 지대. 그러나 그는 그 열차에서 내린 적이 없다. 그의 일생은 열차 속에 갇혀 있다. 열차가 서면 그의 인생도 서고 열차가 달리면 그의 인생도 달린다. 그러니까 문제의 그날 밤, 그에게 온 미지의 에너지란 어쩌면 열차의 중력일지도 모른다. 몸에 숟가락이 붙는 자석인간. 그 자력은 외로움의 극치를 보여준다. 쇠로 만들어진 괴물이 기적을 울리며 서쪽으로 내달렸듯, 그의 평생엔 해 뜨는 동쪽이 허락된 적이 없다. 오직 석양이 지는 쪽으로의 이동. 그게 빅토르의 인생이었고 강제이주 열차가 이동한 방향이었다. 그는 한번 이주 열차에 태워진 후 지금까지 내린 적이 없는 것이다.

톈산의 서쪽

알마티는 며칠 동안 가을비가 쏟아진 덕분에 길거리에 지저분하게 쌓여 있던 쓰레기 더미들이 떠내려가서인지 거리는 깨끗해졌지만, 기온은 제법 떨어져 아침저녁으로 한기가 느껴졌다. 바람은 가로수의 이파리를 하나둘 떨구었으며 창가에 앉은 내 머리카락을 잔잔하게 흔들었다. 먼 언덕 쪽에서 개 짖는 소리가 들려왔을 때 이상하게도 그 소리가 나를 핥고 있는 슬픔의 촉수처럼 느껴졌다. 홀로 양떼를 몰고 가는 외로운 개. 지상에 마지막 남은 개가 인간의 체취를 잊지 못해 짖어보는 울음소리처럼 들렸다. 양떼의 이동에 놀라 깃털에서 윤기가 도는 까마귀 두 마리가 풀밭에서 날아올랐을 때, 비로소 내가 알마티라는 낯선 도시에 와 있다는 사실을 실감했다.

빅토르와 헤어진 후로도 나는 푸시킨 명칭 국립도서관에 얼마간 틀어박혀 있었는데 시간이 흐를수록 알마티에 정이 붙기 시작했던 것이다. 그러다가도 가끔 열람실 창가에 서서 학생들이 공터에 조성된 간이 농구장에서 공을 튀기는 모습을 바라보면서 왜 그 공을 골대에 넣어야 하는지 영문을 알 수 없다는 듯 시선의 초점이 흐려지기도 했다. 가을비가 내 몸속으로 흘러들고 있는 느낌이 들었고 1937년 중앙아시아 스텝 지역에 울려퍼진 강제이주 열차의 기적 소리가 들리는 것도 같았다. 가을비를 맞으며 나는 알마티를 떠날 때가 되었다고 생각했다. 그것은 절기가 바뀌었으니 다른 도시로 이동하고 싶다는 신체 리듬 같은 것이었다. 아침 일찍 빅토르에게 전화를 걸어 작별인사를 한 뒤, 난 가방을 꾸려 우즈베키스탄 타슈켄트로 가는 열차를 타기 위해 기차역으로 향했다.

화강암으로 지어진 고풍스러운 역사 앞 광장에 이르자 어슴푸레한 형상 하나가 눈에 어른거렸다. 빛도 그늘도 아니면서 동시에 모두의 사생아인 것처럼 검고 어두운 군상들 사이로 나의 소년이 나를 향해 손을 흔들고 있는 것 같았다. 그 순간, 혼돈이 등줄기를 타고 빠르게 나에게 말을 붙였다. 네가 본 것에 대해 아무에게도 말하지 마라. 묵직하게 나를 짓누르는 이 추상같은 목소리에 놀라 소름이 돋은 채 들어선 대합실에서는 사람들이 커다란 짐가방을 내려놓은 채 웅성거리고 있었다.

대합실은 기괴하고 다양한 사회의식으로 압착된 사람들이 남루한 옷차림 그대로 어디론가 떠나기 위해 모여든 거대한 공동 거실 같았다. 전쟁과 평화, 우의와 배반, 사랑과 증오, 말다툼과 침묵, 이별과 만남이 교차하는 장소로서의 대합실. 한 무리의 사람들이 1텐게짜리 지전을 꺼내들고 아랫배를 움켜쥔 채 공중변소 앞에 길게 늘어서 있었다.

바닥은 신발에 붙어 있던 진흙이 소변과 뒤섞인 채 질퍽거렸고 진한 암모니아 냄새는 자극적으로 코를 찔러댔다. 변소 입구에는 저급하기 짝이 없는 갱지를 서너 겹 접은 종이를 화장지라고 파는 중년 남자가 붉은 헝겊 완장을 팔목에 두른 채 의자에 앉아 밀지 말고 순서를 지키라고 고함을 질러댔다. 미닫이 경첩이 달린 변소의 문은 잠금장치가 없었을 뿐 아니라 그나마도 무릎 높이에 달려 있어 바지춤을 내리고 앉으면 옆 칸에 들어간 사람의 엉덩이가 둥실거리는 게 훤히 들여다보였다. 아마도 환기를 위해 뚫어놓았을 문짝의 하부. 하지만 누구든 엉덩이를 가지고 있지 않은가. 배설의 순간만큼은 창피도 치욕도 느끼지 못하는 개별자의 자유 같은 게 허리띠를 채우면서 서둘러 문을 열고 나오는 얼굴들에 묻어 있었다.

남녀노소 할 것 없이 뭉게구름처럼 뭉쳐져 있는 대합실의 군상들은 어느 한순간 하나의 얼굴을 이루고 있었으니, 그 혼돈의 몽타주 속에서 나의 소년이 초췌한 모습으로 얼굴을 내밀고 있는 착각이 들었다. 대합실 한쪽에는 여행객들에게 물건을 팔려는 또 한 무리의 사람들이 좌판을 벌인 채 앉아 있었고 미처 자리를 잡지 못한 이들은 일렬종대로 늘어선 채 집에서 가지고 나온 물건들을 손에 들고 우두커니 서 있었다. 갈색 흑빵과 차와 딸기잼과 각종 어류 통조림…… 단 한번도 '사시오'를 외치지 않고 굳게 입을 다문 그들의 침묵은 국가나 이념, 그리고 체제에 대한 애증에서도 비켜서 있는 초월자의 모습과 흡사해 보였다.

구소련 지역에서 통조림이 발달한 것은 레닌의 시신을 박제로 만들어 의학적 개가를 올린 것과도 무관하지 않은 듯싶었다. 그중에서도 청어 통조림에 시선이 꽂혔다. 흑빵을 잘라 절인 청어를 끼우고 양파를 얹어 먹으면 그 맛이 일미인 것은 물론 성인병에도 효능이 있다고 해서 청어 통조림은 그 고장 사람들이 늘상 물리지 않고 먹는 기호식품 중의 하나였다. 열차 시간을 기다리다 지친 사람들은 삼삼오오 신문지를 깔고 둘러앉은 채 청어를 안주 삼아 보드카를 홀짝이고 있었다.

소련 붕괴 이후 서민들의 삶이 어떻게 영위되고 있는지는 수수께끼로 치부되었다. 배급제로 나오던 흑빵과 소금, 설탕과 같은 생필품의 공급이 끊기는 바람에 거개가 배를 곯았다. 연금생활자인 노인들은 집에 있는 물건 가운데 돈이 될 만한 것이면 손에 잡히는 대로 역전에 들고 나와 호구지책으로 삼고 있었다. 두어 번밖에 신지 않았다는 구두며 물개 가죽 코트며 장식용 칼이나 총이며 국가에서 받은 훈장 같은 건 너무도 흔한 물건이었다. 심지어는 바가지를 긁어대는 아내나 남편까지도 팔 수만 있다면 내다팔고 싶은 심정이었을 것이다.

패망과 파산이라는 암울한 단어가 대합실 문틈으로 새어들어오는 찬바람을 타고 사람들 머리 위로 넘실거리고 있었다. 하지만 삶이 비천하다고 해서 영혼까지 저주받은 건 아닐 것이다. 하늘이 어디 있는지 목을 길게 빼보는 가난한 영혼들이 난초처럼 군락을 이룬 대합실. 그것은 천막이나 움막 속에서 나무껍질을 씹으며 연명하던 이주 초기 정착촌의 바라크적 풍경과 진배없었다.

가난하다고 몸속에 뜨거운 피가 돌지 말라는 법은 없다. 그 난초 같은 얼굴들은 흡사 19세기 말이나 20세기 초에서 시간의 벽을 뚫고 곧장 날아온 사람처럼 느껴졌다. 어쩌면 도스토옙스키의 소설 『죄와 벌』의 배경이기도 한 후미지고 습한 전당포 골목을 서성이는 서민들의 모습이 그러했을 것이다. 생활의 배반에서 단 한순간도 헤어날 수 없는 저주받은 운명에 사로잡힌 사람들. 그들은 나처럼 동쪽에서 서쪽으로, 혹은 서쪽에서 동쪽으로 유라시아 대륙을 가로지르기 위해 모여 있었다. 안내방송이 나오고 그들을 실어 나를 열차가 하얀 김을 뿜어올리며 플랫폼으로 들어섰다. 그때 대합실 내벽에 걸린 안내 전광판과 초침이 째깍거리는 커다랗고 둥근 대형 벽시계가 나와 그들이 함께 머물고 있는 시간을 숫자로 보여주었다. 열차가 도착함으로써 하나의 시간은 그들이 가려고 하는 목적지를 향하여 수없이 분화되고 있었다.

가을의 열차는 그리하여 존재들의 비밀스러운 운반체로 변했고 또다시 정체를 알 수 없는 익명의 세계로 전환되었다. 승객들은 무표정한 타인의 행렬에 섞여 열차의 흔들림에 따라 함께 흔들렸다.

차창 너머엔 좁은 도로를 따라 이따금 나무를 가득 실은 트럭이 천천히 굴러가고 있을 뿐 내가 탄 열차만 컹컹 짖으며 내달렸다. 열차가 스텝 지역을 내달리는 동안 승객들은 저마다 꿈꾸는 신화의 주인공이 되어 가을의 심연으로 빠져들었다. 그곳은 세상의 드문 장소였다. 승객들의 눈동자는 초점을 맞출 필요도 없이 바깥 풍경 속으로 뛰어들고 있었다.

이렇게 승객들은 대지의 일부가 되어갔고 성스러운 대지는 침묵의 심연을 간직하고 있었다. 인간의 위대한 전환은 늘 침묵의 심연에서 비롯되는 것 같다. 인간 정신 안에 깃든 영혼의 체험은 차창 밖에 있는 침묵과 비교될 수밖에 없다. 승객들도 저마다 개별자로서의 존재적 심연을 간직하고 있는 것이다. 그때 내가 궁금했던 것은 기차표에 적힌 목적지와 상관없이 대체 우리는 어디에서 와서 어디로 가고 있는가에 관한 것이었다. 우리의 삶이 어디로 향하고 있는지에 관한 질문에는 국적도 이념도 신분도 중요하지 않다.

철도는 단순한 운송수단이 아니라 열차에 탑승한 모든 승객들을 삶이라는 한 방향으로 흘러가게 하는 강줄기였던 것이다. 내 의식은 열차의 진동에 맞춰 흔들리면서 암울했던 수많은 연대를 거슬러 강제이주가 단행된 1937년으로 흘러갔다. 역사의 시간에서 태어나 역사 밖의 시간으로 내팽개쳐진 강제이주 열차의 모든 얼굴들이 차창에 어른거리는 것만 같았다.

그건 몇 날 며칠 혹은 몇 년, 몇십 년이 걸릴지 모르는 여정이었을 것이다. 그들은 비좁고 냄새나는 화물칸 바닥에 쭈그리고 앉아 열차 안에서 일생을 다할 것 같은 그런 얼굴이었다.

나는 강제이주 열차가 달렸던 바로 그 철도 위를 달리고 있었다. 겨우 60년 전, 17만 명이 짐짝처럼 옮겨졌던 그날의 화물칸을 들여다보는 심정으로 나는 알마티의 한 서점에서 구입한 키르기스스탄 출신의 소설가 칭기스 아이트마토프의 『백 년보다 긴 하루』를 펼쳐 읽기 시작했다.

검고 곧은 선로가 스텝 저 멀리까지 뻗어 있는 철길 주변에 여우가 살아간다. 덜컹대는 열차들이 처음엔 이쪽 방향으로, 그리고 다음엔 저쪽 방향으로 천둥 치듯 지나가며 주위의 온 대지를 흔들고 그 위로 연기와 열기가 바람결을 타고 그 여우에게까지 전해져오는 강렬하고 고약한 냄새를 풍기는 그런 철길이다. 가을이 성큼 다가

선 그때쯤은 저녁이면 벌써 추웠고, 새벽녘이면 밤사이 금방 차가워진 땅에 닿기만 하면 곧 사라져버리는 소금 결정과도 같은 흰 서리가 덮였다.

스텝에 사는 동물들에게 곤궁한 시기, 우울한 계절이 다가오고 있었다. 여름철에 들판을 싸돌아다녔던 숱한 짐승들은 이미 어디론가 따뜻한 곳으로 떠났거나 겨울을 나려고 모래땅에 판 굴속에 틀어박혔다. 이제 한 마리 한 마리의 여우는, 마치 그 족속이 지구 표면에서 사라져버리기라도 한 것처럼, 제각기 먹이를 사냥하고 있다.

하지만 그 여우가 찾으려고 기대하는 것, 두려움을 참고서 오랫동안 기다려온 것이 있을 법한 조짐은 보이지 않았다. 그런데도 여우는 무엇이든 좀더 먹을 것을 찾아낼 수 있으리라는 희망으로 선로 이쪽저쪽을 왔다 갔다 하면서 부지런히 철길을 따라 내려갔다.

갑자기 그 암여우는 경계를 하려는 듯 한쪽 앞발을 들어올리고 한번 더 선로에 꼿꼿이 섰다. 그러고는 높은 곳으로부터 비치는 희미한 빛, 안개로 흐려진 달빛 속에서 유령처럼 서 있었다. 그 여우에게 경계심을 일으킨 먼 울림소리가 다시 들렸지만 그 소리는 아직 멀리서 오고 있었다. 여우는 발을 바꿔 딛고 꼬리를 꼿꼿이 편 채 어느 순간에라도 달아날 채비를 했다. 그러나 도망치는 대신 그 여우는 뭔가 먹을 만한 것이 눈에 띄기를 기대하며 부지런히 침목 위를 걷기 시작했다.

이제 가쁜 숨을 토해내는 기관차의 무자비하고 위협적인 굉음과 수백 개의 바퀴들에서 울려나오는 천둥소리가 점점 더 가까워 온다. 여우는 한순간 멈춰 섰다. 달아날 태세를 취하기엔 그 정도로도 충분했다. 별안간 철길이 굽은 곳 근처에서 앞뒤로 나란히 연결된 두 기관차들의 가깝고 먼 전조등 불빛들이 불시에 닥쳐들었다. 그 강력하고 눈이 멀듯한 빛으로 스텝을 하얗게 비추며 죽은 듯 바짝 마른 대지를 가차없이 드러내면서…… 덜컹대는 굉음과 타는 냄새와 숨 막히는 먼지로 대기를 채우며 기차가 돌진해오고 있었다.

아이트마토프의 문장을 따라 읽는 나의 시선에서 소설 속 철길과 기차가 되살아나고 있었다. 여우에게 점점 다가오는 기차는 한인들이 탄 강제이주 열차로 변주되었고 다음 순간, 구멍이 숭숭 뚫린 화물칸 쪽마루에 쭈그리고 앉아 문틈으로 밖을 내다보는 소년의 눈동자와 건조한 스텝의 수풀 사이에 몸을 숨기고 있는 소설 속 여우의 눈동자가 마주쳤다. 소설 속 열차도 1937년 강제이주 열차처럼 어느 역이나 그대로 통과하는 특별 열차였다. 나는 소설 속 문장에 밑줄을 쳤다.

나는 소년이 타고 있는 열차 속이 들여다보이는 것만 같다. 나의 소년은 추위에 떨며 입술이 파랗게 질려 있다. 열차는 속력을 내지 못한다. 그럴 때마다 기관사는 기적 소리를 길게 뿜어낸다. 소년은 내가 그동안 아르히프를 들락거리며 수집했던 비밀해제문서에서 튀어나와 몸을 더욱 작게 웅크린다. 나는 문서에 적힌 구절을 떠올린다.

1937년 11월 극동 조선인 728가구 시르다리야 강 연안 도착
거주지가 전무하므로 확보된 모든 천막을 투입할 것

소년은 어쩌면 타슈켄트를 경유하여 시르다리야 강 연안의 한 간이

역에 부려진 극동 조선인 728가구의 일원이었을지도 모른다. 강제이주 열차의 화물칸에 올라갔을 때 마치 미지에서 떨어지는 불우의 재처럼 진눈깨비가 내렸을 것이다. 소년은 진눈깨비를 맞으며 추위에 진저리를 친다. 아무도 목적지를 알지 못한다. 그저 열차를 타고 서쪽을 향해 달려가고 있을 뿐이다. 나 역시 서쪽으로 가고 있다. 그 끝에 무엇이 기다리는지 알 수 없다. 끝없이 펼쳐진 스텝 지역의 풀들은 완전히 갈색으로 변하고 가을은 더욱 깊어간다. 얼마쯤 가니 철도 연변에 땅만 갈아엎은 빈 밭이 펼쳐진다. 빈 땅엔 옥수수와 해바라기가 심어질 것이다. 나는 노란 해바라기 꽃이 장관을 이룰 들판을 상상해본다. 지상에 없던 것들이 어느 순간 불쑥 돋아나고 다시 사라지는 식물들의 일회적 윤회야말로 유령의 현현인 것이다. 세 시간 이상 그런 들판이 이어지다가 어딘가에서부터 땅 위에 반짝이는 은빛이 얼핏 보이기 시작한다. 시르다리야 강이다. 열차는 우즈베키스탄 남부의 광활한 들판을 헤치며 나아갔고 강줄기를 따라 수생식물들도 제법 눈에 띈다.

시르다리야 강 연안에 늘어선 공장들의 높은 굴뚝이 흰 연기를 뿜어대고 있다. 자욱이 퍼지는 연기가 운무처럼 느껴진다. 시르다리야 강 연안에 얼마나 명멸하는 삶들이 있었을까를 생각하니 저절로 장탄식이 새어나왔다. 어쩌면 나의 소년도 시르다리야 강의 운무를 보았을 것이다. 미지의 땅으로 끌려가는 가련한 인생. 나의 소년이 서쪽으로 가고 있다고 해도 그곳은 이미 방향이 아니다. 동서남북 같은 방위는 소년에게 아무 의미도 없다.

내 귀는 강 연안의 낯선 항구에서 화물선에 컨테이너를 싣는 대형

크레인의 육중한 쇳소리를 듣고 있다. 바람이 수확을 앞둔 밀밭 위를 어루만지듯 스쳐간다. 차창 밖으로 제법 규모가 큰 공업단지가 펼쳐지기 시작한다. 어느새 다다른 타슈켄트 근교엔 그런 공장 지대가 끊이지 않고 이어지고 있다.

열차가 타슈켄트 역으로 진입하기 위해 북쪽으로 방향을 튼다. 차창에 나를 닮은 쌍둥이 같은 녀석이 붙어 있다. 유리창의 굴절 때문에 얼굴이 휘어져 보인다. 아니, 모든 게 휘어져 보였다. 시선이 유리창에 부딪혀 미끄러진다.

내가 본 것을 믿을 수 있을까. 나의 소년은 어디에도 없는데 아니, 소년이 믿어왔던 모든 것들이 하루아침에 뒤집어지고 말았는데, 나는 더 어디로 가야 한단 말인가. 모든 건 과거의 일이 되고 말았다. 중앙아시아 어딘가에 짐짝처럼 부려진 소년을 내가 만날 확률은 거의 제로에 가까울지도 모른다. 어쩌면 평행을 이루고 있는 선로처럼 소년과 나라는 두 선로는 결코 만나지 못하거나 만나서는 안 되는 운명의 여행을 계속하고 있는지도 모른다. 그나마 소년과 나 사이를 이어주는 유일한 것은 기차라는 이동수단에 대한 선험적 직관일 수도 있다.

비록 나는 좌석 칸에 몸을 실었고 소년은 화물칸에 몸을 실었지만 지구의 서쪽을 향해 불철주야 달리는 기차의 금속성 질주야말로 시공간을 뛰어넘는 선험적 직관의 세계와 관련이 있는 것이다. 그건 단순히 기차가 아니라 금속과 그 밖의 재료로 만들어진 감각의 덩어리이다. 선로와 기차 바퀴의 마찰, 자갈이 밑에 깔리면서 깨지는 소리, 저물어가는 석양빛이 기차 안으로 새어들어오는 각도에서 소년과 나 사이에 존재하는 두 가지 삶의 패턴이 느껴졌다.

나는 타슈켄트에서 하차했다.

사막의 황량한 바람이 불어오고 구름에 가려 도시는 어두웠다. 기차에서 내려 우선 뚜벅뚜벅 걸었다. 걷고 있다는 게 살아 있음의 증거라도 되는 듯. 타슈켄트에서조차 소년에게 약속된 것은 없었을 것이다. 소년은 약속이라는 단어가 있는지도 몰랐을 것이다. 소년을 둘러싼 세계는 그야말로 미치광이의 춤을 추고 있었을 것이다. 아니, 모든 이주민들이 그 춤판에 끼어 빙글빙글 돌아가고 있었을 것이다. 중요한 것은 소년이 죽지 않고 중앙아시아에 도착했다는 사실이다. 정복되지 않는 게 인간의 영혼이다.

택시는 도시 남쪽의 한 아파트 단지에 나를 부려놓고 지체 없이 떠나갔다. 저층 아파트 단지였다. 아파트는 희미한 불빛 한 줄기도 없었고 어둠 속에서 침묵하고 있었다. 시 외곽이어서 가로등은 드물었다. 그나마 싸락눈이 대지를 덮고 있어서 간신히 사위를 분간할 수 있었다. 싸락눈은 마치 내가 오기를 기다렸다는 듯 아주 천천히 한 송이 한 송이 마치 꽃잎처럼 나풀거렸다. 이 눈을 만나기 위해 알마티에서 타슈켄트까지 그 먼 길을 달려왔다는 느낌이 들었다. 내가 잘못 본 것일까. 하늘을 올려다본 순간 싸락눈은 뚝 그치고 허공은 어둠에 잠겨 별들이 성층권 너머에서 불을 켠 채 반짝이고 있었다. 어쩌면 별이 눈처럼 작은 알갱이로 부서져 쏟아져내렸는지도 모를 일이다.

난 택시가 부리고 간 트렁크를 쳐다보았다. 그 순간, 자지러질 뻔했다. 트렁크에만 싸락눈이 덮여 있는 반면 주변에는 눈이 내린 어떤 흔적도 없었다. 잘못 본 게 아닐까, 하는 생각에 다가가 손을 대보았으나 틀림없이 차가운 눈이었다. 하지만 그런 일이 어떻게 일어났는지 전혀 궁금하지 않았다. 60년 전, 소년이 극동에서 타슈켄트로 오게 된 이유에 비하면 트렁크 위에만 눈이 쌓여 있었다는 건 그리 놀랄 만한 일도 아니었다.

삶은 너무도 부서지기 쉬운 꿈이었다. 극동에서 중앙아시아로 강제이주당한 17만 명의 한인들이야말로 트렁크 위에 내린 싸락눈과 같은 존재였다. 움막도 없는 불모지에 짐짝처럼 부려진 채 그들이 맞아야 했던 눈보라가 연상되었다. 그들은 맨손으로 언 땅을 파고 덤불을 얹어 첫 밤을 추위와 배고픔으로 지새웠을 것이다. 손톱은 으깨지고 얼굴은 흙검댕이가 묻어 하얀 눈동자만 번뜩였을 중앙아시아의 어둑한 정착지. 그뿐이랴. 강제이주를 면하기 위해 도망쳤던 사람들은 국경 부근에서 붙들려 알려지지 않은 강제노동수용소에서 영원히 사라져갔던 것이다.

중앙아시아로 이주해온 한인들은 침묵과 굴종으로 운명을 받아들여야 했다. 텅 빈 마당에 바람을 쐬러 나온 죄수들처럼 잠시 감옥 밖으로 나와 서성이는 혼령들. 텅 빈 역사의 블랙홀에 빨려들어가 이내 흔적도 없이 사라져버린 그들의 허망한 눈동자가 보이는 듯했다. 모두들 검은 상복을 입고 눈구멍은 오래전 죽은 사람의 그것처럼 깊이 패어 있었다. 그들은 마치 싸락눈을 통해 자신들의 이야기를 들려주고 있는 것만 같았다. 음산한 중앙아시아의 저기압에 압착당한 수많은 한인들의 신음 소리가 어둠을 더욱 심화시키고 있었다.

트렁크를 아파트 앞에 세워둔 채 현관 앞 화분대에 다가갔다. 화분대의 누렇게 말라죽은 잡초들이 손에 서걱거렸다. 한구석을 더듬어 손을 깊숙이 찔러넣었다. 차가운 감촉이 느껴졌다. 아파트 열쇠였다. 집주인이 열쇠를 숨겨놓겠다고 말한 장소였다. 트렁크를 현관 안으로 들여놓았다. 낡은 엘리베이터에 트렁크를 싣고 4층으로 올라갔다.

사위는 사물을 분간할 수 없을 만큼 어두웠고 나는 전기 스위치를 찾으려고 벽을 더듬다가 이내 포기하고 라이터를 켜 문에 붙은 숫자를 확인한 뒤 열쇠를 꽂았다. 문을 열고 실내에 발을 들여놓자 어둠에도 막이 있는 것처럼 이마에 암흑 물질이 닿는 느낌이 들었다. 일단 트렁크는 문밖에 세워둔 채 안으로 들어가 다시 라이터를 켰을 때 소스라치게 놀라 꼼짝도 할 수 없었다. 거실 의자에 누군가가 앉아 있는 게 틀림없었다. 라이터가 꺼지기라도 한다면 어둠 속에 웅크리고 있는 그 사람이 나를 공격할 수도 있을 것이라는 생각이 들었다. 라이터 불빛이 태양만큼이나 소중하게 느껴졌다. 빛이 없다면 시력인들 무슨 쓸모가 있을까. 그건 사람의 그림자였는데 그 그림자는 라이터 불빛 때문에 바닥에서 천장까지 내뻗친 채 아주 미세하게 움직이고 있었다. 아니, 꿈틀거렸다는 것이 더 정확할 것이다. 다음 순간, 몸통이 보였다. 이내 의자가 끌리는 소리가 났고 그 정체 모를 사람이 구부정하게 등을 굽힌 채 일어섰다.

누구세요, 라고 물었지만 아무 대답이 없었다. 대신 천천히 손을 들어 검지손가락을 까딱거렸다. 길고 바싹 마른 손가락이었다. 소름이 돋았다. 뼈밖에 남지 않은 손가락이었다. 라이터가 뜨겁게 달아올라 더이상 쥐고 있을 수 없었다. 불빛이 사라지자 실내는 다시 어둠의 물질로 가득 채워졌다. 다음 순간, 그는 아주 느린 걸음으로 거실의 장식장으로 다가가 서랍에서 양초를 꺼내 불을 붙인 뒤 나를 향해 천천히 다가왔다. 주름투성이의 노파였다. 노파는 머리에 스카프를 단정하게 둘러쓴 채 구부정한 허리를 한 손으로 받치고 있었다. 마치 중세에서 걸어나온 사람 같았다. 나는 거의 비명처럼 누구요, 라고 소리를 질렀다. 그제야 노파는 집주인의 장모라고 자신을 소개했는데 며칠 전 딸이 전화를 걸어와 민박을 찾는 사람이 알마티에서 오기로 했으니 만나보라고 해서 기다리고 있었다고 말했다. 난 알마티를 떠나기 전, 빅토르에게 타슈켄트에서 지낼 임시 거처를 구해달라고 부탁을 했고 그는 내 부탁으로 이 집을 수소문해주었던 것이다. 빅토르는 내게 집주인이 숨겨두었다는 열쇠의 위치를 가르쳐주었다.

노파의 입성은 남루해 보였지만 광대뼈 속에 깊숙이 틀어박힌 눈동자는 예사롭지 않게 느껴졌다. 내 속을 훤히 꿰뚫고 있다는 듯 파란 눈동자가 두어 번 깜박였다. 선불을 받았으면 싶은데…… 그게 딸아이가 내게 주는 생활비 대신이니 말일세. 내가 돈을 건네자 노파는 내게 자신의 전화번호와 주소가 적힌 종이를 건넨 뒤 현관 쪽으로 걸어가다 말고 힐끗 뒤돌아보았다. 노파는 야릇한 웃음을 지어 보였고 노파의 등 뒤로 외풍을 막기 위해 걸어놓은 두툼한 양탄자가 벽에 붙어 있는 게 눈에 띄었다.

다음 순간, 문을 여닫는 소리도 나지 않았는데 노파는 사라지고 없었다. 혹시 양탄자 속으로 스며든 것은 아닐까. 양탄자가 한 번 출렁거렸던 것도 같았다. 양탄자가 출렁거렸는지, 양초가 흔들린 것인지 확실치 않았다. 어쨌든 노파는 연기처럼 사라졌다. 양탄자 속으로의 증발? 현관문을 열어보았지만 칠흑 같은 어둠뿐, 노파의 자취는 보이지 않았다. 노파는 정말 양탄자 속으로 스며든 것일까. 그게 아니라면 노파는 처음부터 이 집에 들어오지 않은 가상의 인물이란 말인가. 내가 헛것을 보았단 말인가. 내가 본 것을 믿어야 할지 종잡을 수 없었다. 나는 눈을 감은 채 눈두덩을 손으로 지그시 눌러 피로감을 달랬는데, 내 행동을 누군가 지켜보고 있을지도 모른다는 생각에 소름이 끼쳐왔다. 이럴 때일수록 평정심을 되찾으려면 몸을 움직여야 한다.

나는 문밖에 세워둔 트렁크를 들여놓고 짐을 풀기 시작했다. 트렁크 위에는 기괴하다고 볼 수밖에 없는 눈이 그대로 남아 있었다. 문 옆에 세워둔 몽당 빗자루로 눈을 털어낼까 하다가 그만두었다.

그 기괴한 눈이 내게 행운을 가져다줄 것이라고 믿고 싶었다. 타슈켄트에서의 첫 밤을 트렁크의 싸락눈과 동침하는 것도 나쁘지 않았다. 눈이 수호신처럼 느껴졌다. 그렇지 않아도 트렁크는 여행 내내 나와 함께 있어야 할 분신이나 마찬가지였다. 거실 소파에 누워 눈이 서서히 녹는 것을 지켜보다가 깜빡 잠이 들었다. 방 안에 침대가 있었으나 낯설고 밀폐된 방 안에 들어가고 싶지 않았다. 잠에서 깨자 허기진 창자에서 꾸르륵 소리가 났다.

얼마나 잤는지 알 수 없었지만 물을 끓이려고 성냥으로 가스레인지에 불을 붙이려는 순간, 전화벨 소리가 요란하게 울렸다. 화들짝 놀란 나머지 타점을 빗나간 성냥에서 화약이 튕기는 바람에 오른손 약지 끝이 노릿하게 타버렸다. 화끈거리는 손가락에 침을 바르며 거실과 부엌 사이 벽 귀퉁이에 걸려 있는 수화기를 들었다. 웬 여자의 괴성이 들려왔다.

아쁘쩨까! 아쁘쩨까! 아쁘쩨까!

찢어지는 목소리였다. 어둠 저편에서 지르는 비명 같았다. 여자의 비명은 세 번씩 연달아 반복되었다. 섬뜩한 느낌이 들어 얼른 전화를 끊었다. 여자는 누굴까. 대체 무슨 소릴까. 잘못 걸려온 전화일까. 아쁘쩨까는 러시아어로 약국이라는 말이었다.

모스크바에서도 전화선이 낡은 탓에 눈이나 비가 오면 가끔 수화기에서 잡음이 들리곤 했지만 그렇게 다급한 목소리가 새어나온 건 처음이었다. 어쩌면 어느 약국으로 걸려던 전화가 잘못 연결된 것일 수도 있었다. 타슈켄트에서의 전조는 이렇게 정체불명의 여자 목소리로 시작되었다. 피곤이 가시지 않아 눈꺼풀이 저절로 닫히고 머리가 깨질 듯 욱신댔다.

여자의 비명이 내 기억 속에서 다시 터진다. 인생은 예기치 못한 무수한 반전의 순간들을 동반하고 있다. 미래란 현재 이 순간에 만들어지고 있는 것이다. 미래는 지금 내 안에서 만들어지고 있다. 거기엔 어떤 트릭도 없다.

집은 싸늘했다. 거실과 방에는 가구들이 있긴 했으나 커다란 헝겊이 둘러져 있었다. 주방의 후미진 구석에는 거미줄이 쳐 있었고 스토브에는 까맣게 탄 음식찌꺼기가 붙은 채였다. 찬장은 더욱 지저분했다. 선반에는 찢어진 밀가루 봉지와 컵에 담긴 사각 설탕이 있었지만 얼마나 오래된 것인지 알 수 없었다. 접시와 대접, 그리고 포크도 몇 개 있었다. 접시에 남겨진 흑빵 조각엔 초록색 곰팡이가 피어 있었다.

창밖에는 다시 싸락눈이 내리고 눈들은 은은하게 주위를 밝혔다. 그것은 미명의 푸르스름한 밝음이었다. 아직 태어나지 않는 빛 같았다. 푸르스름하게 발광하는 눈. 창 너머로 나뭇가지들이 바람에 세차게 흔들렸다. 나무는 바람에게 모든 것을 내맡긴 채 서 있었다.

어둠에 잠긴 타슈켄트는 역사의 여러 길목에서 영원히 사라져버린 많은 것들을 상기시켰다. 잃어버린 시간, 영영 사라져간 사람들, 영원히 재현이 불가능한 추억들. 열차가 완전히 정차한 다음, 객실에서 한꺼번에 빠져나온 사람들이 먼지를 일으키며 입구 쪽으로 밀려나갈 때 나는 내가 혼자라는 사실에 몸서리가 쳐졌다. 한편으로는 함께 탑승한 수많은 인파들 가운데 나를 알아보는 사람이 없다는 사실에 안도감을 느꼈던 것 같다. 낯선 공간은 익명성이 보장되는 장점도 있는 것이다. 외딴 혹성처럼 혼자 궤도를 돌고 있는 느낌. 자기 안이 고요해진 사람들은 알게 된다. 내면에 휘몰아친 눈보라가 언제 그쳤는지, 사납던 날씨가 어떻게 청명해졌는지. 고요해진다는 건 운명을 모두 소진한 채 운명의 바깥으로 산책을 가는 것이나 마찬가지라는 생각이 들었다. 내면의 울음이 그치고 눈물샘마저 말라버렸을 때 그동안 흘린 눈물과 울음의 양만큼 고요해질 수 있는 것이다. 그러다가도 고요 속의 외침이 심장이 뛸 때마다 폭폭 솟구칠 때가 있다.

아침 창가에 서서 두꺼운 커튼을 젖혔을 때 타슈켄트 평원 위에 지어진 이슬람 사원의 둥근 원형 지붕은 코발트블루로 빛나고 있었다. 시간의 지층에서 기화하는 아지랑이가 블루였다. 죽음보다 깊고 푸른 블루. 사람의 가슴이 도저히 견뎌낼 수 없어 뱉어낸 색이 블루일 것이다. 세월이 흐른 후 하루가, 한 시간이, 한순간이 단 한 번의 심장 박동으로 지나갈 때 모든 것은 점점 더 알 수 없게 되고 아무런 특색도 없는 추상으로 변해버린다. 그리하여 색의 자살이, 시간의 자살이 블루인 것이다. 색이 눈을 감고, 시간이 눈을 감는 것과 같은 이치다. 어느 만큼은 시력의 상실이 블루인 것이다. 모든 사물에는 사물의 본질을 뒤집는 내성이 깃들어 있다. 그것은 존재하는 것들은 모두 사라진다는 사실이다. 사라진 시절들, 사라진 사람들. 사라진 세계들……

실내는 하얀 입김이 보일 정도로 추웠다. 주방으로 들어가 가스 불을 켰다. 가스 불이라도 켜놓으면 실내가 따스해질 것 같았다. 가스의 퍼런 불꽃이 소리를 내며 피어올랐다. 살모사가 두 갈래 혀를 내밀고 독을 뿜을 때 내는 그런 소리였다. 방 안의 눅눅한 공기가 가스 불로 인해 생동감을 찾은 듯싶었다. 그 파란 불꽃에게 인간적이라는 수사를 붙여줘도 무방할 것이다. 부엌은 비좁았지만 이중 창문이 달려 그런대로 아늑했다. 거실 한 귀퉁이에 놓아둔 트렁크를 헤쳐 알마티에서 가져온 흘레브를 꺼내 주머니칼로 얇게 저며냈다. 흘레브 가루가 바닥에 떨어졌다. 빵가루를 손으로 주워 식탁 한쪽에 모아두었다. 그 순간. 비둘기 세 마리가 창가 선반에 내려와 창문을 쪼아대기 시작했다. 그중 한 마리는 보기에도 흉측했다. 다른 비둘기에게 쪼였는지 머리에 핏자국이 있었고 깃털도 군데군데 빠져 있었다. 다리도 성치 않아 절뚝였다. 창문을 열고 창틀에 흘레브 가루를 뿌리자 녀석들은 서로 밀치면서 부리로 쪼아대기 시작했다. 상처 입은 비둘기는 성한 비둘기에게 밀려 한 번도 흘레브 가루를 쪼지 못했다. 내가 손을 내밀어 성한 비둘기를 밀쳐낸 뒤에야 상처 입은 비둘기는 꼬리를 치켜들고 먹이를 쪼았다.

측은한 고루비. 비둘기의 러시아어 발음 고루비가 고르바초프의 애칭인 고루비와 같다는 사실에 쓴웃음이 비어져 나왔다. 알마티 공항에서 만난 택시 운전수가 '프로스토 고루비(측은한 고르바초프)'라고 말하던 장면이 떠올랐다. 하지만 측은한 것은 고르바초프가 아니라 어느 날부터 내 안에서 숨을 쉬고 있는 강제이주 열차의 소년이다. 측은한 소년(프로스토 말치크). 그는 어딘가에서 늙어가고 있을 것이다.

1937년 그는 일곱 살이었으니 살아 있다면 아마도 예순일곱 살쯤 되었을 것이다. 나이로 보면 살아 있을 가능성이 높았다. 그를 찾아 나선다는 게 무모한 일인 줄 알면서도 나는 타슈켄트 오비르(외국인 거주등록부)를 향해 걷고 있었다. 오비르는 민박집에서 버스로 다섯 정거장 떨어진 나보이 프로스펙트 15번지에 있었다.

소년을 찾아서

나는 소년의 현재에 대해 알고 싶었다. 모든 외국인 그리고 타지인들은 일단 오비르에 등록을 해야 하므로 운이 좋으면 오비르에서 소년의 이름을 발견할 수 있을지도 모를 일이었다. 오비르는 그리 혼잡하지 않았다. 얼마 기다리지 않아 순서가 되었는지 직원이 손짓을 했다. 하체에 비해 상체에 살이 무척 쪄서 어딘가 불균형적으로 보이는 오십대 초반의 사내였다. 명함에는 오비르 사무장이라고 적혀 있었다. 그는 소년의 행방에 대해 알고 싶다는 내 말을 듣더니 칼로 자르듯 말했다.

내가 아는 한 당신이 찾는 기록은 어디에도 남아 있지 않을 가능성이 큽니다. 오비르는 소년이 극동에서 이곳 타슈켄트로 왔다는 어떤 기록도 갖고 있지 않지요. 노파심에서 하는 말이지만 60년 전, 극동 한인들을 우리가 받아들인 건 우리의 결정이 아닙니다. 하지만 저희 오비르는 엄밀히 과거의 기록을 뒤져서 당신의 질문에 대해 정확한 결론을 내릴 것입니다. 소년에 관한 기록을 찾는 즉시 당신에게 알려드릴 겁니다. 그러나 큰 기대는 하지 않는 게 좋을 겁니다. 당신의 신분이 모스크바 역사아카데미 연구원임을 감안한다면 당신은 추적 가능한 과거와 추적 불가능한 과거가 있다는 것을 누구보다도 잘 알고 있을 것으로 압니다.

그는 그렇게 말한 다음 악수를 청했다. 두껍고 묵직한 살점이 느껴지는 손이었다. 비곗덩어리 사내의 말은 어떤 의미에서 합리적이었다. 하지만 나는 마른 입술을 적시면서 모독이라는 단어를 떠올렸다. 당신들은 나의 소년을 모독했고 경멸했다. 하지만 내가 모독이란 단어를 곱씹고 있을 때 사내는 내게 모독이란 말을 되돌려주고 있었다. 사내는 말했다. 우리도 그들을 받아들일 준비가 되어 있지 않았다는 것을 믿어야 합니다. 그것은 다만 지나간 역사의 악몽이었지요.

사내는 나를 힐끗 쳐다보더니 자리를 떴다. 그의 말에 진정성이 없는 것도 아니었다. 무지막지한 비현실성 위에 간신히 구축한 논리를 붙들고 살아가야 하는 존재. 비현실성 위에 떠 있는 인간 존재들. 내가 타슈켄트로 온 것조차 비현실성의 논리였다. 나는 민박집으로 걸음을 재촉했다. 길을 걷는 사람들이 하나같이 실에 묶인 채 조정되는 인형처럼 보였다. 삶이라는 무대장치 위에 올려진 마네킹들. 내가 역사를 쫓고 있는 게 아니라 역사가 나를 쫓고 있다는 가역반응을 느끼며 나는 민박집으로 돌아와 불을 켰다.

테이블 위에 수면제가 든 약병이 놓여 있었다. 어젯밤, 잠이 오지 않아 뒤척이다가 수면제를 먹었던 것이다. 시계가 째깍거리고 있었고 바퀴벌레가 화장실 벽을 기어오르고 있었다. 더듬이로 방향을 가늠한다지만 바퀴벌레에게 방위는 없는 것이다. 네모난 타일 한 칸 한 칸을 지날 때마다 조심스럽게 더듬이를 움직인다. 그 동작이 너무 섬세해 아름답게 느껴진다. 바퀴벌레처럼 예민하게 생을 밀고 나갔던 적이 있었던가, 라고 자문하면서 거울을 들여다본다. 나 아닌 내가 나를 뚫어지게 바라보고 있다.

너는 패배한 거야. 너의 소년은 애초에 아무 곳에도 없는 존재였단 말이야. 인간은 한번 고향을 떠나면 두 번 다시 고향으로 돌아오지 못하는 존재지. 타슈켄트는 검은 아가리를 벌리고 널 기다리고 있어. 서둘러 떠나야 해. 타슈켄트는 당신이 머물 곳이 아니야.

난 거울 속의 사내에게 한 방을 날린다. 손등에서 피가 흘러내린다. 난 고통을 참아낸다. 손에 난 상처가 아프지 않다고 스스로에게 최면을 건다. 손에 통점이란 게 어디 붙어 있는지 알 수 없다. 어쨌든 나는 나의 소년을 만나야 한다. 그러나 가능성은 희박하다. 나는 커튼을 드르륵 쳐버린다.

아침에 일어나니 간밤에 폭음을 한 탓에 얼굴이 까칠하다. 배 속이 뒤집어지는 것만 같다. 약국에서 약을 사다 먹고 지새는 밤에 또다시 보드카 생각이 간절하다. 내일은 태양이 뜰까. 내가 나인가. 여긴 대체 어딘가. 죽음의 냄새를 맡는 나날들이 더디게 흘러간다. 그 흐름이 지상에 두 개의 강변을 만들어놓는다. 나는 이쪽 편에 나의 소년은 건너편에 서 있다. 내가 손을 흔들어도 소년은 알아보지 못한다. 강을 건너야 하는 누떼의 막내로서의 소년은 다른 누들이 강을 건너 이미 초원을 향해 뛰기 시작했음에도 강물 속에 숨어 있는 악어의 살기를 느끼고 오래도록 강변을 서성이고 있다. 강 건너에서 애처롭게 울부짖는 어미 누의 눈동자에 핏발이 선다. 어미의 울음에 용기를 내어보는 새끼 누가 마침내 강물 속에 앞발을 담근다. 물살은 잠잠하다. 코를 실룩거리며 주위를 살핀다. 이윽고 물살을 헤치며 강 한복판에 다다른 바로 그때, 물속에서 솟구쳐오른 커다란 악어가 새끼 누의 발목을 물고 강물 속으로 들어가 몸을 뒤집기 시작한다. 강은 금세 흙탕물로 변하고 격렬한 물살이 소용돌이친다. 탈진한 새끼 누의 축 늘어진 고개가 한순간, 환희에 겨워 몸부림치는 악어의 하얀 뱃가죽 위를 스쳐가는 듯싶더니 강물은 이내 핏물로 물든다. 어미 누는 강변에 붙어 서서 몇 번이나 울부짖다가 이내 앞서 간 누 떼를 쫓아 뛰어가기 시작한다. 악어가 물속에서 새끼 누의 뼈를 으스러뜨릴 때 수면은 미세한 파문으로 흔들린다. 다음 순간, 새끼 누가 사라진 강물 위로 소년의 사체가 등을 하늘로 향한 채 떠 있다. 핏물 번진 강물에 살얼음이 끼기 시작한다. 소년의 사체 주변으로 강물은 빠르게 결빙된다. 소년은 얼음살에 박혀 있다. 그 위로 언덕 위의 모래바람이 불어온다. 소년은 사라졌다. 강은 소년을 기억하지 못한다.

머리가 깨질 것 같다. 역겨운 피 냄새가 코로 스며든다. 팔뚝이며 목덜미에 소름이 돋는다. 타슈켄트에서 맞는 10월은 절기로는 가을이지만 때때로 몸서리가 쳐지는 저온의 바람이 불어왔다.

어느 날 갑자기 가로수는 한꺼번에 잎사귀를 떨구고, 아침저녁으로 찬바람이 매서워지면서 눈이 내리는 것을 보게 된다. 그러므로 가장 추운 때는 겨울이 아니라 차라리 가을이다. 아직 중앙난방은 들어오지 않는다. 난방은 으슬으슬 추운 10월 말에나 들어온다는데 타슈켄트의 10월 평균기온은 15°C이지만 기록에 의하면 가장 추웠던 날에는 영하 7°C까지 떨어졌다고 한다. 가을밤은 춥고 몸은 얼어붙는다.

며칠이 지났으나 오비르에서는 아직 연락이 없다. 그렇다고 해서 비곗덩어리 사내에게 전화를 걸어 독촉을 할 수도 없는 노릇이다. 밤에 시내를 걸어보기로 한다. 숙소 근처의 오제르(섬)라는 간판의 선술집이 눈에 띈다. 내가 아침식사를 하는 레스토랑의 웨이터가 추천해준 술집이다. 어두운 골목 초입에 있는 술집은 문 앞에 바다를 연상시키는 파란색 양탄자를 달아놓았다. 나는 칵테일 바에 앉아 맥주에 보드카를 섞어서 서너 잔쯤 마신다. 밤은 깊어가고 어지간히 마신 탓에 그만 일어서려는 무렵, 한 무리의 사람들이 흥겨운 노래를 부르며 술집으로 들어선다. 일행 가운데 한 명은 서른 살가량 된 여자였는데 마침 내 테이블 옆에 떨어져 앉는다. 여러 명이 한 테이블에 앉기에 자리가 모자랐던 것이다. 그녀는 함께 들어온 일행들의 왁자지껄한 대화를 조용히 듣고만 있었다. 그 모습이 너무 청순해 보여 자연스럽게 눈길이 갔다. 체구는 자그마했지만 커다란 눈동자는 총명해 보였고 윤이 나는 까만 머리가 인상적이다. 어느 한순간, 그녀의 눈매에 물기가 촉촉이 돌더니 불빛을 받아 더욱 반짝거리는 모습이 마치 밤하늘에 별이 총총거리는 같았다. 나의 소년은 어디에도 없고 난 취기가 오른 채 낯선 여자를 쳐다본다. 조명 탓인지 모르지만 그녀의 눈빛은 내가 타슈켄트에 온 후 가끔 창가에서 쳐다보던 밤하늘의 보랏빛을 쏙 빼닮았다. 나는 취중에 보랏빛 여자, 슬픔을 아는 여자, 라고 중얼거렸던 것 같다. 일행이 다 빠져나간 뒤에도 혼자 한참 동안 앉아 생각에 잠겨 있던 여자는 자정 무렵, 나와 거의 동시에 자리에서 일어났다. 내가 계산을 마치고 문 앞의 양탄자 휘장을 걷을 때 그녀도 휘장의 다른 한쪽을 잡아, 둘이 함께 밖으로 나오게 됐다. 나는 그녀와 함께 한적한 골목길을 걸어나오고 있었는데 어느 순간, 앞서 걷던 그녀가 걸음을 멈추고 나를 정면으로 바라보며 말했다.

나를 한번 안아줄 수 있나요.

여자는 분명 그렇게 말했다. 내가 얼른 대답을 못 하고 다소 당황스러운 표정을 짓자 여자는 가슴을 내게 슬며시 말착시켰다. 그것으로 끝이었다. 여자는 스스로도 부끄러운지 빠른 걸음으로 골목을 빠져나가 마침 지나가는 택시를 타고 사라졌다. 나는 속으로 참 싱거운 여자도 다 있네, 라고 되뇌었지만 엉겁결에 이루어진 포옹은 긴 여운을 남겼다. 사실 내게 무슨 일이 일어난다고 해도 더이상 놀랄 일은 아니다. 세상의 끝으로 강제이주당한 소년에 비해 무슨 특별한 일이 있을 수 없는 것이다. 집에 돌아와 전화선을 뽑아버렸다. 전화선이 외부와 연결되어 있다는 게 마음에 걸렸기 때문이다. 나는 외부와 단절된 완전한 고독을 즐기고 싶었는지도 모른다.

며칠 뒤 난 오비르에서 걸려온 전화를 받고 부랴부랴 오비르를 찾아갔다. 그새 몸이 더 불어난 것처럼 보이는 오비르 사무장은 나를 사무실 뒤편의 자료실로 안내했다. 자료실은 각 지역별 주민등록 서류로 가득 차 있었다. 분량도 방대했지만 구역을 세분화하고 번지수를 표기한 분류 표식이 인상적이었다. 그는 거의 맨 귀퉁이의 서가 앞에서 걸음을 멈추더니 미리 뽑아놓은 자료철을 내게 건네주었다. 자료철에 붙어 있는 서지사항은 이 자료들이 전 소연방에서 수집된 것임을 알려주었다.

모스크바뿐 아니라 톰스크, 알마티, 하바롭스크, 타슈켄트에 흩어져 있는 지방문서보관국에서 수집된 것으로 러시아 국립중앙문서보관국, 러시아 과학아카데미 산하 동양학연구소, 러시아 최고회의 민족소비에트, 최근사 기록문서보관소, 내무인민위원부 소속 극동관구 국경 및 내부통수국, 카자흐스탄 국립중앙문서보관국, 극동지방 집행위원회, 소수민족정책국, 하바롭스크 지방문서보관국 등을 망라하고 있었다.

그중에는 암호 전문도 포함되어 있었고 극동 한인 이주에 관한 결정 사항은 각 지방 공화국 내무위원회에게 통보되는 공유문서로 분류돼 '극비, 반드시 직접 전할 것'이라는 인장이 찍혀 있었다. 문서들이 극비로 취급된 것도 그렇거니와 '반드시 직접 전할 것'이라는 문구는 강제이주에 대한 크렘린의 결정문이 명령 계통에 있지 않은 다른 조직에 노출될 경우 비밀을 유지할 수 없을뿐더러 만에 하나, 해외로 흘러들어갈 경우 뜻하지 않은 여론을 유발시킬 것을 우려한 나머지 자기방어적인 의미를 함축하고 있었다.

재소한인 강제이주에 관한 정보들이 대부분 스탈린주의자들의 영향하에 있었다고 할지라도, 이 정보들이 국제사회에 누출될 것을 염려했던 것이다.

비록 당신이 찾는 소년에 관한 기록은 아니지만 그 당시의 상황을 보여주는 기록이지요.

사무장은 내 곁에 바싹 붙어선 채 그렇게 말했다. 자신이 최선을 다했음을 간접적으로나마 내비치고 싶었던 것이다. 한 문서엔 1937년 10월 26일 시르다리야 강 연안에 도착한 극동 조선인 728가구 가운데 332가구가 다시 반사막 지대인 카라칼파크로 옮겨졌다고 기록되어 있었다. 그리고 괄호 속에 또다른 언급이 있었다.

(카라칼파크는 겨울의 한기가 벌써 몰려드는데도 거주할 공간이 전혀 없어 긴급히 천막 확보를 지시함. 카라칼파크 행정관 자그보드진)

자그보드진이 소연방 내무인민위원회 예조프 위원장에게 보낸 비밀문서였다. 그는 이주민들의 도주 방지를 고려해 하차 역을 주요 철도 노선에서 멀리 떨어진 간선 철도역으로 선정해달라고 요청하면서 이렇게 덧붙이고 있었다.

만약 반사막지대인 카라칼파크에서 이주민들이 대규모로 죽어간다 해도 원래부터 내버려진 그 땅의 노동력 부재 상태에 대한 책임을 묻지 말기 바랍니다.

사막의 겨울을 경험한 바가 없으므로 카라칼파크에 도착한 332가구가 어떻게 겨울을 났는지 알 길이 없었다. 하지만 그건 사지나 다름없을 것이다. 겨울철에 이주민들을 카라칼파크로 이주시키면서 상부에 올린 보고가 "대규모로 죽어간다 해도 원래부터 내버려진 그 땅의 노동력 부재 상태에 대한 책임을 묻지 말아달라"라니. 그건 이주민들이 대규모 참사를 당해도 자신과 무관한 일임을 애써 강조하는 완곡어법의 문장이었다. 문서가 오고갔음에 비춰, 그건 결코 우발적인 처사가 아닐뿐더러 다분히 의도적이기도 했다. 이주민 모두가 동사한다

해도 책임을 묻지 말아달라니. 하지만 문서엔 이주민들의 명단은커녕 가구 수만 덜렁 적혀 있을 뿐이었다. 나도 모르게 새어나온 긴 한숨이 문서에 닿아 흩어졌다.

나의 소년은 자취가 없고 나는 열패감에 휩싸인 채 오비르를 떠날 수밖에 없었다. 사무장은 힘없이 등을 돌리는 내가 측은해 보였는지 한마디를 보탰다.

아무래도 번지수를 잘못 찾은 것 같아요. 우즈베키스탄 국립문서보관소에 가보세요. 그곳에 가면 혹시 단서를 발견할 수 있을지도 모르겠군요.

그의 말은 위안이 되지 못했다. 자포자기한 상태에서 꼬박 이틀을 숙소에만 머물던 나는 겨우 기력을 차려 타슈켄트 중앙로에 위치한 나보이대극장이나 둘러보자는 심사로 집을 나섰다. 화려한 외관과 웅장한 모습의 나보이극장은 2차 세계대전 때 잡힌 일본군 포로를 동원하여 1947년에 완공한 중앙아시아 최고의 건축물 가운데 하나였다. 설계자는 레닌 묘를 설계했던 슈세프였다. 클래식적 요소와 중앙아시아적 요소가 적절히 결합된 나보이대극장은 노란 벽돌을 사용하여 사막의 도시 타슈켄트를 상징하고 있었다. 무엇보다도 한인 강제이주가 단행된 지 꼭 10년 만에 완성되었다는 게 관심을 끌었다. 혹시라도 나의 소년이 타슈켄트 시내를 스쳐갔다면 아마도 건축중인 대극장의 방대한 규모를 보았을지도 모른다는 생각이 스쳤다. 원래 대극장을 건축하겠다는 계획은 1930년대부터 잡혀 있었으나 전쟁으로 인해 지속적인 건축이 이루어지지 못하고 여러 차례 중단되었다가 1944년에 공사가 본격적으로 재개되었는데, 2차 세계대전 중 생포한 일본군 포로들의 노동력을 이용해 완공을 했던 것이다. 그래서인지 그날도 일본인 관광객들이 많았다. 그들은 나보이대극장의 한 휴게실에 모여 일본군 포로들을 위해 묵념을 올리기도 했다.

대리석으로 이루어진 현관을 넘어가자 타슈켄트, 부하라, 사마르칸트, 히바, 테르미즈, 페르가나 등 우즈베키스탄의 6대 도시를 상징하는 여섯 개의 휴게실이 나왔고 왕관에 보석이 박힌 형상의 샹들리에는 화려함의 극치를 보여주었다.

대극장 관람을 마치고 나오는 출구 쪽 계단 위에서 막 결혼식을 끝낸 한 쌍의 신혼부부가 기념촬영을 하고 있었다. 전통복장을 차려입은 처녀들이 빵과 소금을 들고 계단 아래에서 하객을 맞았다. 신랑은 포도주를 마시고 잔을 바닥에 내려놓은 뒤 발로 으깼는데 그것은 피로연의 시작을 알리는 신호였다. 그때 하객으로 따라온 한 젊은 여자가 얼굴에 미소를 가득 머금은 채 나에게 다가와 아는 척을 했다.

이름은 타치야나인데 그냥 타냐로 부르지요.

신부의 친구라고 자신을 소개한 타냐는 얼마 전 술집 오제르에서 자신을 만난 적이 있지 않느냐고 말했는데 나는 그제야 그녀가 전혀 이해할 수 없는 포옹의 주인공이라는 사실을 알아차렸다. 그녀는 수줍은 표정으로 손을 내밀어 악수를 청했다. 꽉 낀 청바지에 엷은 블루빛 실크 블라우스로 인해 가슴은 더욱 도드라져 보였다. 내가 그날 밤의 포옹에 대해 묻자 그녀는 이렇게 대답했다.

최근에 엄청난 상실을 겪었거든요. 오래 사귀던 남자와 헤어졌는데 당신이 그 사람과 너무 닮아 있었지요. 어떤 상실감을 채우려고 했던 것 같아요.

타냐는 나보이대극장의 직원이라고 자신을 소개했다. 타슈켄트 국립대학 불문과를 졸업한 뒤 나보이대극장에 취직을 했는데 극장 입구에서 관람객들의 외투나 모자를 맡아두는 물품보관소에서 일하고 있다고 했다.

입장객이 외투나 모자를 맡기면 번호표를 내주고 관람이 끝나면 다시 번호표를 받아 외투나 모자를 내주는 일은 지극히 단순한 일처럼 보이겠지만 실제로는 재빠른 손놀림과 예리한 눈썰미가 없으면 할 수 없는 일이지요. 관람객들은 공연이 시작되기 30분 전에 한꺼번에 몰려오고 또 공연이 끝났을 때도 한꺼번에 몰려나와 물품보관소 앞은 장사진을 이루지요. 나보이대극장은 좌석이 2천 석이나 되기 때문에 두 명이 한 조가 되어 일한다고 해도 한 사람이 짧은 시간 안에 천 명을 상대하는 셈이에요. 관람이 끝나고 대극장의 불이 꺼지고 나면 녹초가 되고 말지요. 그러나 그것보다 더 견디기 어려운 것은 내가 꼭 보고 싶은 저명한 발레나 오케스트라 같은 공연을 정작 대극장에서 근무하면서도 볼 기회가 없다는 것이죠. 사람들이 외투나 모자를 맡겨놓고 대극장의 어둠 속으로 빨려들어가고 난 뒤 물품보관소에 혼자 덩그러니 남아 어렴풋이 들려오는 연주 소리를 듣는 게 유일한 낙이랍니다.

타냐는 대학에 다니는 내내 장학금을 받았다고 말했는데, 그건 특별히 머리가 좋다기보다는 어렸을 때 교통사고로 부모가 급작스럽게 사망한 뒤 어떻게든 자립할 수밖에 없는 처지가 자신을 책상 앞으로 내몬 것이라고 수줍은 듯 털어놓았다. 서른이 채 안 된 나이임에도 조숙해 보이는 이유를 알 것 같았다. 타냐는 남모르게 고독과 침묵의 시간을 통과해왔던 것이다. 고독은 인간의 영혼을 좀먹기도 하고 살찌우기도 한다. 그러나 타냐가 부모를 잃고 타슈켄트에서 홀로 지낸 시간과 나의 소년이 타슈켄트를 경유하여 아랄 해 연안에 짐짝처럼 부려진 후 겪어낸 시간은 본질적으로 다를 수밖에 없다. 나의 소년은 하루아침에 뿌리째 뽑혀서 사막에 내동댕이쳐진 것이다.

하객이 얼마 되지 않은 탓도 있었지만, 나는 타냐의 손에 이끌려 결혼식 뒤풀이로 시내를 한 바퀴 도는 자동차 퍼레이드에 한몫 낄 수밖에 없었다. 시내를 관통해 시르다리야 강 다리 위에 도착하자 신랑 신부의 머리 위로 장미꽃잎이 뿌려졌고 커플 열쇠가 손에 쥐어졌다. 신랑 신부는 똑같은 모양의 자물쇠를 열쇠로 잠근 뒤 강에다 그 열쇠를 던졌다. 한번 맺은 가약을 풀 열쇠가 그들의 의지 밖으로 내던져진 것이다. 신이 아니면 풀지 못하는 커플 열쇠의식을 끝으로 타냐와 나는 하객들과 헤어져 술집 오제르에서 다시 마주 앉았다.

타냐의 작고 오종종한 입술 사이에서 새어나오는 발음은 나지막하면서도 지적인 데가 있었다. 그녀는 내게 러시아 최북단인 아르한겔스크에서 태어난 브레즈네프와 흐루쇼프가 작곡가 무소륵스키 팬이었다는 사실을 알고 있느냐고 물었고, 내가 즉답을 못하고 우물쭈물하자 브레즈네프와 흐루쇼프에 대해 설명하면서 이렇게 말했다.

20세기 소연방의 벽화에 위대한 족적을 남긴 그들에게 덧칠된 신화적 이미지를 벗겨내면 내적 모순과 자기분열에 시달린 지극히 평범한 인간의 얼굴이 드러나지요. 인간은 누구나 시대와 불화를 겪게 마련이지만 내적 갈등에 맞선 인간만이 진정한 존재로 거듭나는 게 아니겠어요?

타냐는 나보이대극장에 들어간 이후 불어를 써먹을 기회조차 없다며 푸념했다. 그녀는 어딘지 모르게 삶의 허기를 느끼고 있는 것처럼 보였는데 한편으로는 당돌하면서도 낭만적인 성격의 소유자였다. 타냐는 프랑스 작가 알베르 카뮈가 비운의 교통사고로 세상을 뜨기 전, 스칸디나비아 출신의 매혹적인 여학생과의 사랑을 위해서 모든 사교와 글쓰기마저 포기하려 했지요, 라며 말을 이었다.

카뮈는 자신의 생애 마지막 몇 주를 그 젊은 여인을 위해 할애했지요. 그녀는 프랑스 남부 루르마랭에서 그와 함께 마지막 며칠을 보냈고 크리스마스 때 카뮈의 가족이 찾아왔을 때 잠시 자리를 피해주었을 뿐, 카뮈와 거의 붙어 지냈지요. 그녀는 카뮈가 교통사고로 사망하자 카뮈의 친구에게 이렇게 털어놓았답니다. 카뮈는 아내와 결별한 뒤 나와 결혼할 것이라는 사실을 공표하기 위해 파리로 가던 중이었어요. 결국 파리에 도착하지 못하고 말았지만…… 이런 사실이 카뮈 사후에 공개되었다고 해서 카뮈에게 어떤 불명예를 초래하지 않는다는 점이 중요해요. 카뮈는 말이 없지요. 이미 저세상 사람인걸요. 사후에는 모든 게 용서되는 법이죠. 카뮈의 연애편력이나 숨겨진 개인사를 모자이크처럼 짜맞춘다 해도 카뮈 자신이 될 수는 없을 겁니다.

우리는 맥주를 두어 병 마시고 헤어지면서 연락처를 주고받았다. 이국땅에서 타냐를 만난 것 자체가 삶은 논리적으로 풀 수 없는 수많은 에피소드로 구성되어 있다는 사실을 다시 한번 상기시켰다.

난 숙소에 돌아와서도 잠이 오지 않아 주방 천장에 매달린 거미의 움직임을 지켜보았다. 집을 지으려고 허공에 대롱대롱 매달려 있는 거미는 말하자면 세상에서 가장 연약하고 가느다란 줄에 매달려 세상에서 가장 빛나는 집을 짓는 족속이었다. 거미는 내가 생각했던 것보다 훨씬 복잡하고 감각적으로 제 영역을 확장시켜나갔는데 거미에 비해 내 존재는 아주 보잘것없이 느껴졌다. 그 순간, 타냐 역시 아주 가늘지만 빛나는 실로 집을 짓고 있는 거미처럼 느껴졌다. 타냐는 나와 헤어지면서 주말에 시간이 괜찮으면 저녁식사에 초대하겠다며 당돌하게 한마디를 날렸는데 그건 '더 빨리 보고 싶어도 참으세요'라는 말처럼 들렸다. 그건 그녀만의 특유한 어투였다. 나보이대극장 직원. 그게 내가 타냐에 대해 알고 있는 전부였지만 창문처럼 큼지막한 그녀의 두 눈이 깜박일 때마다 그 영혼도 함께 깜박이는 것만 같았다.

동시에 나는 유배지와 여인이라는 단어 조합을 떠올렸는데 그건 매우 에로틱한 느낌과 함께 비련의 느낌을 주었다. 여인들은 오래전부터 남자들의 망명지였으니 난 한 여인에게서 다른 여인에게로 망명하는 나를 떠올려보았다. 그건 아주 매혹적인 이미지이자 주인공이 비극적 종말을 맞는 비련의 영화 한 장면 같았다.

창밖엔 겨울을 재촉하는 비가 내렸다. 밖을 내다보니 사람들이 국영상점 앞에 길게 줄을 서고 있었다. 저녁거리를 장만하려는 사람들에게 줄서기는 오랜 관습이나 마찬가지였다. 흑빵은 말할 것도 없고 채소, 육류, 소시지, 설탕, 통조림, 커피 등을 사기 위해 비를 맞으며 한 시간은 족히 기다려야 마침내 물건을 손에 넣을 수 있었다. 해가 뉘엿뉘엿 지기 시작하는 모퉁이 정육점의 풍경이라니.

비가 내리는데도 줄을 선 사람들을 보니 이걸 두고 생존이라고 말하는 것인지도 모른다는 생각이 스쳤다. 이 시스템을 만들어낸 게 국가라는 공룡임은 의심의 여지가 없었다. 하지만 길게 줄을 늘어선 사람들은 이런 시스템을 자신들에게 강요한 국가를 탓하기는커녕 한 사람도 대열을 이탈하지 않았다. 군중의 침묵이 스스로를 타락시킨다는 것은 자명한 이치다. 국가는 군중의 타락을 역이용한다. 군중이 타락할수록 굳건해지는 건 국가다. 군중들이 의식주에 몰입하는 동안 국가는 이 시스템을 계속 작동할 것이다.

침묵에의 몰입. 나는 그렇게 중얼거리며 저녁노을이 붉게 깔린 거리로 다시 나섰다. 나 역시 한 개의 빵이 필요했다. 빵가게 앞에 10여 명의 사람들이 서 있었다. 나는 맨 뒤에 가서 섰다. 그때 하얀 후드를 걸친 판매원이 큰 소리로 외쳤다.

빵이 떨어졌어요. 내일 오세요.

줄을 선 10여 명의 사람들은 한마디 군소리도 없이 뿔뿔이 흩어지고 나 역시 빈손으로 돌아왔다. 나는 주방의 가스 불을 약하게 틀어놓고 벽돌 한 장을 덥혔다. 외풍 때문에 뜨거운 벽돌을 수건에 싸서 이불 속에 넣어두지 않고는 잠을 잘 수가 없었다. 옷을 입은 채로 침대 속으로 기어들어갔는데도 외풍이 들어와 이불 밖에 내놓은 머리가 얼어붙는 듯했다. 난방이 가동되고 있었지만 숨을 쉴 때마다 하얀 입김이 뿜어져나왔다. 소름이 전신을 훑고 갔다. 추운 방에 혼자 누워 있는 그 자체에 운명적인 요소가 있었다. 나는 모스크바에서 출발해 알마티를 거쳐 타슈켄트로 오기까지 내가 보았던 풍경들을 복기해보았다.

북반구인 모스크바에서 남반구인 중앙아시아로 내려올수록 현실은 더욱 낙후했다. 소련 당시엔 연방의 일원이었는데 남북 간의 차이가 그렇게나 벌어졌다는 게 의문이었다. 알마티에서도 타슈켄트에서도 도심을 유랑하는 수많은 불구자들이 넘쳐났다. 그건 모든 삶은 불구성을 지닌다는 문장으로 압축되어 뇌리에 저장되었다. 예컨대 타슈켄트 구시가 중심부에 있는 촐수 호텔 계단에는 수많은 노숙자들이 밤이고 낮이고 엉켜 있었다.

하지만 내 모습도 실상 노숙자와 다르지 않다는 걸 깨닫기까지는 많은 시간이 걸리지 않았다. 자료 탐사를 마치고 숙소로 돌아오면 내 내면과 마찬가지로 두 칸짜리 방에도 허무가 가득 차 있었으며 그것은 변함없이 그 자리에서 나를 맞이해주었다. 여기저기 페이지가 접힌 책이며 먼지 쌓인 전등이며 손잡이가 닳아버린 주전자, 헐렁한 수도꼭지, 모서리가 맞지 않는 찬장, 누렇게 변한 화장실 변기 등등. 그것은 손때가 묻어 익숙한 사물들이었지만 한편으로는 시간의 흐름에 따라 마모되고 낡아간다는 점에서 나 자신과 다를 바 없어 보였다. 딱히 이유를 꼬집어낼 수는 없었지만 그 허무감은 타슈켄트에서 더욱 깊어지는 것 같았다. 그게 내가 찾아나선 소년을 영영 찾을 수 없을 것이라는 자괴감에서 비롯되었음은 자명했다.

이튿날부터 나는 마지막 기회라는 생각을 품고 우즈베키스탄 국립문서보관소에 가서 강제이주에 관한 파일을 뒤지기 시작했다. 한번은 지하철에서 내려 문서보관소로 이어지는 지하도를 걷고 있을 때 한 무리의 집시들이 음악을 연주하고 있었다. 그들이 현을 한 줄 한 줄 옮겨 탈 때마다 지구가 회전하면서 내는 아픈 진동음이 있다면 바로 그런 소리일 거라는 생각이 들었다. 집시들의 음악에는 돌아갈 곳이 없음이 아니라 돌아가지 않음에 대한 슬픔이 배어 있었다. 그건 불귀의 음악이었다. 돌아오지 않는 소년. 나의 소년은 과연 어디서 어떻게 살고 있을까. 만약 사망했다면 그는 어떤 최후를 맞았을까. 문서를 뒤적거리는 내내 그런 상념은 머리를 떠나지 않았다. 사흘째 되던 날, 뜻밖의 문서를 찾을 수 있었다. 1937년 10월에 있었던 극동지방 3차 조선인 이주 상황에 관한 문서였다.

그해 10월 14일 제3차 조선인 이주민을 실은 31대의 수송열차를 발차시켰는데 이주민은 9,284가구, 44,977명으로 구성되었다. 이중 6,551가구, 31,737명이 카자흐스탄으로, 그리고 2,733가구, 13,240명은 우즈베키스탄으로 보내졌다. 이로써 하바롭스크 주, 아무르 주, 니즈네-아무르 주, 연해주 지역에 이르는 조선인 이주는 기본적으로 완료된 것이다.

이주 계획 수립에 있어서 연해주 구역 3인 판결위원회는 한 열차당 2,400명씩 승차시킬 것을 결정했고 그 결과 이주민을 각 그룹으로 편성하는 작업이 승차 직전에 행해졌으며 이것은 블라디보스토크 주 내무위원부에 의해 실행되었다. 하지만 내무위원부는 열차의 발차 시간을 매번 지키지 못했다. 1937년 10월 6일에도 열차의 발차가 지연되었는데, 첫번째 열차는 3시간 30분, 두번째 열차는 7시간 15분이나 지연되었다. 이는 화물열차를 객차용으로 변경하는 데 있어 내부를 다시 설비해야 하는 일이 차질을 빚은 탓이라고 문건은 지적하고 있었다.

객차는 엉망이었다. 1937년 10월 6일, 열차는 28량으로 구성되었는데 세차도 되지 않았고 이주민들이 깔고 앉을 판자도 충분하지 않았다. 문건은 수송열차의 결함에 대해서도 지적하고 있었다. 14개 차량이 축함 검사 기간이 지난 것들이었고, 1개 차량은 철제 바퀴가 닳아서 궤도에 꽉 물리지 못할 만큼 느슨해져 있었으며, 다른 1개 차량에는 완충기 부품의 교체가 필요한 상태였다. 다른 2개의 차량은 베어링 교체가 요구되었으며 4개의 차량은 호스 교환이 요구되었다. 이런 결함을 수리하고 출발했는지에 대해서는 언급이 없었다.

더욱 놀라운 사실은 소연방 인민위원회 결의안(No. 1698-378CC)이 규정한 「조선인 수송열차 편성에 필요한 군용 취사차량과 난로를 차용하는 문제에 관하여」라는 문건 내용이었다.

> 1937년 10월에 극동지방에서 중앙아시아로 보내지는 모두 60편의 조선인 수송열차를 편성하는 데 필요한 60대의 군 보유 취사차량—한 열차에 한 대씩—과 난방시설을 위한 난로 3,100대를 차용할 수 있도록 허가한다. 교통인민위원회는 난로가 도착하기 전에 다른 노선에서 비상차량을 극동지방 노선으로 빠른 시일 내에 보충할 의무를 갖는다.
>
> —1937년 10월 1일, 소연방공화국 인민위원회 의장 웨. 몰로토프

2,000여 명의 이주민을 실은 28량의 수송열차에 단 한 대의 군사 취사차량이라니. 이는 이주민을 위한 것이 아니라 수송열차에 감시원으로 탑승한 붉은 군대를 위한 취사차량에 불과했던 것이다. 이주민에게는 과연 하루에 한 끼라도 제공되었던 것일까. 의문은 꼬리를 물고 이어졌다. 문건들은 이주 과정의 제반사항들이 겉치레에 불과하다는 것을 여실히 보여주고 있었다. 하지만 어느 문건도 강제이주 과정에서 조선인들이 입은 인명 피해 사실에 대해서는 언급되어 있지 않았다. 이송 도중이나 전염병이 기승을 부렸던 새 거주지에서 죽어나간 사람들이 수천, 수만을 헤아릴 것이라는 추측은 얼마든지 가능하다.

소년이 처했던 상황을 보여주는 또하나의 문건은 카자흐스탄 내무인민위원회 부위원장 체르느이셰프가 소연방공화국 내무위원장 예조프에게 보내는 긴급 전통이었다.

1937년 11월 15일 노보시비르스크에 도착한 극동지방 조선인 이주민을 실은 마지막 열차에 50명의 아이들이 병자로 판명되었고 노보시비르스크까지 오는 도중에 6명의 아동이 사망한 것으로 밝혀졌음. 확인한 바에 따르면 아동들의 발병은 수송열차로 옮겨 탔던 극동지방에서 이미 발견되었는데 수송열차 책임자 모길라 동지와 간호장 코브리긴 동지가 적절한 조치를 취하지 않았다고 함. 오히려 모길라와 코브리긴은 울란-우데에 올 때까지 아동들의 발병 사실을 은폐하였다가 나중에 내무인민위원회 지방조직에 부탁하여 조치를 취했음. 하지만 이 또한 그다지 현실적인 방안이 되지는 못했음. 그 결과 6명 사망, 50명 병중에 있음. 노보시비르스크에 당도해서야 이러한 문제점이 발견되어 수송열차를 소독하고 전염병 예방주사를 접종시켰으며 건강한 아동 가운데 일부를 환자들과 격리시키기 위해 우즈베키스탄으로 가는 열차에 긴급하게 옮겨 태웠음. 수송열차 책임자와 간호장을 직위 해제하고 재판에 회부시킬 예정임.

—1937년 11월 16일, 카자흐스탄 내무위원회 부위원장 체르느이셰프 사단장

아이들은 수송열차에서 전염병이 발생해 죽어갔던 것이다. 아이들과 임산부들은 가축 운반용 차량 속에서 한 달 보름이나 걸리는 기나긴 이주 과정을 버텨내기엔 역부족이었던 것이다. 이로 미뤄볼 때 카자흐스탄으로 가는 이주열차에 탔던 소년이 노보시비르스크에서 전

염병을 피해 우즈베키스탄으로 가는 이주열차로 갈아타고 아랄 해 연안에 도착했다는 것은 기적에 가까운 일이었다. 이주민들은 될 수 있는 대로 도시에서 먼 지역으로 보내져야 했으며 나의 소년도 아랄 해로 갈 수밖에 없었을 것이다. 강제이주 열차의 행로와 관련된 문서들은 그들이 어디로 분산 배치되었는지를 말해주고 있었다.

비밀

(1937년 9월 9일 타슈켄트 발송)

소연방 내무인민위원회 예조프 동지 귀하(긴급)

본인의 첫 전문 No. 10000에 대해 이주민이 도달하기 쉬운, 좀더 편리한 교통수단이 있는 구역으로 변경하라는 귀하의 전문 지시 No.589에 의해 다른 구역이 선정되었음. 그러나 이 지역들은 이주민의 이송 측면에서 보면 더 적합하나, 이주민의 도주 예방이라는 측면에서 보면 보다 부적합함. 왜냐하면 철도 부근에 위치해 있기 때문임. 따라서 극동지방 내무인민위원국 류쉬코프에게 이주민들의 하차 역을 다음과 같이 지정하라는 지시를 보내주시기 바람. 1,200가구를 위한 지정 역—타슈켄트 소화물역, 100가구를 위한 지정 역—아쉬하바드 노선의 차르드주이 역, 2,000가구를 위한 지정 역—타슈켄트 철도 노선의 드쥬마 역.

1937년 9월 8일 카라칼파크 행정관 자그보드진

자그보드진은 반사막지대인 카라칼파크에서 이주조선인이 대규모로 사망할 경우 그 땅이 또다시 노동력 부재 상태가 된다고 하더라도 모스크바에서 자신에게 책임을 묻지 말아달라고 청원한 바로 그 사람이었다. 그는 또다른 전언통신문에서 카라칼파크 자치주 내 쿤그라드 구역이 조선인 이주민을 수용하기에 가장 적합한 땅임을 예조프에게 강력하게 설득한 장본인이었다.

보고서(긴급)

내무인민위원장 예조프 귀하

카라칼파크의 쿤그라드 구역이 조선인 이주민을 위해 가장 적합함. 이주 지점은 쿤그라드 구역 내 사야드좁스크와 크즈일-칼린스크임. 이 구역에는 약 1,000헥타르의 비옥한 땅이 있음. 예전에 경작지였던 이 땅은 벼농사에 적합하며 수량도 풍부하나 복구작업과 관개시설이 불가피함. 그 구역에서는 부업으로 어업도 가능함.

이 지대는 조밀한 분포로 구역을 에워싸고 있는 시르다리야 강과 발하쉬 호수의 지류 등 자연적인 장애물에 의해 분리되어 있음. 이 지역 내 쿤그라드 구역으로 이주민을 이동하는 데에는 두 가지 방안이 가능함. 첫째, 오렌부르크 철도의 양육 역인 아랄 해에서 해로로 탈드익 항으로, 그다음에 하천용 선박으로 옮겨 우스치예 쿤그라드로, 그 이후에 지역 화물선으로 지정된 지대까지 도달. 둘째, 아쉬하바드 노선의 차르드주이 역이 하차 지점. 화물선에 옮겨 실은 후 시르다리야 강을 따라 분산하여 배치된 구역으로 직접 도달. 두 방안 모두 수상교통수단의 총동원령이 요구됨. 항행은 11월 초순까지만 가능함. 이 기간까지 이송이 완료되어야 함. 이 구역으로 가는 다른 길은 없음. 지정된 지점에서 거주공간은 그곳에서 조달 가능한 갈대와 점토로 건설할 수 있음. 이주민이 도착할 시기에는 그 구역에서 어업, 사냥, 관개작업만이 가능함. 겨울을 나기 위한 양식 공급이 불가피함. 보다 나은 정보수집 활동과 수상 이동시에 보다 나은 통제를 위해 내무인민위원회 소속 쿤그라드 지부 국가안전국 부원 3명과 경찰 10명을 확충시켜야 함. 분산 이주 지점과 결산에 대해서는 우즈베키스탄 공화국 당 중앙위원회와 인민위원회가 동의함.

—1937년 9월 2일, 카라칼파크 행정관 자그보드진

자그보드진은 우즈베키스탄에서도 가장 깊고 구석지고 황량한 쿤그라드로 이주민을 보낼 계획을 세워두고 있었다. 동쪽에서 출발한 이주민들은 무수한 산을 넘어 그리고 사막의 스텝 지역을 지나 발하쉬 호수와 시르다리야 강을 건너 오지 중의 오지라는 쿤그라드로 가야 했다. 도주 가능성이 전혀 없는 금단의 땅 쿤그라드. 나의 소년은 바로 그곳으로 갔을 것이다. 아랄 해에 가로막히고 사막으로 둘러쳐진 쿤그라드 말이다. 쿤그라드에서 나의 소년은 황토에 갈대를 섞어 벽돌을 만들었을 것이다. 소년의 손등은 거북이 등처럼 쩍쩍 갈라졌을 것이고 추위를 견디지 못해 1937년 겨울을 나는 동안 손톱이 빠지고 손가락은 동상에 걸렸을 것이다.

이제 어느 정도 전모를 알 것만 같았다. 이주민을 태운 열차는 마침내 서쪽으로 서쪽으로 달린다. 나는 소년에게 묻는다. 너는 어디 있느냐. 너의 부재가 나를 너에게 향하게 한다. 아직 네가 어디에 있는지 말하지 마라. 내가 너에게로 간다. 기적 소리를 따라서, 기차가 뿜어대는 연기를 좇아서. 힘없는 너의 눈동자는 지금 무엇을 보고 있는가.

아직 대답하지 마라. 나 스스로 대답을 구할 때까지. 너의 슬픔을 가로질러 갈 것이다.

네가 절망의 한숨을 내쉬었던 열차를 타고, 열차 안에서 죽은 세 살 여동생의 창백한 이마에 갖다대는 네 손의 느낌으로 내 이마를 짚으며 나는 너에게로 간다. 소년아, 나의 소년아, 아무렴 너는 노인이 되어 있다. 만약 네가 살아 있다면 너는 늙어가는 것이 아니라 완성되어가는 것이다. 너는 너의 운명을 건너가기 위해 이주열차를 탄 것이다. 나 역시 네가 갔던 기차 노선을 따라 여기까지 왔다. 어딘가에서 너의 무덤을 보게 될지라도 나는 너를 만난 것이 되는 것이다. 혹시 살아 있는 너를 만난다 해도 너의 무덤을, 그리고 우리 모두의 무덤을 만나는 것이다. 그러므로 나의 소년아, 네가 어디에 살고 있던, 나의 목적지는 바로 너다. 보이지 않는 너, 그러나 무엇보다도 선명하게 보이는 나의 소년. 네가 죽음의 옷을 입고 있다 해도 그건 삶의 또다른 변형 그 자체인 것이니 나를 기다려주렴. 나는 그렇게 되뇌며 잠든다. 그리고 잠 속에서나마 소년을 만나기를 꿈꾼다.

몸속의 돌

주말에 장미꽃 한 다발과 보드카 한 병을 사들고 타냐의 집을 방문했다. 타냐는 앞치마를 두르고 있었다. 음식을 만드느라 가스 불을 켜놓은 탓에 실내는 후끈했다. 방 두 개에 제법 널찍한 거실이 딸려 있는 집이었다. 그녀는 실내화를 꺼내주며 날 식탁으로 안내했다. 식탁에는 이미 음식이 차려져 있었다.

솜씨를 좀 부려봤는데 맛이 어떨지…… 대학 시절부터 자취를 해오긴 했어도 사람을 초대하기는 처음이에요.

양파 냄새 때문인지, 그 집은 전혀 낯설지 않았다. 다음 순간, 이런 친숙한 느낌이 어디서 온 것인지를 나는 알아차렸다. 그건 가스 불 위에서 끓고 있는 러시안 보르시 때문이었다. 그처럼 맛있는 보르시를 먹었던 게 언제였는지 기억이 가물거렸다. 쇠고기 덩어리와 빨간 무를 큰 냄비에 함께 넣고 서너 시간 동안 중탕을 해야 제맛이 우러나오는 보르시는 나도 모스크바에서 가끔 해 먹은 음식이었다. 나는 준비해온 보드카로 건배를 제의했다. 그녀는 무엇을 위한 건배냐고 물었다. 난 나의 소년을 위해서라고 말했지만 타냐는 그것을 '나의 소년 시절을 위하여'라고 알아들었는지 그냥 웃음을 지어 보이며 잔을 부딪혔을 뿐이다. 식사를 하면서 타냐는 대학 시절에 러시아 볼고그라드로 떠났던 수학여행에 대해 들려주었다.

볼고그라드는 볼가 강과 돈 강을 형성하는 운하의 기점에 있어요. 볼고그라드가 시로 형성된 것은 16세기로, 러시아 제국의 남동쪽 성채가 그곳에 구축되면서부터죠. 그후엔 스텐카 라진의 활동무대가 되기도 했지요. 표트르 대제 때는 통상의 거점으로 번창하여 차라친(황제의 도시)으로 불리게 되었답니다. 1925년부터 1961년까지는 스탈린그라드로 불렸는데 2차 세계대전 중 독일군과의 대공방전으로 도시의 90퍼센트 이상이 전소되었지요. 1942년 독일군은 바쿠의 유전지대를 노리고 스탈린그라드로 침공해 들어왔어요. 도시는 독일군의 공격을 받아 불바다로 변했지요. 11월이 되자 소련군이 대포위망을 구축하면서 전투는 교착상태에 빠져들었어요. 독일군의 여름용 장비로는 도저히 러시아의 겨울을 이겨낼 수 없었던 거지요. 이듬해 2월에는 거의 전멸 상태에 이르렀어요. 독일군은 전사자만 20만 명이 넘었고 9만여 명이 포로가 되었지요. 볼가 강변에서 그리 멀지 않은 곳에 소련군 제62연대가 있었는데 이 연대가 부대의 화약고를 터뜨리고 산화함으로써 승리의 기선을 잡을 수 있었다고 하더군요.

우리는 62연대 기념 해안거리를 걸었는데 강변의 전쟁박물관에는 당시 전투에 사용되던 기관포와 단총 들이 진열되어 있었어요. 그 옆에는 독일군의 폭격으로 5층짜리 건물 전체에 벌집보다 많은 구멍이 뚫린 제분소 건물이 그대로 보존되어 있었고요. 더욱 인상 싶었던 것은 도시 중앙에 있는 전몰용사위령공원이었어요. 공원의 가장 높은 언덕에는 높이 51미터짜리의 거대한 조각상이 서 있었는데 마마예프 언덕이라고 불리우는 곳이었죠. 열차가 볼고그라드에서 20킬로 정도나 떨어져 있는데도 그 모습이 보일 정도로 웅장한 건축물이지요. 이름하여 모국의 상. 그 밑에는 영령들을 애도하는 위령당이 있었고요.

마마예프라는 이름은 타타르 몽고군의 마마예프 칸(汗)이 유럽으로 서진하던 중 그곳에서 야영한 것에서 유래했지만 지금은 반전의 상징이 된 언덕이랍니다. 지하 위령당의 벽면에는 영령들의 이름이 빽빽이 적혀 있고 중앙에는 영원의 불이 타오르고 있었지요. 동상 아래는 강변까지 이어진 듯한 풀밭이 펼쳐졌는데 우린 그곳에서 토끼풀로 풀시계를 만들며 한가로운 한때를 보냈지만 간혹 피 냄새가 나는 것 같았어요. 풀을 헤치다가 검붉은 색깔의 흙 때문에 난 깜짝 놀랐어요. 마치 2차 대전 당시 치열한 교전을 벌인 독일군과 소련군의 피가 엉겨 붙어 있는 듯했거든요. 지하 위령당에 들어서기 전부터 잔잔한 음악이 흘러나오는 것을 들을 수 있었는데 그건 〈트로이메라이〉였어요. 죽은 자들의 영혼 위로 〈트로이메라이〉의 음조가 축축하게 내리고 있었지요. 독일 작곡가 슈만이 1838년에 작곡한 작품번호 제15번의 제7곡집의 주제는 꿈인데, 〈트로이메라이〉는 독일어로 꿈이라는 뜻이에요. 슈만의 피아노 소품집 《어린이의 정경》에 수록되어 있지요. 독일군의 공격을 받고 항전하다 사망한 스탈린그라드 시민과 소련 병사를 기리는 장소에서 독일 작곡가 슈만의 곡이 흘러나오리라고는 꿈에도 생각하지 못한 일이었어요. 저는 지금도 〈트로이메라이〉를 들을 때마다 눈물이 난답니다.

타냐는 말을 마치고 카세트테이프를 틀어 〈트로이메라이〉를 들려주었는데 우리는 다음 순간, 서로의 눈동자를 뚫어질 듯 쳐다보며 보드카를 단숨에 털어넣었다. 술이 몇 순배 돌자 타냐의 얼굴이 붉게 물들기 시작했다.

내 얼굴에도 석양이 졌네요, 타슈켄트의 석양보다 더 일찍, 이라고 수줍게 말한 타냐는 자리에서 일어나 가스레인지에서 구운 닭요리를 접시에 담아왔다. 밀전병을 씌운 베로스키에 향신료를 넣은 얼큰한 살란카의 맛도 일품이었다. 타냐는 의외의 질문을 했는데, 그건 당신의 마음속 도시는 어디냐, 라는 것이었다. 나는 잠시 머뭇거리다가 말했다.

내 마음의 도시는 아마도 달의 어딘가에 있겠지요. 나는 오래전 달에서 살았다는 느낌을 받아요. 달을 쳐다보면 무슨 이유인지는 몰라도 달에서 추방되어 지구로 유배를 온 것이라는 느낌이 들곤 해요. 달빛에서는 죽음의 냄새가 나는 것 같거든요. 나에게 죽음이라는 감각을 처음 일깨워준 달이 아직도 저렇게 건재하다는 게 이상하죠?

타냐는 마치 꿈을 꾸듯 나를 쳐다보았는데 파란 눈동자에서 아지랑이가 피어오르는 것 같았다. 타냐는 타슈켄트에 온 이유를 물어봐도 되겠냐고 조심스럽게 물었다. 나는 한참을 망설인 끝에 나의 소년에 대해 들려주었다.

생의 궤도를 이탈한 별을 찾아서지요. 오래전, 생의 궤도를 이탈해 긴 꼬리를 달고 중앙아시아로 건너온 소년이 있었어요. 소년은 나에게 우주의 암흑 공간을 향해 날아가는 혜성인 셈인데, 그 소년을 찾기 위해 이곳까지 온 것이지요. 한번 상상해보세요. 강제이주 열차에 실려 극동에서 중앙아시아로 건너온 우울하고 창백한 사람들의 얼굴들, 화물 객차에서 숨을 거둔 자식의 시신을 껴안고 통곡하던 부모들. 아무 의미도 없이 굴러가는 기차 바퀴 소리에 내맡겨진 운명들, 네안데르탈인의 혈거 생활처럼 겨울의 들판에 내팽개쳐진 채 추위를 피하기 위해 판 토굴에서 동사한 아내를 부둥켜안고 우는 남편들. 타슈켄트는 오래전 궤도를 이탈한 사람들의 집단수용소라는 생각이 들더군요.

연해주에 한인들이 이주하면서 기거하게 된 공간들을 러시아인 관찰자들은 '판자'라고 불렀는데, 이는 말 그대로 판잣집같이 나무 등으로 엉성하게 건축한 농가를 일컫는 것이죠. 농민들은 임시로 추위와 비바람을 막아줄 수 있는 시설이 시급하게 필요했지만 건축자재가 공급되지 않아 주로 판잣집을 짓고 살았어요. 당시엔 우즈베키스탄이나 카자흐스탄도 자체의 주택을 제대로 건설하지 못하는 형편이었고 주요한 건축자재인 목재, 유리, 벽돌, 못 등을 러시아나 우크라이나로부터의 수입에 의존해야 하는 형편이었지요. 한인들은 주거 문제를 스스로 해결해야만 했어요. 우즈베키스탄인들의 무덤을 파고 거기에 기거하는 일도 종종 발생하였다고 하더군요. 토굴이 5만 개에 달했다는 기록도 있어요. 토굴은 여름철에는 침수되어 이재민이 속출하기도 했지요.

나는 말을 한 뒤 금세 후회했다. 강제이주와 아무 상관이 없는 타냐에게 너무 가혹한 말을 들려주는 것 같았다. 그러자 고통이 엄습해오면서 내 자신이 끔찍한 괴물처럼 생각되었다. 나는 슬쩍 화제를 바꾸었다.

며칠 전, 우연히 신문에서 본 내용인데 사람이 죽으면 별이 된다는 말이 실제로 일어났더군요. 자신이 죽으면 우주에 묻어달라고 유언하여 달에 묻힌 미국의 유진 슈메이커 박사 이야기 말이에요. 1928년에 태어나 평생 달 표면의 크레이터를 연구하던 그는 달에 가기 위한 꿈을 불살랐던 천문학자였답니다. 유인 우주선 계획에 참여했던 그는 우주선이 달로 출발하기 직전에 신체상의 이유로 꿈을 포기해야만 했지요. 그러나 좌절하지 않고 아내인 캐롤린 슈메이커와 함께 수많은 혜성과 소행성을 발견하였고 특히 목성에 충돌한 슈메이커-레비 혜성을 발견하여 세계적으로 유명해졌어요. 얼마 전 불행하게도 그는 교통사고로 사망했는데 나사(NASA)에서는 그의 못다 이룬 꿈을 이루어주었지요. 달 표면 연구용 무인 우주선 루나프로스펙터호가 그의 유해를 담은 밀폐용기를 싣고 지구를 떠나 마지막 연구과제인 달 표면의 물 존재 여부를 확인하기 위하여 달과 충돌하는 순간, 슈메이커 박사의 유해도 달 표면에 함께 뿌려진 것이죠. 달에 가고 싶었던 그의 꿈은 유해가 달에 뿌려짐으로써 이루어지게 되었고, 영원히 달에 잠들게 되었답니다. 슬프고도 아름다운 이야기지요.

다음 순간, 타냐와 나는 거의 동시에 고개를 들어 입을 맞추었다. 그건 연애 감정 이전에 훨씬 본질적인 감성을 건드렸기 때문이라고 생각되었다. 그 감성은 타인의 슬픔을 이해하려는 몸짓으로 표출된 것이었다. 슬픔은 전염병과 같아서 타인의 슬픔에 엉겨붙게 마련이다. 그건 이성의 통제 밖에 있으며 사람들은 그걸 사랑이라고 말하기도 한다. 타냐와 키스를 한 후에 오히려 서먹해졌고 난 그날 밤 내 안에 차오른 서먹함의 정체를 끝내 규명하지 못한 채 집으로 돌아왔다.

며칠 뒤였다. 나는 오른쪽 복부에 심한 통증을 느끼며 잠에서 깨어났다. 통증은 몇 분 동안, 혹은 몇 시간씩 계속되었다. 찬 물수건으로 찜질을 해봤으나 전혀 나아질 기미가 없었다. 허리를 펼 수 없어 제대로 걸을 수조차 없었기에 타냐에게 전화를 걸었다. 전화를 받고 채 한 시간도 안 돼 달려온 그녀는 증상을 들은 후 십중팔구는 방광결석일 거라고 말했는데, 타슈켄트의 수돗물은 석회 성분이 다량 함유되어 있어 반드시 정수기를 사용해야 하고 서민들도 물을 받아 한두 시간 가라앉힌 다음에야 식수로 사용한다는 것이었다. 고문서보관소에 틀어박혀 자료와 문헌 들을 탐색하는 시간 동안 내 몸속의 돌은 점점 자라고 있었던 것이다. 나는 타냐의 부축을 받으며 밖으로 나와 택시를 잡아탔다.

택시는 중앙대로를 달려 어딘가에서 골목길로 접어들어 달리기 시작했다. 10분가량 달리자 아주 오래된 것으로 보이는 붉은 벽돌 담벼락이 굽이굽이 커브길을 만들고 있었는데 문득, 낡은 벽돌 하나하나가 레닌과 스탈린을 거쳐 고르바초프와 옐친에 이르기까지 제국의 흥망성쇠를 함께 견디고 있다는 생각이 들었다. 골목길은 다분히 종말론적인 분위기를 연출하고 있었다. 택시가 멈춰 선 곳은 육중한 철문 앞이었다. 철문은 굳게 닫혀 있었으나 하단에 작은 쪽문이 반쯤 열려 있었고 그 안쪽에 조도 낮은 불을 밝힌 수위실이 눈에 들어왔다.

병원은 이름이 없었다. 건물 전면에 페인트로 큼지막하게 제8인민구역 36이라고 적혀 있는 게 전부였다. 타냐가 제8인민구역은 옛 공산당 간부들이 모여 살았던 중산층 구역이어서 이른 아침인데도 문을 열고 있는 것이라고 설명했다. 응급실에는 당직 의사가 보이지 않았다. 타냐는 내가 배를 움켜쥔 채 허리를 구부리고 있는 동안 당직 수간호사에게 내 증상을 설명했다. 수간호사는 내 겨드랑이에 온도계를 끼우고 열을 잰 다음 환자 가운을 내게 건네주었는데, 통자루처럼 생긴 가운은 누렇다 못해 군데군데 핏자국이 묻어 있었다. 가운으로 갈아입고 간호사를 따라 들어간 병동은 강당만큼 넓은 공간으로 수십 명의 환자들이 잠을 자거나 간간이 신음 소리를 내며 뒤척이고 있었다. 침대에 눕긴 했으나 낯선 병실 분위기 때문에 긴장한 탓에 잠은 오지 않았다. 옆 침대엔 황달기가 있어 보이는 노인이 죽은 듯 잠을 자고 있었고 대부분의 병상들도 노인 환자가 많아서 병실이 아니라 임종실을 연상케 했다.

주사 때문인지 두어 시간쯤 지나자 진통은 상당히 사그라들었다. 증세가 다소 호전되었으므로 나는 일단 집으로 돌아가자고 했지만 타냐는 좀더 경과를 보자며 침대 옆에 의자를 당겨다 앉았다. 나는 그제야 우리의 만남이 불과 일주일밖에 되지 않았다는 것을 눈치챘다.

내가 멀뚱멀뚱 눈을 뜬 채 천장만 바라보고 있자 타냐는 요즘 와서 생애의 불완전성이 역사를 만들어내며 인생의 헤아릴 수 없는 가변성이야말로 삶의 진실이 아닐까 하는 생각이 들어요, 라며 말을 꺼냈다.

타인과의 조우로 인해 사람들의 운명은 바뀌기 마련이고 세상은 인연을 겪는 장소잖아요. 왜 인간은 인연을 겪는가, 하면 인간이란 고독하고 불완전한 존재이기 때문이지요. 불완전하기에 완전해지려는 몸짓이 우리의 삶이며 바로 그렇기에 지상의 왕은 완전이 아니라 불완전이라는 물질인 것이죠. 지상의 왕이 만든 세상의 질서는 냉혹하기

이를 데 없어요. 무엇인가를 얻으면 다른 하나를 잃어야만 한다는 것인데 대가 없는 획득은 불가능하다는 점에서 삶은 비애 그 자체라는 말과 상통하지요. 나라는 존재는 실로 손에 잡히지 않는 꿈의 존재이자 가상의 존재에 가깝다는 생각이 들어요. 그래서 세상은 나의 분신으로 가득 찬 가설무대일 수밖에 없어요.

우리가 대화를 나누는 동안, 옆 침상의 노인은 잦은 기침을 내뱉으며 사팔뜨기 눈으로 우리를 힐끗 쳐다보았는데 그가 보는 것은 우리가 아니라 자신의 죽음인 것 같았다. 낡고 얼룩진 침대 아래서 파충류 동물이 긴 꼬리를 감고 도사리고 있는 듯한 느낌에 등골이 오싹해져 왔다. 얼마나 되었는지 알 수 없는 시간이 흘렀고 난 잠시 잠들어 있었던 것 같았는데, 꿈속에서 병상의 노인들이 하얀 가운을 입은 채 내 주위를 에워싸고 임종기도를 하고 있었다. 나는 소스라치며 잠에서 깨어났다. 고개를 돌려 주변의 환자들을 바라보았는데 그들은 세상 어디에도 돌아갈 곳이 없는 버림받은 족속처럼 보였다.

내가 꿈 이야기를 들려주자 타냐는 그런 종말론적인 광경을 꿈에서 본 것이 이 열악한 병원으로 나를 데려온 자신의 탓인 양 미안해했다. 병동에 길게 배열되어 있는 침상들이 끝 간 데 없이 펼쳐진 광야를 힙겹게 내달리는 강제이주 열차의 객차처럼 보였다.

어느 한순간, 차량 꽁무니를 연결시키는 이음장치가 빠져 각각 분리된 채 언제라도 궤도를 이탈해 절벽 아래로 곤두박질할 것처럼 아슬아슬해 보였다. 나는 시간의 벽을 뚫고 과거로 돌아가 1937년 강제이주 열차에서 병에 걸려 시름시름 앓고 있는 소년이 되어 누워 있는 것만 같았다. 그때 당직의사가 다가와 내 아랫배에 청진기를 대고 이마를 짚어보더니 방광결석이 확실하다고 말해주었다. 얼마 후 비대한 몸집의 간호사가 여러 개의 주사기를 담은 스텐 쟁반을 들고 들어왔다. 간호사는 병동 입구 쪽 환자부터 차례로 주사를 놓기 시작했다. 간호사가 내 건너편 병상으로 가기 위해 옆으로 지나갈 때 고개를 들어 쳐다본 주사기들은 2차 세계대전 당시에도 사용했을 것이라는 생각이 들 정도로 낡고 비위생적으로 보였다. 그중 몇 개는 어떤 환자에게 이미 주입을 했는지 바늘 끝에 피가 묻어 있었다.

나는 타냐에게 귓속말로 주사기의 위생상태를 믿을 수 없으니 간호사가 주사를 놓기 전에 병원을 빠져나가야겠다고 속삭였다. 몇 년 사이에 에이즈 감염 환자가 부쩍 늘어났는데 그 원인 가운데 하나는 주삿바늘에 의한 감염이라고 말하자 타냐는 고개를 끄덕이며 내 상체를 일으켜세웠다. 부랴부랴 옷을 갈아입고 타냐의 부축을 받으며 어두침침한 병상에서 빠져나오면서도 내가 꿈속에서 본 임종의 병상이 생각나서 자꾸 뒤를 돌아다보았다.

나는 꿈속에서 나의 죽음을 목격했다는 사실을 어떻게 받아들여야 할지 몰라 한동안 마음을 진정할 수 없었는데, 한편으로는 같은 시대에 살고 있으면서도 병상에 누워 있던 환자들 개개인의 시간은 서로 다른 방향으로 흘러가고 있으며 그들이야말로 1937년 강제이주 열차를 타고 와 황량한 벌판에 부려진 이주민들의 후예가 아닌가 하는 생각을 떨쳐버릴 수 없었다.

집으로 돌아와 타냐는 나를 침대에 눕힌 뒤 옛 소련 시절뿐 아니라 제정 러시아 때도 사람들은 병이 나면 민간요법에 의탁해 살아왔으며 요즘도 시골에 가면 방광결석 환자나 요도결석 환자들은 병원에 가기

보다 특별히 제조한 민간약을 복용한다고 말해주었다. 브론치라는 약초에 올리브유와 참기름을 3대1 비율로 섞고 꿀을 약간 가미해 오랫동안 중탕을 해서 만든 약인데, 제정 러시아 때에는 마을 공동우물의 수질이 좋지 않은 탓에 그런 민간 치료법이 유행했다는 것이었다. 타냐는 그 특별한 약초의 이름이 그래서 브론치라고 명명되었다고 하면서 자신의 방광 근처를 손으로 누르는 시늉을 해 보였다.

이튿날 아침, 다시 문병을 온 타냐는 노란 액체가 들어 있는 병 하나를 내게 건넸다. 그녀는 어젯밤 귀가하는 길에 재래시장에 가서 브론치를 샀으며, 정확한 제조법을 알지 못해 시골에 살고 있는 할아버지에게 전화를 했고, 할아버지가 가르쳐준 대로 브론치를 여러 번 씻어 물기를 뺀 다음 올리브유와 참기름을 섞어서 네 시간 동안 중탕을 해 우려낸 약이니 아침, 저녁으로 한 숟가락씩 상용하면 효과가 있을 것이라며 이렇게 덧붙였다.

할아버지는 시르다리야 강 유역의 아브람체보 마을에 살고 계시죠. 나는 가끔 지하철역 입구마다 들꽃을 손에 들고 있는 노인들을 보면 할아버지를 떠올려요. 그들은 들꽃을 사라고 한 번도 외치지 않은 채 그저 묵묵히 꽃을 들고 서 있을 뿐이지요. 그들은 대부분 조국전쟁 참전 훈장을 가슴에 주렁주렁 매단 노병들이어서 나는 기왕이면 온실에서 재배한 장미 다발보다는 그들이 들고 있는 들꽃을 사주곤 해요. 타슈켄트의 들판에는 그런 꽃들이 지천으로 피어 있어서 어떤 사람들은 단 한 푼의 원가도 들이지 않고 그들이 단지 꺾어온 들꽃을 사주는 것은 미친 짓이라고 말하기도 하지만 그 꽃들은 궁극적으로 그들의 전 생애를 함축한다고 할 수 있어요. 그들의 훈장이 의미하는 궁극은 승리가 아니라 희생이지요. 피 웅덩이가 되어버린 전쟁터의 참호 속에서 그들은 한낱 들꽃이나 들풀보다 못한 존재였을 테니까요. 훈장은 그들이 적을 물리친 포상이나 대가가 아니라 오히려 자신들이 죽일 수밖에 없었던 적군 병사에 대한 참회의 표상처럼 느껴지곤 하지요.

타냐가 만들어온 민간약 덕분에 담석은 방광에서 요도로 내려왔고 사흘 후 소변을 볼 때 거짓말처럼 몸 밖으로 빠져나갔다. 요도에 불이 붙은 것처럼 뜨겁다는 느낌과 함께 작은 돌조각이 소변기로 떨어져 굴렀다. 나는 소변기 모서리에서 두어 번 튕겨진 돌조각이 구멍 속으로 빨려들어가는 것을 지켜보면서도 내 몸에 돌이 생겼다는 사실을 믿을 수 없었다. 기쁜 나머지 타냐에게 전화를 걸었다. 그녀 역시 할아버지가 가르쳐준 민간요법이 직효약이 되었다며 웃음을 터뜨렸다. 나는 타냐에게 고마움을 표시하기 위해 주말에 타슈켄트 근교로 바람이나 쏘였으면 좋겠다고 제안했는데 뜻밖의 대답이 돌아왔다.

저 역시 타슈켄트를 벗어나고 싶다는 생각을 했는데 우연의 일치네요. 낙엽이 아름다운 황금 가을은 갔고 눈은 아직 오지 않고 어정쩡한 게 저 역시 숨이 막힐 듯 답답했어요. 매일 비가 오락가락하고. 오려면 오고 말려면 말지. 그래요, 제가 어디로 안내하면 좋을까요?

나는 민간약 제조법을 알려준 그녀의 할아버지에게 찾아가 인사를 드리면 어떨까 하고 의향을 물었다.

타슈켄트 북쪽에 있는 아브람체보까지는 가는 데 하루 반나절, 오는 데 반나절이 걸려요. 가는 길은 많아요. 기차도 있고 버스도 있고 또 택시도 있고. 그러나 버스가 편리해요. 시내 중심가에 있는 콤소몰

스카야에 가면 그곳으로 가는 버스가 있지요. 시끌벅적한 키오스크(간이 잡화상)로 꽉 들어찬 바자르 뒤편에 시외버스 터미널이 있는데 그곳에서 아브람체보로 가는 버스표를 구할 수 있어요. 버스를 타고 그냥 자리에 앉아 네 시간쯤 가면 되는데 운전수가 정거장 이름을 외칠 때 잘 들어야 해요. 자칫하면 정류소를 통과해버리거든요. 미리 운전수에게 말해주면 아브람체보 입구에서 내려줘요. 정류소에서 숲길을 한 15분쯤 걸어야 돼요. 우즈베키스탄의 전통마을인 아브람체보는 타슈켄트 북부에서 가장 아름다운 마을일 겁니다. 시르다리야 강의 하류예요. 그래요, 함께 가요. 제가 안내를 할게요.

주말에 타냐와 나는 시외버스를 타고 출발했다. 시내를 벗어나자마자 끝없는 삼림지대가 펼쳐졌다. 온대습윤 기후의 축축한 삼림대는 수많은 적송과 자작나무들로 빼곡했다. 우리는 중간 휴게소에 내려 음료수를 사서 마셨는데 휴게소의 두레박 우물이 특이했다. 17세기에 만들어졌다는 우물 기둥에는 남녀의 얼굴이 조각되어 있었고 아직도 그 우물엔 물이 차오르고 있었다. 우물 옆에서는 우즈베키스탄 전통 복장을 한 남자들이 모닥불을 지피며 양고기를 구워 쇠꼬챙이에 꽂고 있었고, 옆 마을로 이어지는 샛길에는 코스모스가 그 냄새를 흠향하듯 흐드러지게 피어 있었다. 멀리 화물열차는 수십 량이나 되는 차량을 매달고 끝도 없는 평원을 가로지르고 있었다.

나도 타냐도 버스의 창문을 통해 화물열차를 보고 있지만 내가 보는 열차와 타냐가 보는 열차의 의미는 다를 것이다. 내 망막에 비친 열차와 타냐의 망막에 비친 열차가 네 개의 눈동자 속에서 각기 다른 의미로 질주하고 있다면 대체 생은 어디를 향해 달려가고 있는 것일까. 의문은 꼬리를 물고 이어졌다. 열차는 이내 버스를 추월해 수십 개의 차량을 전리품처럼 매단 채 시야에서 사라져 갔다.

나는 답답한 나머지 바깥 공기를 마시고 싶어 차창을 열었다. 하지만 얼마 가지 않아 찬바람을 맞고 두어 차례 기침을 하자 타냐가 어깨에 걸쳤던 숄을 넓게 펼치더니 내 어깨를 덮어주었다. 부드러운 양모로 짠 숄에는 라일락 향기가 엷게 배어 있었다. 승객들은 버스의 흔들림에 몸을 맡긴 채 졸고 있었고 나 역시 타냐의 숄을 두른 채 하품을 해댔다. 타슈켄트에 온 이후 처음 느껴보는 안락함이었다. 다음 순간, 타냐와 나는 누가 먼저랄 것도 없이 손을 맞잡았는데 손을 통해 전도되는 타냐의 따스한 체온의 질감은 단순한 살갗 이상의 내부를 동반하고 있었다. 타냐는 서로 맞잡은 내 손바닥의 손금을 손톱으로 따라 그으며 내 얼굴을 뚫어지게 쳐다보았다.

그녀의 파란 눈동자는 과거에 본 적 없는 램프처럼 간절하게 빛나고 있었다. 내가 그녀에게 느낀 것이 욕정인지, 연정인지를 구별할 틈도 없이 내가 타냐의 이마에 입을 맞추며 힘껏 껴안았을 때 그녀는 풍만한 가슴을 내 가슴에 밀착하면서 뜨거운 신음을 뱉어냈다. 순간의 불꽃은 혼란과 불균형 속에서 점화되었다. 문명의 길은 확실하지도 않고 때로는 신기루처럼 손에 잡히지 않지만 타냐의 뜨거운 숨결만큼은 숨길 수 없는 진실이었다. 그녀의 내부에서 용암이 터져 몸 밖으로 흘러나오는지, 타냐는 사타구니를 힘껏 오므리며 하체를 꿈틀거렸다. 나 역시 그녀의 허벅지 사이에 깊숙이 찔러넣은 손을 서둘러 빼면서 뜨거운 숨을 몰아쉬었다.

추수가 끝난 들판에는 타다 남은 지푸라기들이 가득 찼고, 숲이 우거진 검은색의 야트막한 언덕들은 검은 들판 속의 외로운 모습을 가감 없이 보여주고 있었다. 서로의 입술이 더욱 깊게 열리기를 갈망하며, 숄에 덮여 보이지 않는 손깍지는 더욱 옥죄어지고 있었다. 입술과 손에서는 불이라도 붙은 것처럼 거의 동시에 전율이 일었다. 몸을 밀착한 지 1분도 채 되지 않았는데 온몸이 땀으로 흠뻑 젖어들었다. 타냐와 나의 영혼을 동시에 끌어안고 다른 세계로 이끄는 제3의 에너지 같은 게 존재들을 강렬하게 압도하고 있는 몸의 신비가 놀라웠다. 나는 아직 알지 못하는 그녀의 모든 것이 놀랍다. 타냐! 내가 그녀의 귀에 대고 속삭인다. 차창 너머 검은 숲이 그 속삭임에 반응하듯 몸을 가볍게 떨고 있었다. 세상의 전부 같고, 삶의 전부 같고, 한계도 끝도 없는 미지를 향해 영원히 그렇게 실려가고 싶었다. 입술과 손에서 환각이 일어나는 것 같았다. 하지만 우리에게 선택의 여지가 없다는 것을 우리는 서로 너무 잘 알고 있었다.

모든 게 간단하고 명백하다. 그건 사랑이 아니라도 사랑이다. 그건 사랑이라도 사랑이 아니다. 세상은 숄 아래에서 무슨 일이 벌어졌는지 모른다. 아무도 사랑한다고 말하지 않는다. 세상은 아무것도 모른다. 타냐! 내가 그녀의 귀에 대고 다시 속삭일 때 숄이 다시 꿈틀거린다. 타냐와 나는 다시 세상 속으로 나온다. 정지해 있는 것 같던 버스는 다시 덜컹거리며 달리고 있다. 그렇다 하더라고 세상은 아무것도 모를 것이다. 그제야 서로에게 밀착한 몸을 떼어낸다. 나는 그녀에게서 시선을 돌린다. 그녀 역시 숄에서 손을 꺼내며 나를 등진다. 이해할 수 없는 생각들이 머리를 꽉 채우고 감정들은 날이 선 채 온몸으로 퍼져나간다. 내가 한 행동의 의미가 파악되지 않는다. 단순한 애욕과 분명히 다른 감각의 또다른 지점에서 나는 나의 소년이 아주 가까운 곳에 살아 있다는 것을 실감했다. 모든 것이 더욱 혼란스럽다. 타냐와 나와 소년의 운명이 하나의 방향으로 흘러가고 있다는 느낌은 다분히 환각적인 것이기도 했지만 우리 셋이 만들어낸 중력장이 하나의 완전체를 이룬다는 측면에서 소년은 아주 가까운 곳에 살아 있을 거라는 확신이 들었다. 한 존재가 다른 존재에게 전이될 때 시간과 공간은 아무 문제도 되지 않는다. 등을 돌린 타냐는 숨도 쉬지 않는 사람처럼 미동도 하지 않는다. 나는 아무 말도 할 수 없다. 얼마 후 그녀가 천천히 등을 돌리며 흰 치아를 드러낸 채 웃는다. 그리고 조용히 속삭이듯 말한다. 곧 아브람체보에요.

우리는 다음 정류소에서 하차했다. 벽돌 건물은 거의 눈에 띄지 않고 거친 송판으로 얼기설기 붙여서 만든 임시 거주촌과 흡사한 마을이었다. 정주하지 못하는 사람들이 임시로 모여 사는 바라크처럼. 오래전에 사라진 마을이 눈앞에서 신기루처럼 나타난 것 같았다. 누구라도 그곳을 고향이라고 부를 것 같은 마을. 비와 햇빛에 반복적으로 노출되어 나뭇결이 휘어져버릴 만큼 낡아 보이는 송판이 스스로 폐허를 견디고 있는 마을이 아브람체보였다. 마을에서 그리 멀지 않은 곳에 시르다리야 강이 은빛 자태를 드러내며 흐르고 있었다.

마을은 옛 우즈베키스탄 농민들의 전통적인 목조주택 단지로 조성되어 있었다. 대가족이 어울려 살 수 있도록 오밀조밀 배치된 공간들. 마을 공동 사우나 시설의 앞마당에도 어김없이 잎이 무성한 자작나무가 자라고 있었다. 눈처럼 하얀 자작나무의 껍질이 겨울의 지난한 나날들을 예고해주는 듯했다. 계절마다 전혀 다른 느낌으로 다가오는 변화무쌍한 모습 때문에 숲속의 여왕이라 불리는 자작나무. 구소련 지역 내 사람들에게 자작나무가 가장 사랑받는 이유는 어쩌면 천년이 지나도 썩지 않는 나무라는 사실 때문인지도 모른다. 자신의 사랑이 천년이 가도 변치 않기를 기원하는 연인들의 간절한 소망이 자작나무를 더욱 사랑하게 되지 않았을까. 그래서 러시아의 위대한 시인들은 소중한 사랑을 자작나무에 새기면 천년이 가도 변치 않으리라는 기대를 안고 자작나무를 노래했던 것이다. 바람에 흔들리는 자작나무 숲을 거닐며 마음속 깊이 천년이 지나도록 변치 않을 사랑을 하게 해달라고. 아무리 오랜 세월이 흐르고 모진 풍상이 휘몰아쳐도 변하지 않는 사랑. 그런 게 가능할 것 같지 않기에 염원은 더욱 간절해졌을 것이다. 이 세상에 전혀 다른 모습으로 다시 태어나더라도 어떤 한 사람을 다시 사랑할 수 있게 해달라고. 뜨겁고 붉은 사랑으로 인해 하얀 자작나무 껍질이 붉게 물들 때까지.

나는 아브람체보 마을 속으로 빨려들어갔다. 얼마 걷지 않아 골목길의 긴 나무 의자에 홀로 앉아 마을을 끼고 휘돌고 있는 시르다리야 강을 물끄러미 쳐다보고 있는 노인이 눈에 들어왔다. 낡은 나무의자와 노인의 조합은 마을의 현실을 극명하게 보여주는 것 같았다. 젊은 이들을 거의 찾아볼 수 없는 외진 마을. 타냐가 서슴없이 노인에게 다가가 허리를 낮춰 부둥켜안았다.

미리 연락을 취했는지, 노인은 버스 시간에 맞춰 집 앞의 나무 그늘에 나와 앉아 있었다. 타냐가 나를 소개하자 노인은 손을 내밀었는데 굵은 손가락 마디마다 강철 같은 힘이 느껴졌다. 내가 브론치라는 약을 먹고 아주 쉽게 병이 나았다며 인사를 건네자 노인은 그저 빙그레 웃을 뿐이다.

그건 아브람체보에서는 누구나 알고 있는 민간요법이지. 누구에게 내놓고 자랑할만한 비법도 아닌데 이렇게 먼 길을 찾아오다니. 어쨌든 자네 때문에 손녀를 이렇게 보게 됐으니 그걸로 인사는 충분하다네.

노인은 눈앞에 불쑥 나타난 이방인이 싫지 않은지 얼굴에 화색이 돌았다. 비록 하얗게 변색이 됐지만 숱이 많은 눈썹과 이마에 깊게 팬 주름이 강한 인상을 주었다. 노인의 시선은 나를 언뜻 쳐다보다가 내가 눈을 마주치면 얼른 거두어들여 내 등 뒤의 어떤 풍경 속을 들여다보는 듯 눈의 초점을 멀리 던지곤 했다. 시르다리야 강 어딘가로 떨어져 강물과 함께 하류로 떠내려갈 듯한 그런 시선이었다. 노인 앞에 놓인 간이 식탁엔 빈 찻잔이 세 개 올려져 있었는데, 방금 전까지만 해도 동네 친구들과 함께 차로 목을 축이며 담소를 나눈 흔적처럼 보였다. 노인은 나무 그늘로 들라며 손짓을 했고 나는 긴 나무의자 한쪽 끝에 걸터앉았다.

노인은 젊었을 때 철갑상어를 잡던 어부라고 했다. 옛 차르 시절엔 왕의 고기라는 뜻으로 크라스나야 릐바라고 불린 철갑상어. 어부라 해서 모두 철갑상어를 잡을 수 있는 건 아니었다. 철갑상어는 솜씨 좋은 어부만이 낚아올릴 수 있는 어종이다. 어부 중의 어부만이 될 수 있다는 철갑상어 낚시꾼이 타냐의 할아버지라는 사실이 놀라웠다. 그러고 보니 타냐에 대해 아는 게 너무 없었다. 늘씬한 키에 파란 눈동자에서 전통적인 우즈베키스탄계는 아닐 것이라고 짐작은 했지만 할아버지를 보니 더욱 혈통이 궁금했다.

칼미키족이지. 우리 조상은 동양에서 왔어. 오래전 볼가 강 유역에 이주한 몽골족들이 18세기에 고향인 신장웨이우얼로 돌아갔을 때, 그런 사정을 모르고 볼가 강 유역에 잔류했던 사람들의 자손이지. 볼가 유역에서 우즈베키스탄까지 어떻게 내려왔는지는 나도 자세히 알 수 없다네. 난 아랄 해에서 태어나 아랄 해에서 철갑상어를 잡고 살아왔어.

느닷없이 하늘이 어두워지더니 싸락눈이 날리기 시작한다. 타냐는 할아버지를 부축해 집 안으로 들어가며 말했다.

아브람체보에서 가을은 기나긴 겨울을 대비하라는 예비 계절이에요. 이듬해 5월까지 가는 기나긴 겨울을 대비하기 위해 마을 사람들은 철저한 월동준비를 하지요. 먼저 저장해서 먹을 만한 식품들을 준비하고, 의복도 점검하고요. 난방을 둘러보고 바람이 새는 창문을 테이프로 밀봉하는 건 두말할 나위가 없지요. 비록 짧은 가을이지만 가장 바쁜 가을이지요. 그래서 러시아어에도 아낙들의 여름이라는 뜻에서 '바비에 레토'란 말이 있잖아요. 한꺼번에 타오르는 태양의 불꽃에 그을렸던 여름 끝자락에 열흘 정도 푸른 하늘이 슬쩍 얼굴을 내밀 때 농촌 아낙들은 가을걷이를 하며 월동을 준비하지요.

노인의 어두컴컴한 목재가옥으로 들어가면서 기억의 지하실로 내려가는 느낌을 받았다. 노인도 집도 과거에서 튀어나온 신기루 같았다. 노인의 시간은 과거로 사라졌지만 그의 철갑상어는 그의 기억에서 펄펄 살아 있었다. 노인이 기억을 되살린 것은 아마도 오랜만에 보는 손녀 타냐 때문일 것이다. 그에게도 공포와 기근과 죽음과 배반과 증오와 혐오가 얼룩진 세월이 있을 것이다. 정작 과거는 침묵과 죽음의 세계다. 그래서 사람들은 과거로 돌아가는 것을 두려워한다. 그러나 타냐의 방문을 받고 노인은 마치 과거로 무사히 돌아간 듯 벽난로의 온기를 느끼고 벽에 걸린 달력의 숫자를 천천히 음미하는 것이다. 과거는 이토록 이중적이다. 노인에게 있어 잃어버린 시간은 영원히 잃어버린 어떤 것이다. 노인에게서 나의 소년이 떠오르는 것은 너무도 자연스러운 일이었다.

노인은 카펫 가장 안쪽에 앉으라고 나에게 자리를 권한다. 그게 손님을 맞는 전통이라는 걸 알고 있는 터라 거절하지 않았다. 타냐는 녹차와 건포도를 내온다. 거실 선반 위에는 여러 종류의 마른 과일이 병 속에 담겨 있다. 당도가 높은 멜론, 체리, 석류, 무화과, 포도 따위다. 여름에 수확한 과일을 말려 겨우내 먹는 생활의 지혜가 묻어난다. 실내가 어두운 것은 두꺼운 양탄자가 거실 한구석에 걸려 있기 때문이었는데 마치 실내에 먹구름이 끼어 있는 것 같았다. 언제든지 뇌우를 칠 듯한 파국적인 저기압이 마을을 덮고 있었다. 아브람체보의 눈발은 차라리 검다. 검고 차가운 빙설 조각이 하늘에서 거의 수직으로 낙하한다. 시간은 제멋대로 과거로 흘러들고 나의 소년은 어디에도 없다.

주위를 둘러보니 노인 혼자 생활한다고는 하지만 모든 게 가지런히 정돈되어 있다. 벽에 걸린 옷가지며 식탁 위에 놓인 집기들은 오래전에 놓였던 자리를 한 번도 바꾸지 않은 듯 붙박여 있다. 이 방에서는 바깥의 시간들이 한 번도 흘러가지 않았던 듯 느껴졌다. 마을 주변이 사막화되고 있다는 사실이 그런 느낌을 주었을 것이다. 아브람체보는 모래시계와 같다. 하염없이 흘러내리는 모래 속에 갇혀버린 마을. 모래시계를 뒤집는 간단한 동작으로 모든 것은 처음부터 다시 되풀이된다. 이곳에서는 시간의 구분만이 아니라, 낮과 밤의 구분조차 무의미할 것 같았다. 모래시계에 갇힌 노인은 철갑상어 어부 시절의 추억을 먹고사는 또 한 마리의 철갑상어일지도 모른다. 노인은 차 한 잔을 천천히 마신 뒤 다시 어부 시절을 회상했다.

철갑상어는 문자 그대로 황금알을 갖고 있는 고기였어. 한 마리만 잡아도 큰돈이 되는 세상에서 가장 비싼 고기였지. 철갑상어는 일반적으로 상어라고 부르지만 사실은 상어가 아니라네. 상어와는 전혀 다른 종류의 물고기지. 상어는 물렁뼈로 골격을 이룬 연골의 고기지만 철갑상어는 딱딱한 뼈와 단단한 비늘까지 있는 물고기야. 완전히 성장한 철갑상어 암컷의 배 안에는 10킬로그램이 넘는 캐비어가 꽉 차 있어. 캐비어는 고급 연회장에서는 빠뜨릴 수 없을뿐더러 세상에서 가장 비싼 알이지. 그놈 몇 마리만 낚으면 타냐의 학비는 너끈했단 말일세. 기숙사비까지 포함한 학비 말이야. 그리고 철갑상어를 낚으면 그 낚시꾼의 이력이 화려해지지. 극동지역에서 범을 사냥한 사냥꾼이 특급사냥꾼 대우를 받는 것처럼 아랄 해에서는 철갑상어 낚시꾼을 특급으로 쳐주는 것이지.

내가 아랄 해에서 고기잡이를 할 땐 당국의 눈을 피해야 했는데 당국의 허락 없이 철갑상어를 잡는 건 불법이었지. 러시아나 이란에서도 배를 띄워 철갑상어를 잡으려고 혈안이 되어 있었는데 허가 없이는 잡을 수 없는 금단의 고기가 철갑상어야. 자칫 욕심을 부려 아랄 해 먼바다로 나갔다가는 이란의 감옥에 들어갈 수도 있었지. 철갑상어를 잡을 수 있는 권리는 공식적으로는 정부에 있었으나 꼭 그렇지만은 않았어.

원래는 우리 같은 소수민족에게 있었던 것이지. 러시아와 아제르바이잔공화국의 어부들도 밀렵을 하곤 했는데, 국경선이 복잡하기 때문에 어디가 이란의 어획선인지 불분명했지. 그래서 낚시광들은 그 틈새에서 철갑상어를 낚았던 게지. 이란인으로 가장하기도 하고 러시아나 아제르바이잔인으로 가장해서 낚시를 했어. 잡기만 하면 운반은 간단해.

캐비어는 어차피 소금으로 염장을 해야 하기 때문에 알들을 소금에 섞어 배낭에 넣어오면 되지. 좀 무겁기는 하지만 그건 금값이나 마찬가지니 얼마든지 참아낼 수 있었지. 내 젊은 시절만 해도 철갑상어 밀렵에 대한 단속은 별로 없었단 말일세. 돌이켜보면 꿈만 같은 세월이었지.

지금은 아랄 해가 아주 못쓰게 되었지만 1960년대만 하더라도 세계에서 네번째로 큰 내륙 호수였지. 지금은 사막화가 계속되면서 면적이 4분의 1로 줄어들었고 수량도 6분의 1로 격감했지만 말일세. 해안선은 100킬로미터나 후퇴해서 이대로 가다간 아랄 해가 30년 안에 지도상에서 사라질지도 모른다네. 아랄 해가 이렇게 된 것은 구소련 시절에 벌였던 관개사업 때문일세. 중앙아시아의 젖줄인 시르다리야와 아무다리야 강은 톈산 산맥의 만년설이 녹으면서 발원되는데 이 두 개의 강이 서쪽으로 1,000킬로미터를 흘러와 아랄 해가 만들어졌다네.

문제가 시작된 것은 1968년일세. 구소련 정부는 지금의 우즈베키스탄과 투르크메니스탄에 있는 키질쿰 사막, 카라쿰 사막에 물을 공급하는 대규모의 수로공사를 단행했는데, 그 일환으로 시르다리야 강과 아무다리야 강의 물줄기를 강제로 사막 쪽으로 돌려서 그 일대에 목화밭을 조성하기 시작했지.

내가 어촌계를 맡아보고 있어서 주민들의 뜻을 모아 반대 의견을 내고 관공서에 건의도 해봤지만 아무 소용이 없었지. 아무튼 목화밭을 조성하는 데는 성공했는지 몰라도 아랄 해가 다 죽어가게 생겼단 말일세. 지금 아랄 해는 배들의 묘지나 마찬가지야. 하얗게 말라버린 아랄 해 바닥에 버려진 배들이 여기저기 박혀서 벌겋게 녹슬고 있으니 말일세. 그건 무서운 재앙이야. 1980년대 말에 이미 수량은 절반으로 줄어들었다네.

수량이 줄어들면서 호수의 염도도 급격하게 높아졌어. 중동의 사해보다 높아진 염도 때문에 호수에 살던 대부분의 생물이 멸종했고, 해안선이 후퇴하면서 아랄 해의 절반 이상이 사막으로 변해버렸지. 한때 철갑상어가 헤엄치던 바다가 지금은 도마뱀이 기어다니는 사막이 되어버렸어.

난 아랄 해 남서쪽의 작은 도시 무이낙에서 태어나고 자랐다네. 그곳에서 거의 평생을 살았는데 10여 년 전 이곳으로 이주를 당했지. 무이낙 주민들은 한때 아랄 해를 누비고 다닌 선박들을 사막에 버려둔 채 아브람체보로 이주해야 했다네.

말라버린 호수 바닥에서 생겨나는 소금먼지 때문에 주변 지역이 황폐화되고 지역 주민들의 건강이 급격히 나빠지자 당국에서 집단이주를 결정한 것이야. 무이낙의 여름과 겨울은 기온 차이도 극심해서 기존의 가옥으로는 추위를 견딜 수 없게 됐지. 아랄 해는 인간이 강에 함부로 손을 댈 경우 어떤 문제가 발생하는지 알려주는 단적인 예란 말일세. 아브람체보로 이주해온 무이낙 주민들은 구소련 관료들의 오만과 무지를 한탄하곤 한다네. 아침저녁으로 삼삼오오 모여 그렇게 푸념이라도 하지 않으면 울화증 때문에 가슴이 답답해 견딜 수가 없지. 우즈베키스탄은 물이 귀한 국가야. 타슈켄트나 사마르칸트 같은 대도시를 떠나서 지방의 작은 마을에 가면 늘 물이 부족하다는 것을 느낄 수 있지. 지방의 작은 마을엔 전기와 가스 시설은 갖춰져 있지만 상수도는 거의 없다네. 전기나 가스보다 더 중요한 것이 물인데 가정으로 공급되어야 할 강물이 전부 사막으로, 목화밭으로 돌려진 게지. 상수도 시설이 없으니 샤워는 엄두도 못 내고 머리도 감지 못하지. 그나마 시르다리야 강에 가서 멱을 감을 수 있다는 게 얼마나 다행인 줄 몰라.

난 밤마다 누군가의 울음소리를 듣고 깨어나는데 건조한 탓에 기침을 할라치면 목에서 모래가 나오는 것 같아 잠을 잘 수가 없다네. 방이 모래들로 가득 차 목까지 잠기곤 하는 악몽을 꾸기도 하지. 늙는다는 건 다시 아이가 되는 것인지도 모른다네. 흡사 우는 아이처럼.

노인은 절망의 한복판에서 살아왔다. 그에게 희망이라는 단어는 속수무책이다. 희망이란 말 뒤에 숨겨져 있는 위선을 그는 알고 있는 것이다. 손녀와 노인의 시간은 엉켜 있다. 타냐가 노인이 사는 곳을 일러 오래전에 사라진 마을이라고 말한 이유를 알 것 같았다.

무이낙은 어떤 곳입니까.

내가 정색을 하고 묻자 노인은 턱 주변에 몇 가닥 남지 않은 염소수염을 쓰다듬더니 잠깐 생각에 잠겼다가 이내 말한다.

무이낙에서 인간은 유성과 같지. 흐르는 별 말일세. 무이낙에서는 아무도 어디서 왔는지, 어디로 가는지 묻지 않는다네. 무이낙 주민들은 인생의 나침반이 뒤에서 앞으로 움직여서 온 사람들이야. 책에 비유하자면 마지막 페이지가 무이낙에서 씌어지는 거라네. 나 역시 마지막 페이지를 무이낙에서 썼으니까.

그럼 이곳 아브람체보에서의 삶은 무엇입니까?

후렴이라고나 할까. 책을 다 써버린 펜이 그저 혼자서 남은 잉크를 다 써버릴 때까지 낙서를 계속하는 것이지. 뭐 그런 게 아니겠나. 아브람체보에서는 아무런 남길 것도 없다네.

나는 그 말을 들으면서 가벼운 현기증을 느꼈다. 그 말은 진심이 아닐지도 모른다. 진심이라면 그의 표정에서 약간의 갈구와 약간의 흥분이 읽힐 리 없었다. 나는 다시 물었다.

하지만 모든 책은 불타오르는 한순간이 있기 마련이지요. 그 한순간을 위하여, 비록 곧 재로 변할지라도, 우리는 인생의 책들을 그후로도 영원토록 사랑하는 것이 아닐까요.

노인에게는 아무 표정이 없었다. 멸종을 기다리는 사막의 마지막 종(種)처럼. 씁쓸한 웃음이 새어나오는가 싶더니 노인은 나를 뚫어지게 쳐다보며 말했다.

나는 내 인생을 해석하지 않는다네. 뒤를 돌아보지 않는 거지. 뒤에 무엇이 있겠는가. 텅 비어 있지. 아무것도 없어. 사막을 쓸고 가는 바람뿐. 바람이야말로 사막의 순례자지. 뜨겁고 지루하고 단조로운 사막의 마을과 마을 사이를 그 바람의 긴 머리카락이 쓸고 가는 것이야. 누가 알겠는가. 우리 자신이 바람의 머리카락이 쓸고 간 또다른 사막일지. 무이낙에서도 한때 희망이 있었고 우정이 있었으며 축복의 기운이 있었지. 하지만 이미 의혹과 배신과 타락이 휩쓸고 간 뒤 아무것도 남아 있지 않다네. 도마뱀 몇 마리가 녹슨 철선의 갑판을 기며 가끔 파리를 향해 긴 혀를 내밀지라도 그곳엔 아무것도 없는 거나 마찬가지일세.

노인은 졸음에 겨운지 입을 활짝 벌리며 하품을 했다. 입안엔 다 썩어가는 누런 이빨이 서너 개 박혀 있었다. 그에게 나의 소년에 대해 묻는 것은 아무 의미가 없을 것이다. 노인은 잠잘 시간이 한참이나 지났다면서 무릎에 힘을 주며 힘겹게 일어났고 타냐는 노인을 부축해 방으로 들어갔다. 노인은 이내 잠이 들었는지 인기척이 나지 않았다. 타냐가 모포를 두어 개 들고 거실로 나와 내 잠자리를 깔아준 뒤 현관 옆에 있는 작은방으로 들어갔다. 낯선 환경, 낯선 풍광 때문인지 잠을 자야 할 시간인데 내 귀에는 환청처럼 하나의 문장이 떠돌고 있었다. 모든 것을 빼앗겨야 문을 열게 되리라. 새삼 주위를 둘러보자 벽에 걸린 양탄자 그림이 눈에 들어왔다. 그리고 그 소리는 계속 반복되고 있었다. 모든 것을 빼앗겨야 문을 열게 되리라. 양탄자의 그림은 사막을 건너가는 대상(大商)들이 오아시스 주변에 낙타를 풀어준 채 작은 깔개를 옆구리에 붙이고 바닥에 누워 담소를 나누고 있는 모습이었다.

턱수염을 기른 덕망 있는 노인이 말을 하고 있고 사람들은 그의 말을 경청하는 모습이었다. 또다시 모든 것을 빼앗겨야 문을 열게 되리라, 라는 말이 들려왔을 때 나는 내 눈을 의심했다. 양탄자 속의 노인이 입술을 움직이는 게 선명하게 보였다. 그는 이렇게 말했다. 오, 영혼의 어머니를 찾아 마을에서 마을로 헤매고 다니는 자들이여, 턱수염 기른 자들의 오디세이여! 그대들에게 평화와 안식이 깃들기를 이

오아시스의 이름으로 축복하노라.

노인은 어떤 서사시적 주제에 걸맞은 음유시인과 같은 목소리를 냈는데 자세히 보니 사막의 야자수도 그에게 긴 그림자를 드리워주고 있었다. 그가 읊조리는 영탄조의 말에 대상들은 크게 위안을 받은 표정을 지었고 노인은 마치 방랑자들의 수호신처럼 보였다. 단단한 몸매로 다져진 검은 머리칼의 남자들이 허리춤에 찬 긴 칼이 인상적이었다. 사내들의 눈은 볶은 커피 원두처럼 아름답고 반질반질한 빛을 내고 있었다. 강력한 폐에서 밀려나오는 씨근거리는 호흡이며, 사내들의 턱수염에서 번져나오는 사막의 모래 냄새가 코끝으로 풍겨왔다.

그들은 모두 살아 있는 것처럼 숨 쉬고 있었다. 다음 순간, 사내들 가운데 한 명이 나를 향해 고개를 돌리며 미소를 지어 보였다.

나는 그의 목이 나를 향해 돌아가는 모습을 똑똑히 보았다. 그럴 리가 없을 것이라고 반문해봐야 아무 소용이 없었다. 양탄자가 살아 있었다. 모든 것을 빼앗겨야 문을 열게 되리라. 또다시 그 말이 들려왔을 때 양탄자의 사람들은 허리를 뒤로 젖힌 채 나를 비아냥거리듯 큰 소리로 웃었다. 양탄자가 하나의 수면이 된 듯 그 웃음의 흐름과 파동을 전하며 미세하게 떨리고 있었다. 마치 궁극적인 것이 그 안에 있으며 세속을 초월한 비밀이 그 안에서 태동하고 있다는 듯, 양탄자의 색조 하나하나가 더욱 생기를 띠었다. 다음 순간, 내가 들은 말은 '네가 들은 것을 아무에게도 말하지 마라'였다. 나는 소름이 돋아 모포를 둘러쓰고 있었으나 난방도 하지 않은 초겨울인데도 이마엔 땀이 송골송골 맺혀 있었다. 그것은 영혼을 꿰뚫는 유령의 말이자 어떤 속삭임 같았다. 그것은 믿어야 할지 아닐지의 차원이 아니었다. 양탄자 속 사람들은 내 상상의 현상이며 대리(代理) 존재일 수도 있을 것이다. 하지만 모든 일은 원래 작고 중요하지 않은 데에서 시작한다. 눈에 가까이 대고 들여다보면, 작고 사소한 것이라도 그 중심부에는 끝없이 광채를 발하는 어떤 전망이 숨어 있는 것이다. 왜냐하면 더 고차원적인 세계의 존재가 양탄자를 빌려서 자신을 표현하려고 하고 있으며 그럴 때는 스스로 발광하며 빛을 낼 수도 있기 때문이다. 양탄자 속 조화는 분명 무엇인가에 대한 암시였다. 모든 의심에도 불구하고, 그것은 실제로 일어났으며 사실이었다.

이마를 짚는 손길이 느껴졌다. 눈을 떠보니 타냐가 물에 적신 수건으로 이마의 땀방울을 닦아주고 있었다.

온몸이 불덩이예요. 할아버지는 워낙 이곳 날씨에 적응을 해서 난방을 하지 않지만 낯선 방문객이 있다는 걸 깜박 잊었네요. 열이 식으면 금방 체온이 떨어질 거예요. 그렇다고 한밤중에 장작을 지핀다고 소란을 피울 수도 없으니……

타냐는 자신이 자던 방에 가서 모포를 더 가져와 내 위에 덮어준 뒤 옆에 붙어 앉았다. 난 타냐에게 아까 본 양탄자의 비밀에 대해 말을 하려다 말고 이렇게 물었다.

아브람체보에 유령이 있나요?

타냐는 대답 대신 내 이마 위에 수건을 접어 올려놓았다.

헛것을 본 거예요. 유령이라니요. 긴 여행 끝에 몸살이 난 거 같으니 아무 생각 말고 잠을 청하세요.

나는 그 말이 끝나기 전에 타냐의 손을 잡아 모포 속으로 이끌었다. 그녀는 저항하지 않았다. 그제야 그녀가 아주 얇은 비단 잠옷을 걸치고 있다는 걸 눈치챘다. 그녀에게서 좋은 냄새가 났다. 옷에서도 체취에서도 머리카락에서도 그리고 그녀의 가슴에서도. 그녀의 가슴이 내 가슴에 밀착되었다. 사막의 오아시스에 기거하는 양탄자 속 여인의 풍만함이 내 모든 감각을 통해 한꺼번에 밀려왔다. 나에게는 그 순간, 그 모포 속이 내 우주의 전부였다. 타냐의 가쁜 호흡을 입술로 빨아들이며 몸의 구석구석을 더듬은 다음 순간, 내가 들어가고 싶은 문이 타냐의 하부에 숨어 있었다. 우리는 뜨거운 숨을 참으며 서로를 흡입했다. 그래, 모든 인간은 유성과 같다. 나는 무이낙의 주민이 되어도 좋다고 생각했다. 모든 책에는 어느 한순간, 마치 불사조처럼 비명을 지르며 날아오르는 한순간이 있다. 그 한순간을 위하여, 비록 곧 재로 변할지라도, 나는 그 깊은 밤, 내 가슴에 타냐의 나무 묵주 같은 목걸이 자국이 새겨지기를 갈구하고 또 갈구했다.

다음날 새벽, 나는 운동복으로 갈아입고 밖으로 나갔다. 쌀쌀한 바람이 가슴에 안긴다. 발바닥의 감촉은 딱딱하다. 나무계단이 강변으로 통하는 오솔길에 놓여 있다. 중턱쯤에 전신주가 거인처럼 버티고 서 있다. 높이 매달린 전선줄 사이를 통과하며 바람이 울음소리를 낸다. 잠시 뒤를 돌아보니 아직 미명에 갇힌 아브람체보가 요람 속의 아이처럼 잠들어 있다. 깨어나면 울음을 터뜨릴 것 같은 이주 마을. 내가 잠을 자고 나온 곳이라는 게 믿어지지 않는다.

나는 이른 새벽에 양계장을 빠져나온 깃털 없는 한 마리 닭이 되고 만다. 날개 꺾인 사람들이 흘러든 마을에서 지구가 잃어버린 꿈을 안고 꾸룽꾸룽 회전하는 소리를 들은 것도 같다. 시르다리야는 흐르고 흐를 뿐이다. 그 흐름 끝에 사막으로 흘러들면 형체도 없이 사라질 것이라는 것을 알고 있는 것처럼.

시르다리야는 알고 있을 것이다. 아랄 해 어디쯤에서 사라져버린 나의 소년의 마지막 행방을. 소년의 운명도 노인과 다르지 않을 것이다. 소년도 어쩌면 아랄 해에서 철갑상어를 잡는 어부가 되었다가 아랄 해의 수량이 줄면서 또다시 타지로 이주했을지도 모른다. 소년도 나처럼 아랄 해로 흘러드는 시르다리야 강가에 서서 떠나온 고향을 떠올리며 눈물지었을 것이다. 하지만 고향이라니, 태어난다는 자체가 낯선 이방이며 태어남이 이미 고향으로부터의 이탈을 의미하는 것인지도 모른다. 노인이 아브람체보에서 허무를 견디고 있듯 소년도 목숨을 부지하고 있다면 아랄 해 연안 어딘가에서 가슴속에서 일렁이는 허무를 하루하루 달래며 살고 있을 것이다. 머지않아 텅 비어버릴 아랄 해처럼 소년의 가슴도 텅 비어 있을 것이다. 시르다리야 강은 아브람체보 마을에 이르러 기나긴 여행을 마친 방랑자처럼 유속이 느려지면서 작은 섬 하나를 휘돌고 있었다. 이 강을 따라 나의 소년도 서쪽으로 서쪽으로 이동했을 것이다.

비가 내리기 시작한다. 걸음을 재촉해 노인의 집으로 들어서자 난을 굽는 냄새가 시장기를 자극한다. 타냐가 차린 식탁 위엔 난과 우유와 치즈, 그리고 어제 보았던 건과류가 접시에 듬뿍 담겨 있다. 아침을 들면서 노인에게 소년에 대해 몇 마디 물어보려다 그만두고 만다. 아랄 해에서 어촌계 일을 보았다면 그가 나의 소년을 한두 번쯤은 목격했을 수도 있다. 노인이 1916년생이라고 했으니 강제이주가 있었던 1937년도엔 스물한 살 풋풋한 청년이었을 것이다. 내 추론에 의하면 강제이주 열차를 타고 소년이 최종적으로 도착한 곳은 오지 중의 오지인 카라칼파크 자치주 내 쿤그라드 구역일 가능성이 높다. 노인이 태어나고 성장했다는 무이낙 시는 쿤그라드 구역에서 가장 큰 항구도시였기에 노동력이 필요했을 터이고 소년과 그 일행들은 무이낙 항구에서 잡일을 했을 가능성을 배제할 수 없다.

그러나 노인이 소년을 기억할 리는 만무하다. 노인이 강제이주 열차에서 내린 한인 집단을 기억한다 해도 그건 흘러간 역사의 한때이며 자신의 시간에서 볼 때 아주 작은 조각에 불과할 것이다. 얼굴도 이름도 모르는 소년에 대해 나는 무엇으로 노인에게 묻는단 말인가. 고작 알고 있는 건 소년이 1937년에 일곱 살이었으며 김이라는 성을 지녔다는 사실밖에 없다. 노인에게 아무것도 물어볼 수 없었지만 소년은 현존했던 사람이고 현존하는 사람일 수도 있다. 보이지 않은 현존이란 이런 것이다. 간단히 아침식사를 하고 나는 노인과 타냐에게 작별을 고했는데 노인은 전혀 무게가 나가지 않는 손으로 내 손을 잡았으며 무슨 일이 일어났는지 믿을 수 없을 정도로 우리의 만남은 찰나적이었다.

나는 나의 소년에 대해 노인에게 한마디도 묻지 못한 채 아브람체보를 떠나온다. 선착장에서 시르다리야 강을 건너가면 기차역이 있다고 했다. 나는 강을 건너 열차를 이용해 타슈켄트로 돌아가고 싶었다. 노인과는 집에서 작별을 했고 타냐는 시르다리야 강 선착장까지 나를 배웅했다. 타냐는 오랜 친구를 외지로 떠나보내듯 배에 오르는 나를 향해 오랫동안 손을 흔들었다.

배는 비가 내리는 슬류잔카 간이역에 나를 떨궈놓았다. 어쩌면 나의 소년도 이 간이역을 통해 아랄 해로 갔을지도 모른다. 열차는 열한 시에 출발해 시르다리야 댐을 지나고 셜리호프의 알루미늄 공장지대를 지난다. 철도변의 어느 수풀더미에서 사막의 여우가 허공에 거친 울음을 토해놓고 있을지도 모르지만 열차는 오로지 굴러야만 하는 본능의 무쇠 덩이가 되어 타슈켄트를 향해 내달린다. 피곤한 나머지 눈꺼풀에 추를 달아놓은 것 같다. 잠결에 시르다리야 강 선착장에서 손을 흔드는 타냐의 모습이 어른거린다.

몇 번 만나지 않았는데도 그녀의 체취를 기억한다는 게 신기했다. 타냐가 바로 코앞에 있는 것 같았다. 그런데 타냐는 성인도 아니고 소녀도 아닌 뭔가 묘한 후광이 번져오는 얼굴이다. 다음 순간, 타냐는 회색빛 희미한 그림자로만 휘득휘득 움직일 뿐, 모든 색깔을 잃어버린다.

내 오감에 각인된 그녀의 모습은 지워지고 그녀는 저녁 햇살이 남겨놓은 그림자처럼 길게 휘어지며 나를 그림자로 덮친다. 다음 순간, 장면은 바뀐다. 나는 타슈켄트의 술집 오제르에 앉아 있다. 누군가를 기다리는 중이다. 왜 오제르가 나타났는지는 알 수 없다. 그때 커다란 치마단 든 여자가 문을 열고 들어온다. 양 볼에 홍조를 띠고 입가엔 미소가 감돌고 있다. 가냘픈 몸매는 허리께에서 휘청거리는 듯했다. 한눈에 보기에도 치마단은 무거워 보인다. 눈화장을 진하게 하고 스카프를 맵시 있게 동여맨 청바지 차림. 금발에 어울리는 초록색 화장이 눈두덩에 칠해져 있었다. 게다가 눈동자가 반짝일 때 그 눈 속에 스쳐가는 범상치 않은 빛은 다분히 초현실적이었다. 그녀의 눈동자가 반짝이는 동안 난 일어날 생각도 하지 못하고 주저앉아 있다. 저항할 수 없는 순수가 내 앞에 다가와 치마단을 내려놓는다. 난 치마단을 받아줄 생각도 못 하고 있다. 난 이상한 자력에 끌리듯 벌떡 일어나 그녀에게 키스를 한다. 두 번, 세 번. 샐쭉 웃는 그녀에게서 지금까지 맡아본 적 없는 향기가 난다.

그녀가 말한다.

나의 전 생애가 마치 당신과의 이 숭고한 입맞춤에 깃들어 있는 것 같아요. 이건 입맞춤이 아니라 영혼의 교환이지요. 가장 힘든 입맞춤은 이 세상을 살아가는 일일 거예요. 만약 이 입맞춤이 당신 가슴의 슬픔을 조금이라도 덜어줄 수 있다면 나는 하루에 천 번이고 만 번이고 입을 맞출 거예요.

타냐가 치마단을 연다. 치마단 속은 온통 어둠이다. 나는 그 속으로 빨려들어간다. 내가 치마단 속으로 완전히 사라지자 타냐가 가방 문을 닫는다. 그 속에서 나는 공동묘지를 돌아다니고 있다. 풀잎을 헤치자 언젠가 내렸을 이슬비가 바지 하단으로 축축하게 젖어든다. 야생고양이들의 발자국이 여기저기 흩어져 있다. 공동묘지는 망자와 고양이들의 처소였다. 생명의 불을 끄고 누워 있는 묘지 주인들의 이름이 묘비에 새겨져 있다. 묘지에서 시간의 연속성은 부서져내린다. 그 중 하나의 묘지가 불빛이 들어온 것처럼 빛난다. 나는 가까이 다가선다. 묘비엔 김이라고 성만 적혀 있다. 이름은 없다. 그 하단에 생몰 연대가 적혀 있다. 1930~1993년. 향년 63세. 나의 소년이 죽기라도 했단 말인가. 다시 치마단의 지퍼가 열리고 타냐의 웃음소리가 하늘에서 떨어진다. 난 묘비를 손으로 더듬는다.

손톱 밑이 축축하다. 피다. 내 피인지 남의 피인지 알 수 없다. 손끝을 코에 가져가 냄새를 맡아본다. 역겹다. 시간의 피일지도 모르겠다. 수건을 꺼내 수없이 문지르지만 혈흔은 지워지지 않는다. 나는 몇 번이고 손톱을 물어뜯는다. 나는 피 묻은 손을 감추기 위해 주머니에 손을 찔러넣고 주위를 두리번거린다. 누가 나를 흔든다. 나는 깨어난다. 기차는 타슈켄트로 진입하고 있다. 멀리 비에 젖은 이슬람 사원이 눈에 들어온다. 하늘을 찌를 듯 뾰족하게 서 있는 탑들. 사원 지붕을 맴돌고 있는 까마귀들. 검은 옷을 입은 이슬람교도들이 종종걸음으로 사원으로 들어간다. 나는 내 눈이 아니라 나의 소년의 눈으로 이 모든 광경을 지켜보았다.

역사강박증

항공편으로 타슈켄트에서 모스크바로 돌아온 직후, 나는 한동안 과거와 현재가 하나의 시제 위에 존재하는 것 같은 극심한 공황장애에 시달렸다. 예컨대 모스크바 시내의 사보이 호텔에 가면 지금도 옛 시절의 한인 혁명가들을 만날 수 있을 것 같은 생각에 사로잡혀 회전문을 열고 그 호텔 안으로 들어가곤 했는데, 로비를 통과하여 곧장 한인 혁명가들이 머물렀다는 방을 찾아가 문을 두드리기도 했다.

내가 찾아낸 고문서 가운데는 재소한인 강제이주를 전후해 구소련에서 활동하던 한인 혁명가들의 행적에 관한 내용도 포함되어 있었다. 1918년 연해주에서 한인사회당 결성에 직접 참여했던 노혁명가 리인섭의 「망명자의 수기」에는 이런 대목이 있다.

1921년 봄이었다. 'CaBou(사보이)'라고 명칭하는 려관 324호에 배치되어 있는 원동공화국 전권위원부에서 긴급한 사실이 있으니 오라는 전화를 밧고 차저갔다. 그다지 널지 안는 사무실에 전권위원과 그의 서기가 있다가 반가히 응접하였다. 그들은 극동공화국 (완충국) 수상 아. 엠. 크라스노쇼코프 동지께서 공산주의적 문안을 전한다는 것으로 담화를 시작하였다.

사보이는 붉은광장에서 도보로 10분 거리에 있는 모스크바 강변 로즈제스트벤가 3번지에 위치한 고색창연한 건축물로 지금도 여행객들이 최고로 치는 5성급 호텔이다. 원동공화국 전권위원부 사무실이 1921년 당시 사보이 호텔 324호에 있었다는 리인섭의 회고는 내게 강렬한 인상을 심어주었고 비가 오는 날이면 사보이 호텔 주변을 서성거리다가 어느 순간, 호텔로 들어가 324호의 문을 노크하곤 했다. 그때마다 외국인이 문을 빼꼼히 열고 얼굴만 내민 채 아랍어인지, 터키어인지 내가 알아들을 수 없는 언어로 짜증을 냈지만 나는 아랑곳하지 않고 리인섭이라는 재소한인 혁명가가 안에 있지 않느냐며 안에 들어가보겠다고 실랑이를 벌이곤 했다. 나는 한인 혁명가의 안부를 묻고 싶었다. 정신을 차려보면 나는 호텔 직원들에게 감싸여 회전문을 밀며 밖으로 끌려 나오고 있었다. 사라진 혁명, 사라진 시대, 사라진 인물이 지금도 사보이 호텔의 벽이며 로비며 천장에 빛바랜 흔적으로 남아 있는 것 같은 착각은 오래도록 지속되었다.

1921년과 1937년, 그리고 현재 사이에 커다란 구멍이 뚫려 있고 나는 시간 여행을 하는 사람처럼 그 구멍 속을 번갈아가며 들락거리고 있는 것 같은 착각이 들었다. 내 시간의 경계는 파괴되어가고 있었다.

1889년 영국 런던에서 처음 문을 연 이래 세계 대도시마다 호텔 체인을 가지고 있는 사보이는 서울에도 도쿄에도 파리에도 뉴욕에도 있다. 사보이는 세상 어디에나 있다. 마치 맥도날드 체인점이 세계 대도시를 장악하는 것처럼. 사보이 호텔 외관을 물끄러미 쳐다보다 역사의 뼈와 살이 하나의 인격체로 되살아나는 것을 절감하며 몸을 부르르 떨 수밖에 없었다. 호텔이라는 말 대신에 두음법칙에서도 벗어난 발음으로 려관이라고 호칭하는 리인섭이 아직 어딘가에 살아 있는 것 같았다. 다만 내가 그를 찾아내지 못했을 뿐. 역사의 미로 속으로 미끄러져들어간 이래 나는 출구를 찾지 못한 채 몇 번이고 같은 길을 헤매고 있는 역사강박증 환자에 다름아니었다.

역사는 시간의 배열이며 시간의 축적인데, 나는 역사가 마치 뫼비우스 띠의 휘어진 현재처럼 모든 게 끝나지 않고 여전히 이어지고 있다는 강렬한 느낌을 받곤 했다. 증상은 내가 보기에도 중증이었다. 책이나 논문, 그리고 사료 들을 읽다가도 그것이 제시하고 있는 과거의 특별한 상황이 현재에도 계속되고 있다는 생각이 들면 책을 펼쳐놓은 채 두 시간이고 세 시간이고 몽상에 빠지는 이상한 습관이 한동안 계속되었다. 그것은 내가 끝내 찾지 못한 나의 소년에 대한 미련 때문일 수도 있었다.

블라디미르 교수도 이러한 증세를 눈치챘는지, 내가 박사 후 과정에 진학하겠다고 하자, 극구 만류하며 이렇게 말했다.

자네는 심신이 매우 지쳐 있으니 일단 휴식을 취하는 게 급선무네. 파벨 라브렌치를 만나보게나.

나는 잠시 파벨 라브렌치가 누구인지 감이 잡히지 않다가 이내 그가 견유학파임을 뒤늦게 알아챈 뒤 블라디미르 교수에게 그 이유를 물어보았다. 대답은 아주 단순했다.

자네가 몇 년 동안 고문서에 파묻혀 지낸 결과 후유증을 앓게 된 모양이지만 파벨 라브렌치에 비하면 아무것도 아닌 엄살에 불과하지. 라브렌치는 평생을 레닌도서관 고문서보관소에서 문서를 분류하고 살아온 사람이지 않나. 마침 그가 타이핑을 마치고 자네의 논문을 나에게 보내왔다네. 그러니 인사도 할 겸 한번 찾아가서 그에게 자네의 강박증이란 것을 털어놔보란 말이지. 혹시 아나? 자네에게 가장 필요한 말을 들려줄지.

그의 충고가 옳았는지는 알 수 없다. 중요한 것은 나 자신이 그러한 강박을 충분히 느낀 나머지 스스로 심신을 느슨하게 풀어줄 양으로 더이상 고문서보관소를 찾지 않았다는 점이다. 그때는 모스크바에서 초현실주의가 판을 치고 있었는데 그것은 현실사회주의의 패망 이후 심각한 공황장애를 겪던 예술가들이 리얼리즘을 파기하고 손으로 만질 수 없는 꿈의 세계나 몽상의 세계에서 자신들의 미학을 관철하기 위해 안간힘을 쓴 결과였다. 꽉 차 있다가 한순간에 텅 비어지는 공동화 현상, 한순간에 땅이 꺼져버려 끝 간 데 없는 암흑 속으로 곤두박질하는 추락이 역사에는 도사리고 있는 것이다.

하지만 나는 견유학파를 찾아가지 않았다. 그럴 만한 여유가 없었다는 건 핑계에 지나지 않겠지만, 러시아최고자격심사위원회에 가서 학위 신고를 마치고 서둘러 귀국을 하기로 마음먹었던 것이다. 귀국 준비는 복잡하기 짝이 없었다. 내가 찾아낸 고문서들을 국외로 가지고 나가려면 러시아 외무성 문서보관국의 승인을 받아야 하는 문제가 남아 있었다.

타냐의 전화를 받은 것은 이듬해 봄이었다. 나는 서둘러 모스크바의 야로슬라프 기차역으로 향했다. 야로슬라프 역은 타슈켄트에서 올라오는 열차의 기착점이었다. 난 그녀가 모스크바에 온 이유가 궁금했다. 생각건대 타냐는 내가 소년을 찾는 탐사여행에서 만난 가장 인상적인 사람이었다. 4월 말이어서 가로수에는 푸른 잎들이 돋아나기 시작하고 거리의 간이매점인 키오스크에서는 꽃을 팔고 있었다. 꽃들의 종류도 다채로웠는데 그중에서도 장미가 가장 많았다. 아마도 러시아인들은 세계에서 가장 장미를 사랑하는 민족일 것이다. 꽃 한 송이 한 송이마다 지난겨울, 온실을 들락거리며 보살펴준 농부의 손길이 느껴졌다. 하지만 누가 알겠는가. 아직 태어나지 못한 이야기들이 장미의 붉은 꽃잎에 착착 접혀 숨어 있는지. 나는 시르다리야 강변 선착장에서 하염없이 손을 흔들던 타냐를 떠올리며 장미 한 다발을 사 들고 택시를 잡아탔다.

거리에서 마주친 노란 트램에는 말보로와 맥도날드 광고가 붙어 있었고 거리에서 흘러나오는 노래들은 유럽과 미국 팝송이 태반이었다. 그중에서도 실비 바르탕의 감미로운 샹송이 귓속을 파고들었다. 여덟 살에 자유를 찾아 불가리아에서 프랑스로 탈출한 부모의 손에 이끌려 조국을 떠났던 실비 바르탕. 그녀의 샹송에 등장하는 마리차 강은 실비 바르탕의 고향 이스크레츠를 끼고 흐르는 강이었다. 고향에 대한 채울 수 없는 목마름. 무엇보다도 돌아갈 수 없는 조국의 자유와 민주화를 염원하는 그녀의 노래에는 아찔한 슬픔이 묻어 있었다. 한 줄기 눈물의 강으로 흘러가는 〈마리차 강의 추억〉.

마리차는 나의 강/ 센 강이 그대 것이듯/ 이젠 아버지 기억 속에/ 추억으로만 남아 있는// 내 어린 시절/ 아무것도 남은 게 없었지/ 하다못해 조그만 인형조차/ 한 가닥 옛 노래만 남아 있었지/ 라라 라 라……

애절하면서도 감미로운 노래가 울려퍼지는 시내 중심가는 사람들로 붐비고 있었다. 거리든, 시장이든, 극장이든 사람들이 꾸역꾸역 밀려나오고 밀려들었다. 그 많은 인파들이 화원에서 자라난 꽃송이처럼 보였다. 하지만 시들고 지치고 벌레 먹은 꽃들. 대부분은 직장을 잡지 못한 실업자였다. 그들과는 달리 국영백화점 츔 앞은 장미와 향수를 사려는 남녀들로 장사진을 이루고 있었다. 갑자기 모스크바가 낯설어 보였다. 왜 이리 흥청거리는지 알다가도 모를 일이었다. 야로슬라프역 광장도 인파로 붐볐다.

나는 잠시 길을 잃어버린 사람처럼 주위를 두리번거리며 어지럼증을 느꼈다. 내가 왜 장미 다발을 들고 광장에 서 있는지 알 수 없었다. 마침 역 건물 지붕 위로 삐죽 솟구친 시계탑에서 다섯 번의 종소리가 울렸다. 강철 스프링이 풀어지고 감기는 수축과 이완의 힘이 종소리 자체였다. 수축과 이완. 역사야말로 시간의 강자인 것이다. 신이 만든 가장 으뜸의 발명품은 시간일 것인데 신들은 시간을 발명해 지상에 내려보낸 뒤 지상의 일은 인간에게 맡겨둔 채 여유롭게 쉬고 있는지도 모른다. 신의 부재를 시간이 메워주었던 것인데, 광장의 시간은 과거와 미래 사이에서 녹이 슬고 있었다. 녹을 털어내는 다섯 번의 시보. 그러나 시간에 묻어 있는 녹은 지워지지 않는다. 나의 소년은 서쪽으로 가서 돌아오지 않았다. 불귀의 삶이 시간에 붙어 있는 녹일 것이다. 그리움과 애증으로 가득한 녹. 시간의 집에서는 늘 녹 냄새가 난다. 광장 한편에서 시간의 커튼을 밀치며 나타난 타냐가 나를 향해 손을 흔들었다. 시르다리야 강 선착장에서 그녀의 하얀 손이 작별을 위해 흔들어졌다면 지금은 재회를 위해 흔들어지고 있었다. 타냐는 치마단을 의자 삼아 깔고 앉아 있었다. 내가 아브람체보에서 타슈켄트로 갈 때 꿈결에 보았던 치마단과 닮아 있었다. 네모반듯하게 각이 진 가죽 가방. 옆구리에는 지퍼와 세 개의 보조 끈이 달려 있었다. 타냐는 술집 오제르 앞에서처럼 나를 가볍게 포옹하며 볼에 입을 맞췄다.

긴 여행이라도 떠나는 길인지 치마단은 무거웠다. 보조 가방도 두 개나 되었다. 우리는 역 근처의 식당 마로니에에 자리를 잡았다. 차가 나오고 구운 토마토에 큼직한 햄이 들어 있는 빵으로 식탁이 차려졌다. 타냐에게서는 나이 차이에 따른 격의가 느껴지지 않았는데, 그건 세상의 타락과 얼마든지 맞설 수 있는 타냐의 타고난 순박함과 청순함 때문이었을 것이다. 낮에도 아름답지만 어두워질수록 매력을 발산하는 파란 눈동자는 타냐의 영혼의 깊이를 말해주는 듯했다. 난 타냐에게서 눈을 뗄 수 없었다. 그날따라 타냐의 두 눈동자는 물기가 가득했고 어딘가 슬퍼 보였다. 눈은 속일 수가 없다. 눈은 사람의 감정 상태를 드러내 보이는 창문이다. 타냐는 기차를 갈아타기 위해 모스크바에 내렸고 다음 행선지까지 가는 열차의 발차 시간까지는 세 시간 남짓 남아 있다고 말했지만 난 어디로 가는 길인지 묻지 않았다. 타냐 역시 딱히 행선지를 정해놓은 여행은 아니라고 했다. 단지 타슈켄트를 무작정 떠나고 싶었을 뿐, 이라고 말하는 타냐의 눈은 금방이라도 눈물을 떨굴 것처럼 보였다.

할아버지는 지난겨울에 돌아가셨어요. 당신이 떠나고 한 달 뒤. 병원에서는 급성 폐렴이라고 하는데, 아마도 아랄 해에서 얻은 지병일 거예요. 아브람체보는 사람이 살 수 없을 정도로 형편이 열악하답니다. 전기가 자주 끊겨 주민들은 매일 밤 촛불을 준비해놓아야 하지요. 돈이 있으면 뭐합니까? 물건이 없는데. 식료품도 모자라 마치 전시처럼 살고 있어요. 다 무너졌어요. 이데올로기도 무너지고 경제도 무너졌지요. 모두들 혼란 속에서 주춤거리고 있지요. 할아버지가 세상을 뜬 뒤 난 타슈켄트를 떠나야겠다고 생각했지요. 일단 나보이대극장을 휴직하고 1년 동안 여기저기 여행을 다닐 생각이에요. 기회가 되면 대학에서 학생들을 가르치고 싶기도 하지만 요즘은 학생과 교수 사이에 아무런 신뢰감도 존경심도 없는 게 사실이지요. 차라리 지식이 아니라 대학 건물을 뜯어먹고 사는 게 나을지도 모르죠.

난 뒤늦게나마 애도의 뜻을 전했지만 타냐는 애써 태연한 표정을 지어 보였다. 그러고는 이내 시장기가 도는지 빵을 차에 찍어 입으로 가져갔다. 지난가을에 있었던 일들을 떠올리며 한 시간쯤 이야기를 나누는 사이 길거리 간판에 하나둘씩 불이 들어왔다. 그때 타냐가 정색을 하고 화제를 바꿨다. 그건 예기치 못한 내용이었고 나는 당황한 기색을 감추며 귀를 기울였다.

영혼의 무게가 얼마나 나가는지 알고 있나요? 지금으로부터 100년 전 실제로 영혼의 무게를 재본 의사가 있었대요. 덩컨 맥두걸이라는 이름의 영국인 의사인데, 그는 한 결핵 환자가 곧 임종을 맞을 것이라는 걸 알고 실험을 하기로 했지요. 맥두걸은 실험을 위해 특별히 만든 저울 위에 죽어가는 환자를 눕힌 후 그가 죽기를 기다렸지요. 3시간 40분이 지난 뒤 환자는 마지막 숨을 내쉬었고 맥두걸은 그 순간을 이렇게 기록했답니다. "눈금 막대가 분명한 소리를 내며 아래 칸으로 뚝 떨어진 후 다시 올라오지 않았다. 줄어든 무게는 0.75온스(약 21그램)였다."

아마도 맥두걸은 호기심을 주체할 수 없었던 사람이었나봐요. 세상에는 맥두걸과 같은 사람들이 얼마든지 존재합니다. 희귀한 족속, 별난 사람들이 보통 사람들 속에 숨어 살기도 하지요. 그들은 모두 자신들을 둘러싼 세상을 눈여겨보고, 본 것을 당연하게 받아들이기보다는 그 본질에 대한 질문을 던진 사람들이죠. 그 질문은 아주 이상한 것이었을 수도 있지요. 심지어 바보 같은 질문이었을 수도 있겠죠. 하지만 가장 위대한 발견들도 당시에는 멍청하게 생각된 질문을 기꺼이 던졌던 사람들이 해낸 경우가 많지요. 그들의 행동이 처음엔 다소 멍청하게 보인다 해도 나중엔 가장 탁월했다는 걸 알게 되지요. 나는 할아버지가 돌아가신 후 나에게 끊임없이 질문을 던졌어요. 왜 당신이 아브람체보에서 할아버지를 만났을 때 한 번도 질문을 하지 않았는지. 그 이유를 스스로 알고 싶었지만 지금 이 순간에도 답을 찾지 못했어요. 당신은 그 소년을 찾았나요? 당신의 소년은 아랄 해로 갔고 할아버지가 그 당시 아랄 해에서 어촌계 일을 보고 있었다는 사실을 당신이 알고 있는데도 불구하고 당신은 아무것도 묻지 않았어요.

난 아무 대답도 하지 않고 보드카를 주문해 두어 잔을 연달아 들이켰다. 그녀의 말은 한편으로는 당돌했고 한편으로는 영민함이 묻어 있었다. 난 무슨 말이든 해야 했지만 머릿속이 텅 비어버린 것 같았다. 취기가 오른 뒤에야 난 몇 마디를 겨우 뱉어낼 수 있었다.

역사에 감정이입을 하는 것처럼 몽매한 사람은 없는데 내가 바로 그런 사람이지요. 예전엔 역사가 아주 오랜 과거라고 생각했는데 아르히프를 들락거리며 고문서를 찾아 읽다보니 역사란 내 손가락 지문의 간격만큼이나 촘촘한, 아주 가까운 과거로 생각되더군요. 역사는 일종의 기억과 같지요. 기억은 초콜릿과 같아요. 까맣고 물컹거리고 녹아내리기 쉬운 암흑 물체. 입술이며 손에 까만 암흑 물질을 묻히며 기억이라는 초콜릿을 맛보고 있노라면 가슴은 슬픔으로 무너져내리는 것 같지요. 나는 역사학도가 가장 경계해야 할 감정이입의 장막을 건너가고 만 것이죠. 감정 따위에 나를 섞지 않아야 하는 건데, 나의 소년이 내 가슴에 박힌 이후로 그게 잘 되지 않았어요. 나는 누군가의 전생을 보는 것 같은 느낌을 소년에게서 받았는데, 그렇다면 그의 후생은 어떠했는지, 궁금했죠. 그래서 나의 소년을 찾아나섰지만 애초에 그것이 잘못된 것이죠.

처음엔 내 슬픔의 연원을 찾아간다는 명분을 내세웠지만 시간이 갈수록 명분은 퇴색했지요. 나는 역사의 희생자에 대해 기록하지 않는 현실이 가증스러웠어요. 그러다 할아버지를 찾아갔을 때, 나의 소년은 내가 찾은 문서 위에서 성장을 멈추었는지도 모른다는 생각이 들더군요. 소년은 아랄 해에서 살인자가 됐을 수도, 흉악한 범죄를 저질러 감옥에서 여생을 보냈을 수도 있겠지요. 그렇더라도 그건 내가 찾는 나의 소년임에 분명할 겁니다. 나에게 있어 소년은 성장하지 않는 하나의 그리움과 같았는데 할아버지를 만나면서 내가 찾는 건 결국 소년의 후생이라는 생각이 들더군요.

이제 세월이 흘러 호호백발이 된 소년을 찾았다고 해도 그는 내가 찾아헤맨 소년은 아닐 겁니다. 그래서 아무것도 묻지 않았어요. 할아버지가 나의 소년을 알든 모르든 간에 할아버지의 기억으로 복원되는 나의 소년을 받아들일 준비가 되어 있지 않았던 것이죠. 그래서 아무것도 묻지 않고 떠났던 겁니다.

소년의 늙은이, 소년의 노인을 나는 차마 받아들일 수 없었지요. 나의 소년은 아무 곳에도 없는 존재인 것이죠.

난 시계를 들여다보며 발차 시간이 다 되었으니 그만 일어나자고 말했지만 타냐는 뭔가를 정리하듯 묵묵히 앉아 있었다. 저녁때가 되자 바람이 다소 쌀쌀했다. 타냐는 머플러를 꺼내 머리를 감쌌다. 난 치마단을 들고 앞장서서 역을 향해 천천히 걸어갔다. 플랫폼에서 발차를 기다리고 있는 열차에 당도했을 때 타냐가 말했다. 다시 만날 수 있을까요. 나는 대답 대신 타냐의 볼에 가볍게 입을 맞췄다. 타냐는 열차 계단을 밟고 올라선 뒤 손을 흔들었다. 우리가 할 수 있는 건 오로지 작별의 손짓뿐이었다. 타냐와는 그렇게 헤어졌고 나는 귀국 준비를 서둘렀다.

확실히 타냐는 죽음의 전령인 듯싶었다. 그녀가 가져온 할아버지의 사망 소식도 그렇거니와 그녀가 모스크바를 떠나간 직후 블라디미르 교수의 부음 소식이 들려왔던 것이다. 신장병을 앓고 있었던 블라디미르 교수는 내가 탐사여행을 떠났던 몇 달 동안 병원을 들락거리며 신장투석을 받고 있었다. 평소에도 손발이 붓고 얼굴의 살점들도 푸석푸석해 보였지만 그렇게 중증인 줄은 꿈에도 몰랐다. 파벨 라브렌치가 블라디미르 교수의 사망을 전화로 알려왔을 때 나는 지독한 후회감으로 몸서리쳐야 했다. 블라디미르가 죽다니. 그가 생전에 내게 제안했던 『강제이주백서』 프로젝트를 단칼에 거절하고 중앙아시아로 떠났던 내 고집불통으로 말미암아 그는 남모를 속앓이를 했던 게 자명하다. 나는 계몽주의적인 그의 어투가 싫었고 입만 열면 시대의 산물이니 어쩌니를 반복하는 그의 판에 박힌 관용어들이 싫었다. 나는 그가 『강제이주백서』를 탈고했는지 알지 못한다. 그는 역사강박 증세를 보이는 내게 자신이 맡고 있는 프로젝트에 대해 철저하게 함구했던 것이다.

사막의 수기

망각이 기억보다 훨씬 힘이 세다고 믿어왔는데 아침에 까치가 울고 블라디미르의 사망 소식을 접한 뒤엔 기억들이 되살아나 뒤엉켜버렸다. 이미 예약한 귀국 항공권을 일주일 뒤로 미룬 뒤 블라디미르 교수의 영결식에 참석하기로 했다. 며칠 전에도 그와 통화를 했지만 그는 자신의 병세에 대해 전혀 말해주지 않았다. 그도 나도 서로를 애타게 염원하는 사이는 아니었던 것이다. 나는 그의 애제자도 아니었고, 학문적 계승자도 아니었다. 언제 우리 사이가 그렇게 어긋났는지 가늠하기 힘들 정도로 우린 매우 사무적인 사제지간의 관계를 유지해왔을 뿐이다. 나에게 모스크바는 혼돈의 도시다. 그렇더라도 영결식에나마 참석하지 않는다면 두고두고 후회할 것이다. 나는 울지 않고도 운다. 눈물 없이도 눈물은 그득하다. 나는 무신론자지만 그의 명복을 신에게 빌고 싶었다. 하지만 하늘에 다른 길에 있다는 걸 나는 믿지 않는다. 하물며 지상에 무슨 다른 길이 있겠는가. 살아 있는 모든 생명체는 사멸한다. 블라디미르도 예외일 수 없다. 그러나 내가 모스크바를 떠나려 할 때 나를 붙잡은 건 블라디미르의 죽음이었다. 난 역사로부터 도망치고 싶었다. 아니, 도망쳤다. 그런데 도망친 곳이 번번이 역사였다. 이런 모순이 블라디미르와 나 사이에 가로놓여 있었다.

택시를 탔을 때는 동이 터오는 새벽 7시 무렵이었다. 택시는 레닌스키 프로스펙트 4번가에 위치한 모스크바 286구역 병원 장례식장을 향해 쏜살같이 달려간다.

시내로 진입하는 고속화 도로변 들판에서 한 필의 말이 풀을 뜯고 있다. 그런 전원 풍경은 잠시일 뿐, 도로 곳곳에는 사고 지점을 표시하기 위해 불에 타고 찌그러진 자동차를 길가에 세워두고 있었다. 사고 차량들은 존재론적 불안을 던져주었다. 눈에 보이는 것은 그러므로 그것을 의도한 측의 강조점이 있는 것이다. 눈은 보고 싶은 것을 보는 것이 아니라 보이는 것을 볼 뿐이다. 시선은 그만큼 위장에 약하다. 더구나 인간의 내면은 시선이 본 것을 또다시 번역한다. 보이는 것은 허구에 가깝고 보이지 않는 것이 오히려 진실일 수 있다. 누가 자신의 꿈속까지 파고들어 이 세상의 막다른 골목과 낭떠러지를 볼 수 있을까. 역사는 좀더 나은 상태로 상승해가는 직선적 발전이 아니라 미로 속을 무한반복하는 제자리걸음에 지나지 않는다. 블라디미르 교수는 누구보다 그것을 잘 알고 있었을 것이다. 그가 한·러우호협회 러시아 측 대표를 맡았을 때도 나는 연락을 하지 않았다. 한·소 수교의 막후 배역이었다며 큼지막한 사진과 함께 신문의 한 페이지가 그에 관한 기사로 할애되었을 때도 마찬가지였다.

역사를 가지고 장사를 하는 측은 정치인일 터이지만, 그는 어느만큼 정치적인 제스처가 있었고 또한 그 제스처로 인해 자신이 원하는 지위와 명예를 얻었다. 나는 그것이 싫었다. 몰락하지 않는 생애는 없다. 역사가 발굴인 것은 폐허의 산물이기 때문이다. 역사라는 총체성 앞에서 개별자들은 안개에 휩싸여 있을 뿐이다. 통사와 개별사의 겸비가 요구되는 역사학에서 그는 늘 통사 쪽을 강조해왔던 것이다. 그러나 통사에서 만나게 되는 온전한 자아는 없다. 그것은 시간의 연대기적 배열에 불과한 불완전한 자아인 것이다. 문헌이나 문서에 등장하는 역사적 자아에 대한 개별성이 강조될수록 통사를 수정해야 하는 문제가 발생한다. 블라디미르와 내가 어긋난 것은 이 지점이었다. 온전한 자아를 찾으려는 작업을 영영 완결할 수 없을 것 같아 나는 일단 그동안 진행해온 연구를 접고 귀국을 결심했던 것이다. 역사의 미로에서 빠져나올 수 없다는 것, 하나의 미로에서 빠져나온다 해도 역사의 영혼을 결코 구원할 수 없다는 것. 그것이 내가 블라디미르에게서 벗어나면서 찾아낸 스스로의 변명이었다. 하지만 이제 블라디미르야말로 역사의 유령이 된 것이다. 그가 마지막까지 붙들고 있던 연구는 한·러관계사라고 들었는데 이것이야말로 기나긴 시간 속에 새겨진 한국과 러시아의 모든 접촉을 그저 겉핥기로 나열하는 전형적인 통사였던 것이다. 거기엔 시간의 불가해함이나 불가항력적인 우연이 개입될 여지가 없다.

나는 역사 바깥에 있는 불가해함과 불가항력을 나의 소년을 찾아나서면서 알게 되었다. 어쩌면 그건 역사에 대한 블라디미르의 통사적 접근에 대한 반발이었을지도 모른다. 시선을 마치 인공위성에 달린 카메라로 줌아웃하듯 하나의 실내에서 마을로, 마을에서 시 전체로, 시에서 국가로, 국가에서 대륙으로 끌어올린다면 그것은 역사의 현장인 최초의 공간에서 무슨 일이 실제로 일어났는지에 대해 전혀 알 수 없게 된다. 나의 소년을 다시 떠올리자 가슴이 먹먹해져왔다.

내가 나의 소년을 알게 된 것도 모스크바다. 모스크바와의 인연은 끈질기다. 모스크바에 사는 동안, 나는 모스크바를 내 가슴에 묻어보려고 했다. 그때마다 번번이 모스크바의 가슴에 내가 파묻히곤 했다. 흘레브 가게 앞에서 하염없이 눈을 맞으며 꿋꿋하게 서 있던 바브시카(할머니)들, 크렘린 궁 뒷골목의 어두한 선술집에서 들이켜던 쓰디쓴 보드카의 술잔들, 바자르를 기웃거리며 하얀 이빨을 드러내던 집시들의 어설픈 웃음들. 하지만 모스크바는 여전히 내게 너무도 멀리 있는 땅이다.

영결식장에 도착한 건 오전 아홉 시쯤이었다. 입구엔 학계에서 보내온 커다란 조화 두 개가 조문객들을 맞고 있었다. 고인이 평생 몸담았던 러시아 역사아카데미 원장과 고인의 모교인 모스크바 대학총장의 이름이 적힌 조화였다. 관은 까만 우단으로 덮여 있었고 바로 앞에 앉아 눈시울을 적시는 여자는 미망인이 틀림없었다. 1남 2녀의 자식들도 까만색 양복과 원피스 차림으로 애도의 눈물을 흘리며 마지막 작별의 순간을 맞고 있었다. 고인의 가족 뒤로 200여 명의 조문객들이 침묵을 지킨 채 추도사를 들으며 앉아 있었다. 영결식은 묵념과 추도사, 조사, 헌화 등의 순서로 진행됐다. 러시아 역사학회 회장이 고인의 관을 한쪽 손으로 짚은 채 조사를 낭독했다. 회장은 끝내 눈물을 보였다.

여러 차례 고위 관리 제의를 물리치고 학문의 세계를 지킨 인품은 우리 자신을 돌아보게 합니다. 당신의 유훈은 후학의 몫이니 걱정 마시고 부디 영면하시길 빕니다. 당신은 살아 있는 그 자체로 우리 역사학계의 기둥이셨고 우리의 힘이고 자랑이었습니다. 당신이 살아온 학자의 길, 정의의 길을 잊지 않고 따르겠습니다.

조사가 끝나고 장지로 가는 영구차 쪽으로 조문객들이 이동할 때 누군가 내 등을 가볍게 두드렸다. 파벨 라브렌치. 내가 견유학파라고 명명한 바로 그 사람이었다. 우리는 서로 가볍게 껴안으며 인사를 나눈 뒤 영구차에 올랐다. 안면이 있는 조문객들이 몇 명 눈에 띄었지만 난 견유학파가 블라디미르의 가장 가까운 친구라는 것을 잘 알고 있었다. 견유학파는 내 손을 잡고 자신의 옆 좌석으로 이끌었다.

자네가 올 줄은 전혀 예상하지 못했네. 고인도 자네가 왔다는 것을 알면 기뻐할 걸세. 그래, 어떻게 지냈나. 무정한 사람 같으니. 그렇게 훌쩍 탐사여행을 떠날 줄 알았다면 자네의 논문을 타이핑하지 않았을 걸세. 블라디미르에게도 여러 차례 자네에 대한 소식을 물었지만 묵묵부답이었어.

견유학파는 잠시 눈을 감고 회한에 잠겼다. 중절모자를 벗자 머리숱은 거의 빠져 있었지만 건강관리에 상당히 신경을 쓰고 있는 듯 혈색은 좋아 보였다. 영구차는 장례식장 본관 앞에서 수십 명의 배웅을 받으며 장지로 떠났다. 장지는 모스크바 시내의 노보제비치 수도원 묘역이었다.

고인은 고통 없이 숨을 거두었다네. 자네가 이렇게 찾아준 것만 해도 다행이지만 너무 늦은 방문이지. 블라디미르는 자신의 운명을 예감했는지 집에 머물면서 그동안의 연구 실적을 정리하며 거의 외출을 하지 않았다네. 그는 사람을 만나는 걸 가장 피곤해했다네. 가끔 내게 전화를 걸어 집으로 찾아와달라고 부탁하곤 했지만 다른 사람들은 거의 만나지 않았다네. 하긴 임종을 준비하는 사람을 만난다는 게 참으로 어려운 일이지.

아마도 블라디미르 교수는 견유학파의 입담이 그리웠는지 모른다. 하나의 이야기에서 갈래를 치고 뻗어난 가지가 또다른 이야기로 전도되는 해박한 지식은 물론이요, 평생을 레닌도서관에서 살아온 독특한 경험은 그에게 특유의 입담을 선물했던 것이다. 내가 처음 그의 집을 찾아갔던 날을 떠올리자 저절로 미소가 지어졌다.

얼마 가지 않아서 노보제비치 수도원의 고풍스러운 건물과 황금색 지붕의 첨탑이 눈에 들어왔다. 영구차에서 내린 나와 견유학파는 다른 조문객들과 거리를 둔 채 한참 뒤처져 걷고 있었는데 그건 견유학파가 내 소매를 잡아당기며 말을 걸어온 탓이기도 했다. 견유학파의 입담은 여전했다.

노보제비치 수도원은 15세기에 모스크바 대공 바실리 3세가 폴란드령이었던 스몰렌스크를 탈환한 것을 기념해 만든 것으로 옛날엔 러시아 귀족들의 자녀나 부인 들이 즐겨찾던 곳으로 유명했다네. 수도원 내부에는 스몰렌스크 대성당, 표트르 성당, 대종루 등이 있지만 난 수도원보다는 부속 정원이었던 이곳 공동묘지를 가끔 찾는 편이지. 이곳에는 유명인사들의 묘가 많은데 고골, 체호프, 마야콥스키 등 러시아 작가들, 피아니스트인 스크랴빈, 그리고 옛 소련 공산당 서기장 흐루쇼프와 스탈린의 두번째 부인인 나제즈다 알릴루예바가 묻혀 있다네. 나제즈다는 러시아어로 희망이지 않나. 이곳에 올 때마다 그 이름을 되뇌이다보면 반어법을 느끼게 될 만큼 그 이름은 절망이란 뜻으로 다가오지. 내가 자네에게 설명하고픈 것은 왜 반어법을 느끼느냐에 관한 것일세.

스탈린의 아들 야콥 주가시빌리는 1942년 7월 독소전쟁이 발발하고 1년쯤 지났을 때 우크라이나 동부 키로프 지구 전투에서 자국 병력 50만 명과 같이 독일 남부집단군의 포로가 되었다네. 스탈린은 자신의 아들이 라스푸티차 해빙기까지만 우크라이나 스탈린라인 지구를 방어해주길 기대하고 3개 사단을 이끌 수 있는 전권을 아들한테 주었지만, 야콥은 독일군의 질풍노도에 힘 한번 쓰지 못하고 포로로 잡히고 말았지. 포로수용소에 갇힌 야콥은 교묘하게 독일군의 사기진작과 선전수단에 이용되었고, 독일 정부에서는 후일 스탈린그라드에서 소련의 포로가 된 제6군 원수 프리드리히 폰 파울루스와 야콥을 교환할 것을 스탈린에게 제안했지. 그러나 스탈린은 조국을 버린 나약한 자신의 아들을 원망하면서 장성과 겁쟁이를 맞바꾸자는 독일의 제안을 거절했다네. 스탈린은 아들 야콥이 겁이 나서 독일군에 고의로 항복했을 것이라고 생각한 나머지 포로 교환 문제가 제기되자 야콥이라는 아들을 둔 적이 없다며 아들의 존재를 부정했지. 훗날 야콥의 최후를 둘러싼 소문이 분분했는데 총살당했다는 설, 분을 이기지 못하고 자결했다는 설, 영양실조로 숨졌다는 설 등이 무수히 나돌았지. 하지만 지금껏 정확한 경위는 밝혀진 게 없다네.

역사가들은 자살 쪽에 무게를 두고 있는데 그런 주장은 시간이 지남에 따라 더욱 근사하게 포장되어 이제는 정설이 되어버렸지. 그런데 나는 좀 다른 얘기를 들은 적이 있어. 야콥은 영국군 장교와 같은 감옥에 수용되었고 그들은 공동변소를 사용했지. 야콥은 변소를 항상 더러운 채로 내버려두었는데 영국인들은 이를 용납할 수 없었겠지.

그들은 야콥에게 인간적인 모욕감을 주었고 급기야 훈계를 하며 변소 청소를 강요했어. 야콥은 화를 내며 그들과 언쟁하다가 주먹다짐까지 했고 끝내는 수용소 소장의 접견을 요청했는데, 소장이 그들의 분쟁을 조정해주길 바랐던 것이지. 하지만 이 분쟁을 조정하기엔 독일군 포로수용소장은 너무도 자만심에 도취되어 있었다네. 야콥은 모욕을 참을 수 없었겠지. 그는 끔찍한 저주를 하늘에 퍼부으며 수용소의 고압 전기가 흐르는 철조망으로 달려가 몸을 던졌다는 걸세. 그건 자신의 평생을 지배했던 권위와 억압이라는 중압감을 떨쳐버리기 위한 마지막 몸부림이 아니었을까. 어쩌면 야콥의 죽음이야말로 전쟁의 광폭한 바보짓 가운데 유일한 형이상학적 죽음이었다고 말할 수도 있을 걸세. 독일 군복을 강제로 입고 선전에 이용당한 야콥의 사진을 보면 자신을 사지로 내몬 아버지를 원망하는 살기 가득한 눈초리로 '우리는 모두 어디로 가는가'라고 탄식하고 있다는 느낌이 든다네. 야콥도 스탈린도 흐루쇼프도 땅에 묻히기는 마찬가지지만 말일세. 그리고 우리는 이제 우리의 친구인 블라디미르를 묻기 위해 이 묘원을 찾아온 것이지. 난 평소 때도 가끔 이 묘원을 찾아와 산책하면서 나의 죽음에 대해 생각해보곤 한다네.

안장식이 열리는 묘역은 꽤 깊숙한 곳에 위치해 있었다. 묘원도 수용 공간이 얼마 남지 않아서 상당한 실력자가 아니면 자리를 잡기 어렵다는 건 공공연한 사실이었다. 블라디미르에게 생전에 신세를 진 정치인이 중간에서 힘을 썼다면 몰라도 학계에서 힘을 써서 될 일은 아닌 것이다.

관이 땅속으로 내려가는 동안 브라스밴드가 진혼곡을 연주했다. 유족을 시작으로 해서 조문객들은 모두들 수북하게 쌓아놓은 흙을 한 삽씩 퍼서 고인의 관에 뿌렸다. 나는 견유학파의 다음 차례였는데 누구보다도 듬뿍 한 삽을 퍼서 관의 위아래쪽으로 골고루 흩뿌려주었다. 고인을 추도하는 묵념을 끝으로 묘원을 관리하는 인부들만 남은 채 안장식은 끝났고 조문객들은 영구차로 이동하기 시작했다.

견유학파는 그제야 나를 미망인에게 인사시켰는데, 미망인은 내가 외국유학생임을 알고 까만 면사포 너머로 내 얼굴을 물끄러미 쳐다보면서 손을 내밀었다. 미망인과 헤어진 후 견유학파와 나는 노보제비치 사원으로 연결되는 문을 통과해 사원 안에 있는 찻집으로 들어갔다. 견유학파는 노보제비치의 유래를 더듬으며 장황설을 늘어놓기 시작했다. 가장 친한 친구를 막 땅에 묻은 허탈감을 달래기라도 하듯 그는 블라디미르에게 들려주곤 하던 입담을 계속 토해냈다.

수도원 묘역은 러시아 역사에 저마다 중요한 획을 그은 이들이 영원히 잠자고 있다네. 러시아의 위대한 문호 니콜라이 고골과 소비에트 최고의 작가인 미하일 불가코프, 흐루쇼프 전 소련공산당 서기장 등이 화려했던 현세의 생을 떠나 여기서 안식을 취하고 있지. 가장 최근에 이곳에서 영면에 든 이는 라이사 고르바초바였어.

모두 2만 6천 기에 달하는 노보제비치의 묘지 하나하나를 더듬으면 그것 자체가 살아 있는 역사로 탈바꿈한다네. 얼마 전 노보제비치 묘원에 관한 연구와 저술 작업에 몰두해오고 있는 솔로몬 키프니스가 네자비시마야와 나눈 인터뷰 기사가 있었다네. 그는 1971년 9월 니키타 흐루쇼프의 사망을 계기로 이 묘역에 대한 연구를 시작했다고 하더군. 당시 신문과 방송은 최초의 소련공산당 서기장이자 소비에트 각료회의 위원장이었던 그의 사망 소식을 그가 죽은 지 7일이나 지나 장례식 당일에서야 공표했다네. 게다가 장례 시간과 장소에 대한 언급은 일절 없었고 의례적인 애도사 한마디 덧붙이지 않았다네. 더욱이 당국은 흐루쇼프의 장례식이 치러지는 당일 노보제비치로 가는 모든 도로를 봉쇄하기까지 했다네. 결국 그의 장례식에는 친인척과 몇몇 정부관리, 외국인 사진기자 두어 명이 참석했을 뿐이지.

키프니스도 장례식에 참석한 사람 중 한 명인데 그와 흐루쇼프의 딸인 라다 니키치치나는 『과학과 삶』이라는 잡지에서 15년이나 함께 일해오고 있던 절친한 동료 사이였다네. 그는 장례식이 끝난 뒤 혼자 두어 시간 묘역을 돌아보았는데 그 느낌이 상당히 강렬했다고 진술했지. 그는 다음날 레닌도서관으로 달려가서 노보제비치 수도원과 묘역의 역사에 관한 서적과 자료 들을 찾기 시작했지만 정작 만족할 만한 자료가 없다는 사실에 실망하지 않을 수 없었다네. 물론 19세기 초에 발간된 『모스크바의 묘지들』이라는 세 권짜리 책이 있긴 했지만 충분하지 않았던 것이지. 그때의 공허함이 이 일을 시작하도록 만들었다고 하더군.

그에 따르면 노보제비치의 역사는 1524년 모스크바 대공 바실리 3세로 거슬러올라간다네. 바실리 3세는 스몰렌스크를 러시아 공국으로 합병하면서 그 일을 기념하기 위해 모스크바 서쪽 루지니키 지역에 이 수도원을 세웠다네. 그후 정교회 사제들을 비롯해 귀족과 각계각층 인사들의 묘지가 수도원 안에 자리잡기 시작하더니 19세기 말에는 묘역이 꽉 차고 말았지. 결국 묘역을 확장하게 됐고 1904년에는 수도원 남쪽 벽 뒤로 새로운 묘지 터가 조성됐지. 10월혁명 이후 '노보제비치

공원묘지'로 정식 명명되면서 모스크바 일반시민들을 위한 묘역으로 선포되기도 했지만 그것도 잠시였을 뿐, 1927년부터는 생전에 국가와 사회에 기여했다는 인정을 받은 이들만이 여기에 묻힐 수 있었다네. 그 뒤 소비에트 사회에서 이곳에 안장되는 것은 커다란 특권이었고 동시에 명예로 여겨지게 됐지.

1950년대에는 묘역이 남쪽으로 재확장되어 현재 면적은 7헥타르에 이른다네. 추모비들 가운데는 예술적 가치가 높은 것들도 많이 있지. 샤드르와 안드례예프, 카니엔코프, 메르쿠로프, 무히나, 아니쿠신 등 재능 있는 조각가들의 작품들이 바로 그것이지. 이 묘역의 아이러니는 독재권력자와 그 희생자가 나란히 묻혀 있다는 사실인데 어찌 보면 이 공원묘지는 스탈린 독재의 기념관이라 할 만하다네. 강제노동수용소의 고통을 겪은 유명인사들도 수백 명이 묻혀 있는데 장군 노비코프와 야코블레프, 아카데미 회원인 투폴레프, 글루쉬코, 란다우, 베르그, 비노그라도프, 유진, 예술가 루스라노바, 시인 자볼로츠키 등이 그들이라네.

최고권력자들의 부인들도 이곳에 묻혔는데 아까도 말했지만 스탈린의 아내였던 나제즈다 알릴루예바를 꼽을 수 있지. 그녀의 운명은 아주 비극적이었어. 그녀의 삶은 권총자살로 마감됐는데, 그 배경과 진상은 아직도 베일에 가려져 있다네. 묘원을 처음 찾는 사람들이 먼저 그녀의 묘지를 들러보는 것이 그리 놀라운 일은 아니지. 조각가 샤드르는 눈부시게 빛나는 이태리 대리석으로 그녀의 흉상을 깎아냈는데 그 자체로 훌륭한 예술작품이라네. 눈보라와 비바람에 많이 마모되면서 보존해야 한다는 목소리가 높아지고 결국 트레챠코프 미술관으로 옮겨졌는데 지금은 조각가 치갈의 작품이 본래 자리에 들어서 있다네. 그러나 이 흉상도 15년 전쯤에 코끝이 잘려나갔지.

견유학파의 얘기는 끝이 없어 보였다. 누가, 어떻게 이곳에 묻히게 되었는지, 생전의 삶이 어떠했는지, 추모비와 기념상 들은 누가 제작했는지. 그의 얘기를 듣고 있는 동안 과거의 러시아가 살아 숨 쉬듯이 생생하게 전해져왔다.

한 시대를 풍미했던 이들의 죽음을 이렇게 모자이크해놓고 보면, 바로 그것이 다름 아닌 러시아의 밑그림인 것이다. 블라디미르보다 견유학파에게 더 연민을 느끼는 이유를 나 자신에게도 선뜻 설명할 수 없었지만 그의 다변 속에는 절망적인 고독이 감춰져 있다는 것을 나는 알고 있었다. 고독이 커지면 커질수록 잠재되어 있는 발화의 내면을 자극해 장황설을 늘어놓는 것이다. 누가 노쇠해져가는 육신에게 자선을 베풀 수 있으랴. 그를 아프게 하는 것은 육신이 아니라 영혼일 테지만 그 영혼에 내 손이 미치지 못할 바에야 내가 그를 위해 할 수 있는 것은 두 귀를 빌려주는 일이다.

역사학계에 괄목할 만한 성과를 남기고 세상을 뜬 블라디미르에 비해 친구로부터 넘겨받은 일거리를 타이핑하며 살아온 견유학파에게 인간적으로 끌리고 있다는 것을 나는 인정할 수밖에 없었다. 이제 절친한 블라디미르 교수를 잃은 그는 혼자인 듯, 우주에서 완전히 혼자인 듯했다. 사막으로 변한 아랄 해의 뜨거운 구릉에 처박힌 난파선처럼 그는 노보제비치 사원의 찻집에 앉아 있었다. 아니, 모든 삶은 처음부터 난파선의 잔해 조각이었는지도 모른다. 그는 중절모를 눌러쓴 뒤 몸의 균형을 잡으며 일어났다.

자네에게 줄 게 있으니 나를 따라오게나.

그는 마치 폐허가 된 사원의 마지막 기둥처럼 내 앞에 서 있었다. 어쩌면 내가 그를 동정하는 것보다 그가 나를 더 동정하고 있는 것도 같았다. 견유학파와 나는 사원을 나와서 택시를 탔다. 택시 안에서 그는 내 손에 자신의 손을 포개면서 말했다.

왜 내 주위에 있었던 사람들은 모두 나보다 먼저 세상을 뜨는지 몰라. 하지만 다음은 내 차례라는 건 확실하지. 내 차례가 온다는 것이 이토록 마음을 편하게 해주니 죽음에게 고마워해야 할 일이지.

나는 무언가에 얻어맞은 느낌을 받았다. 택시가 멈춘 곳은 그의 아파트 앞이었다. 아내가 친정에 다니러 가서 혼자 지내고 있다는 그가 문을 따고 들어가 불을 켰다. 거실은 어수선했다. 고문서들이 바닥에 여기저기 쌓여 있었고 서류들도 질서없이 포개져 있었다. 그 사이로 간신히 사람 한 명이 지나갈 수 있을 정도의 통로가 나 있었다.

난 이걸 전부 처분할 생각일세. 처분하기 전에 내가 어떤 책을 소장하고 있었는지 알기 위해 모조리 꺼내놓고 가능하면 내가 예전에 읽으면서 밑줄을 그었던 문장이라도 마지막으로 한 번 더 읽어보는 중이라네. 이상한 일은 그렇게 다시 읽는 모든 문장에서 피 냄새가 난다는 거야. 자료 가운데는 블라디미르가 나에게 보관을 부탁한 것도 상당수 포함되어 있다네. 내가 병원에 입원중인 그 친구를 찾아갔을 때 그러더군. 자네가 도서관에서 오랫동안 일했으니 내가 집에 소장하고 있는 책들을 레닌도서관에 기증해 나의 이름을 딴 블라디미르 컬렉션을 만들어주면 좋겠다고. 그게 마지막 부탁이었지.

나는 2만 권이나 되는 그의 장서를 분류하면서 절차를 밟아가고 있었는데, 그중에서 내 눈에 띄는 게 있었지. 재소한인들이 직접 육필로 쓴 루코피시〔手記〕였다네. 내가 루코피시를 어떻게 처리할까, 라고 물었을 때 그는 이렇게 말하더군. 루코피시는 자네가 보관하고 있다가 누군가 필요한 사람이 나타나면 주게나. 루코피시는 러시아어와 한글을 섞어 쓴 것이어서 나는 해독하기도 어려웠지.

견유학파는 거실 구석에 쌓아둔 상자 두 개를 내 앞으로 끌고 오더니 안에 빼곡히 들어 있는 루코피시를 하나씩 바닥에 늘어놓으며 말했다.

이 자료를 자네가 인수해주었으면 좋겠네. 자료를 읽고 해득할 수 있는 사람은 내 주변에 자네밖에 없지. 나는 영결식장에서 자네를 본 순간부터 그렇게 마음먹었다네. 자네보다 더 적임자는 없다고 말일세. 블라디미르도 하늘에서나마 이 자료가 자네에게 전달됐다는 것을 알면 기뻐할 걸세.

루코피시는 대략 60점가량 되었고 대부분이 원본이었다. 표지는 너덜거렸고 지질도 나빠서 누렇게 변색된 게 태반이었다. 나는 조심스럽게 수기들을 한 권씩 손에 들고 내용을 훑어보았다. 그 가운데 「크토야(나는 누구인가)」라는 제목의 수기가 눈에 띄었다. 그 수기는 다른 회상기와는 성격이 전혀 다른 것이었다. 대부분의 회상기가 1937년 강제이주 전에 연해주에서 맞이했던 10월혁명의 감격과 그 이후 소련공산당 건설을 위해 몸바친 노력동원과 그 열성에 대해 찬양일변도로 기술하고 있는 데 비해서 「나는 누구인가」는 1937년 강제이주 이후의 상황에 대해 기술하고 있다는 점이 특이했다. 대부분의 회상기가 10월혁명에서 1937년까지 20년에 걸친 회고담을 담고 있었다.

하지만 그 내용은 나는 연해주에서 공산당을 위해 싸웠고 부상당했으며 그럼에도 불구하고 붉은 대오를 이탈하지 않고 혁혁한 공을 세웠는데, 이 모든 게 레닌과 스탈린의 위대한 영도력에 힘입은 바 클 뿐 아니라 지금은 사회주의 종주국 소련에서 연금생활자로 살고 있다는 것이 주종을 이루고 있었다.

이에 비해 이 수기는 제목부터 심상치 않았다. 「나는 누구인가」는 제목에서부터 철저하게 개인사를 기록하겠다는 의지를 노출시키고 있었다. 공동체적 삶이 강조되던 소련 시절에 한 개인의 존재론적 고민을 함축하고 있는 '나는 누구인가'라는 질문으로 자신을 돌아보고자 하는 의도야말로 전혀 새로운 형태의 기록일 수 있겠다는 선입견을 주기에 충분했다. 자신의 생을 둘러싸고 벌어진 운명적인 순간들을 외부의 요인이 아니라 인간 보편의 입장에서 되짚어가고 있는 이 수기는 러시아어로 적혀 있었고 필체는 활달과 호방 그 자체여서 글쓴이의 인격을 느끼게 해주었다. 나는 긴장과 흥분이 교차하는 마음을 진정시키며 천천히 읽어 내려가기 시작했다.

나는 흐르는 모래 위에 쓴다. 쓰는 게 아니라 모래 한 줌을 손바닥에 올려놓고서 내가 어디로부터 왔는지에 대한 흔적을 찾으려 한다. 나는 한 마리 떠돌이 개다. 이 개와 늑대의 시대에서 그 한 축은 떠돌이 개로 살아온 나에게 닿아 있다. 사막으로 변하고 있는 마을 한복판에서 꼬리를 감춘 채 울부짖는 한 마리 개. 내 아버지와 어머니의 얼굴은 반쯤 잊힌 채 희미하다.

나는 누구인가. 어디서 왔는지를 안다면 내가 누군지 알 수 있을

지도 모른다. 이곳에서는 태어난 고장과 성장한 고장이, 밀어내는 극과 끌어들이는 극이 서로 극렬하게 대립한다. 이곳은 아랄 해에 접한 항구도시이다. 도시 뒤편은 사막에 접해 있다. 이곳 사람들은 집 안에 화롯불을 지펴놓고 둘러앉아 머물기를 좋아하며, 태어날 때의 그 이슬람 종탑 그늘 아래에서 죽는다. 이곳은 지리적으로 인구 이동이 거의 없는 비교적 조용하고 적막한 마을이다.

그럼에도 불구하고 역사상 가장 많은 인구가 이곳으로 유입된 때가 1937년 겨울이라는 것은 의심할 나위가 없다. 나는 바로 그해에 이 마을로 유입된 이주민들 가운데 한 사람이었다. 이주 초기엔 최하층의 비참한 떠돌이나 마찬가지였다. 그해 12월 22일 이곳엔 돌이 깨질 정도의 추위가 닥쳤다. 많은 이주민들은 토굴에 가까운 암울하고도 얼음장 같은 거처에서 임종을 맞았다. 사람들이 죽으면 시체를 외지인들을 위한 특별 구역에 파묻었다. 망자들은 나와 함께 동쪽에서 온 사람들이었다. 사망자 명부도 없이 우리는 태양 아래에 그들을 묻으며 우리가 어디에서 왔는가 하는 질문과 끊임없이 마주쳤다.

처음에 우리가 가진 집기라곤 수프를 끓이는 데 필요한 작은 냄비뿐이었다. 우리는 계절노동자로, 직공으로, 콜호스 농민으로 집단화되었으며 그것은 집시 같은 떠돌이의 삶보다 나을 게 없었다. 아니, 나와 집시의 명확한 경계는 없다. 내가 이 마을에 도착한 다음날 아침, 한 이주민이 죽었는데 나이는 70세쯤 되어 보였다. 그 다음날에도 또다른 이주민이 갈대와 억새를 엮어 만든 초옥에서 숨을 거뒀다. 그 역시 동쪽에서 왔는데 이름은 모른다.

흑빵은 준비되어 있지 않았다. 마을의 이주민관리사무소가 건네준 거친 밀가루로 빵을 만들어 먹었는데 빵은 부풀어오르지도 않고 모래알이 씹혔다. 이주민들은 질병을 옮기는 벌레들이 득실거리는 건초 더미를 쌓아서 바람막이를 하고 몸을 웅크려야 했다. 건초 더미는 가장 가까운 우즈베키스탄 농가의 곳간에서 빌려온 것으로 우리는 나중에 빌려온 만큼의 갈대나 억새를 낫질을 해서 갚아야 했다. 그러다 도저히 추위를 견딜 수 없어 농가의 곳간으로 달려가 몸을 녹이기도 했지만 새벽이면 꽁꽁 얼어죽은 사람들도 생겨났다. 어떤 사람은 정신병자가 되어 수용소에 감금되었다.

나는 이주민들 가운데 김씨 성을 가진 사람들을 보면 늘 아버지의 얼굴이 떠오르곤 했다. 절반이 지워진 얼굴이다. 사막의 모래구릉이 하루도 쉬지 않고 형태를 바꾸는 것을 보면 얼굴도 이름도 다 부질없다는 생각이 든다. 내게 아버지와 어머니는 과거의 꿈속에서 처연히 살아 움직인다. 꿈이 현실보다 더 생생하다. 눈을 감으면 가장 깊은 과거에서부터 내가 꿈틀거리고 있다. 1930년 9월 7일 아버지가 자전거를 타고 블라디보스토크 신한촌 호적부에 가서 내 출생신고를 하고 있다. 나는 아버지가 그 자전거 바퀴를 굴릴 때부터 내 인생의 바퀴가 돌아가고 있었다는 것을 느낀다.

출항을 앞둔 선박들의 고동 소리를 귀에 붙인 채 낙엽을 떨구고 있는 한적한 가로수 길을 따라 호적부에 갔다 되돌아오는 아버지의 모습을 나는 가끔 상상한다. 그 자전거를 내가 타는 모습도 상상한다. 그러나 그런 일은 나에게 일어나지 않았다.

어느 날 내무위원부 소속 군인들이 우리 집에 들이닥친다. 그들은 호적 명부와 대조하며 우리 식구들의 이름을 한 명씩 호명한다. 그들은 일주일 뒤 블라디보스토크를 떠나야 한다고 말한다. 집결지는 역 광장. 나는 겁이 나서 울기 시작한다. 나는 다니던 학교를 떠나야 했고 한글 독본 『붉은 아이』를 품에 넣은 채 기차에 오른다.

1937년 10월 25일 우리 식구는 블라디보스토크 역을 출발한 마지막 강제이주 열차의 화물칸에 실려 시베리아 철도를 달린다. 송판을 이어붙인 바닥이며 벽에서 차가운 바람이 세차게 밀려든다. 어른들은 아이들 곁에 웅크리고 앉아 바람을 막아주고 있다. 열차가 강을 건너갈 때 강물이 벌써 엷은 얼음을 두르고 있는 것이 보였다. 자작나무들도 서리를 뒤집어쓰고 있다. 한 칸에 80명 남짓한 이주민들이 하얀 입김을 내뿜어 실내는 새벽 안개가 피어오르는 것 같다. 어디선가 뜨거운 수프를 끓이는지 냄새가 코를 자극한다. 이주민들을 감시하는 임무를 띠고 객차에 탑승한 군인들의 식사를 위해 열차 맨 앞의 식당 칸에서 풍겨오는 냄새다. 객차에는 증기를 내뿜는 페치카만한 단독설비가 있다는데 내가 실려가는 화물칸은 깡통에 피운 화톳불이 그나마 하나뿐이다.

그래도 어른들은 아이들을 화톳불 주위에 앉히고 그 뒤에 둘러앉아 있다. 등을 돌리고 돌아앉은 어른들의 등짝이 병풍처럼 든든하다가도 누가 소변을 본다고 일어나면 바람 한 줄기가 맹렬하게 불어닥쳐 화톳불은 꺼질 듯 흔들린다. 하루에 서너 번 열차가 멈추면 더운물과 수프가 공급된다. 철도 연변의 간이역에는 물건을 팔려는 행상들이 몰려나와 있지만 군인들의 제지를 받고 열차 주위로 접근하지 못한다.

호송군인들이 이주민을 실은 특별 열차라고 으름장을 놓는 바람에 행상들의 표정은 어두워진다. 군인들은 흑빵을 공처럼 던져준다. 빵을 그렇게 던지면 세상에 말세가 온다는 한탄이 여기저기서 들려온다. 나는 말세란 말이 무엇인지 모르지만 세상의 끝이라는 의미를 담고 있다는 걸 눈치챈다. 작게 잘라낸 흑빵을 입에 넣고 화톳불 주위에 둘러앉아 있으면 누구의 발인지 누구의 손인지 모르는 슬픈 육체가 더욱 움츠러든다. 열차에 탄 지 일주일이 지나도록 단 1그램의 지방이나 고기도 없고 감자나 양배추도 없었다.

허기진 열차는 서쪽으로 서쪽으로 달린다. 까마득한 하늘 밑에 어디 사람이 살 데가 있다고 우리를 끌고만 간다. 아침에 일어나니 냄비에 받아놓은 식수가 얼어 있다. 그걸 화톳불에 올려놓고 녹여 먹는다. 그게 하나의 징조였다.

그날 아침에 세 살배기 내 여동생이 여러 차례 설사를 하고 신열을 앓더니 헛소리를 했다. 처음엔 영양실조나 감기인 줄로 알았으나 일각이 다르게 정신이 혼미해져갔다. 화물칸에 함께 탄 아주머니가 아껴둔 약을 물에 녹여서 떠먹여보았지만 차도가 없다. 저녁 무렵, 눈발이 판자 틈새로 들이닥칠 때 여동생은 숨을 놓았다. 옆칸을 두드려 객차에 타고 있는 의무병에게 연락을 했지만 모든 게 끝난 뒤였다. 이미 싸늘하게 식어버린 여동생을 실은 열차는 달리는 영안실로 변해 울음소리가 그치지 않는다. 그러고도 한참 뒤에 기차는 멈췄고 뒤늦게 달려온 의무병이 사망 원인을 찾는다며 입술이 파랗게 변한 채 굳어버린 여동생의 상의를 벗겼을 때 몸에는 여기저기 붉은 반점이 나 있었다. 기차는 한나절이나 움직이지 않았다. 다른 칸에서도 어린아이 다섯 명이 숨을 거뒀는데 온몸에 붉은 반점이 돋아 있었다. 전염성이 강한 장티푸스였다. 이대로 가면 면역력이 있는 어른은 그렇다치고 아이들은 모두 장티푸스에 전염되어 집단사망할지도 모른다는 소문이 나돌았다. 찬 바람결에 죽음의 그림자가 떠다니고 있었다. 나중에 밝혀진 일이지만 아이들이 전염병을 앓고 죽어간 화물칸은 한결같이 가축운반용 차량이었다. 수송열차가 모자라 가축운반용 화물칸을 열차에 붙였고 거기에 임산부와 아이들까지 마구 짐짝처럼 실었던 것이다.

사체로 변한 여섯 명의 아이들을 철도 연변에 묻은 뒤 기차는 하루를 더 달려 노보시비르스크에 당도하였다. 역무원들이 간호병들과 함께 열차를 칸칸마다 돌아다니며 이주민들의 건강 상태를 살펴보았다. 50명의 아이들이 장티푸스 병자로 밝혀진 직후 결정이 내려졌다. 간호장교는 열다섯 살 이하의 모든 아이들은 신속히 격리되어야 한다며 열차에서 내릴 것을 명령하였다. 처음엔 모든 이주민들이 극렬하게 반대했다. 그러나 간호장교가 말을 듣지 않으면 열차는 굴러가는 관짝이 될 것이라고 윽박질렀다. 아버지와 어머니도 다른 방도가 없었을 것이다. 나는 부모님과 생이별을 해야 했지만 처음엔 이 사실을 알지 못했다.

예방주사를 맞으라는 말에 따라 열차에서 내린 아이들이 역무원을 따라가고 있을 때 열차는 기적을 울리며 출발했다. 열차를 쫓아 뛰어가던 아이들은 호송군인들의 제지를 받고 그 자리에 쓰러져 나뒹굴었다. 나 역시 그처럼 서럽게 울어본 기억이 없다. 예방주사를 맞은 후 반나절이 지나서야 우리는 다른 열차에 태워졌다. 그리고

도 보름을 더 달려 마침내 도착한 곳은 사막의 낯선 도시였다. 50명의 아이들은 그곳에서 재배치된 악동들이라고 불렸다. 아니, 모든 이주민들은 재배치된 존재였다. 모든 건 어긋나버렸다. 강제이주 후에 내가 어떻게 살아왔는지는 중요하지 않다.

하지만 나는 사막의 땅을 용서한다. 나를 데려온 강제이주 열차를 용서한다. 그러나 내가 용서하지 못하는 건 부모님을 찾지 못한 나 자신이다. 그것이 내 의지 바깥의 일이었다 해도 나를 용서하지 않을 것이다.

나는 사막의 땅에서 생의 가장 난해한 지점에 다다랐다. 지금은 사막의 밤이고 내 가슴은 포효하고 있다. 모든 게 조각조각 흩어지고 나는 나의 실체를 잃어가고 있다.

얼굴 없는 거인이 사막의 지평선 뒤에서 그림자로 서성이고 있다. 나는 그 그림자를 따라가는 한 마리 떠돌이 개다. 나는 밤늦게까지 창가에 앉아 바깥에서 실내로 들어오는 대기의 흐름을 음미한다. 나 역시 바깥에서 왔다. 바깥에서 재배치된 악동. 그게 떠돌이 개의 이름이었다. 지금은 자정이 한참이나 지난 시각이다. 칠흑 같은 밤에 공간은 의미를 잃는다.

나는 사막이 만들어내는 밤의 오존을 깊게 들이마신다. 침대 머리맡에 분홍색 갓을 씌운 커다란 등잔이 켜져 있다. 그 불빛이 사막을 항해하는 떠돌이 개를 위한 등대인 것이다. 창문을 통해 들어온 바람에 커튼 한 자락이 빨려나가 무국적의 깃발처럼 펄럭인다. 나는 사막의 한가운데에 있고 내가 살아온 나날들이 장난 같다. 어릴 때 모래를 쌓고 허물고 하는 그런 장난 말이다. 동이 트는지 사막의 동쪽이 분홍색으로 물든다. 얼굴 없는 거인은 이제 곧 사라질 것이다. 거인은 빛에 둘러싸여 시간의 심연으로 되돌아갈 것이다. 남은 건 이 불가해한 생의 전모다. 나는 여전히 묻는다. 나는 누구인가.

—1995년 10월, 무이낙에서 김(kim) 쓰다

정황으로 보아 이 수기를 쓴 사람은 우즈베키스탄으로 간 50명의 소년 가운데 한 명일 가능성이 높았다. 김이라는 서명에서 나는 비밀해제문서에 적혀 있던 김게르만을 떠올려보았지만 수기의 주인공이 김게르만의 아들일 가능성은 희박하다. 하지만 수기의 주인공에게서는 내가 찾아헤매던 소년의 그림자가 어른거리고 있다. 그는 어쩌면 나의 소년과 같은 열차에 실려 우즈베키스탄으로 간 소년들 가운데 한 사람일 가능성도 있다. 그는 바로 김게르만 가족이 탄 화물칸에 함께 실린 채 모든 이주 과정을 똑똑히 지켜본 제3의 눈동자일 수도 있는 것이다. 내가 찾던 소년과 수기의 주인공은 전혀 다른 인물인 동시에 이주 과정을 함께 겪은 전혀 다르지 않은 인격체일 수도 있다. 수기의 문장과 문장 사이에서 소년의 눈동자가 나를 보고 있는 것처럼 느껴졌다. 소년의 그림자가, 소년의 회한에 가득 찬 한숨이, 소년이 손에 든 펜의 촉감이 문장 속에서 살아 있는 것만 같았다.

내가 나의 소년을 찾고 있을 때 수기의 주인공은 자신의 뿌리를 찾고 있었던 것이다. 수기를 쥐고 있는 손에 전율이 일어난다. 다음 순간, 블라디미르 교수가 과연 이 수기를 어떤 경로로 입수하게 되었는지 궁금해 견딜 수 없다. 적어도 수기의 주인공은 나의 소년과 함께 노보시비르스크에서 우즈베키스탄으로, 그것도 아랄 해 연안의 무이낙으로 갔던 것이다.

하지만 이 수기를 입수한 블라디미르는 가고 없다. 심지어 블라디미르는 역사학자의 상식이기도 한 문서 입수 날짜도 적어놓지 않았다. 유일한 단서는 맨 마지막에 써넣은 문장이다. 1995년이면 내가 타냐와 함께 아브람체보 마을까지 탐사여행을 갔던 해다. 그러고 보니 무이낙이라는 지명도 낯설지 않다. 어디선가 들어본 것 같기도 하다. 하지만 금방 떠오르지는 않는다. 문체로 미루어 글쓴이가 지식인이라는 사실만큼은 의심의 여지가 없다. 문체는 시종일관 진중하면서도 자신의 내면을 낱낱이 들여다보고 있다. 신뢰감이 가는 글이다. 얼굴 없는 사막의 거인이라는 말은 아마도 김 자신을 뜻하는 것일 게다. 그때 무이낙이라는 지명이 다시 상기된다. 그건 타냐의 할아버지가 태어나고 자랐다는 고향 마을이지 않은가. 이제야 노인이 들려준 말이 생생하게 생각난다.

그렇다면 김이라는 사람은 소금먼지 때문에 황폐화된 무이낙을 떠나지 않은 주민들 가운데 한 사람이란 말인가. 종잡을 수가 없다. 타냐의 할아버지가 무이낙을 떠난 지 10년째라고 했는데 그때까지 김은 무이낙을 떠나지 않고 생존해 있었다는 말인가. 난 머리를 감싼 채 후회하고 또 후회한다. 무이낙에서 어촌계 일을 보았다는 타냐의 할아버지에게 나는 나의 소년에 대해 단 한마디 물어보지도 않고 타슈켄트로 돌아오고 만 것이다. 대체 이런 우연을 믿을 수 있단 말인가. 그러나 내 질문은 머릿속에서만 맴돌고 아무 응답이 없다. 대체 누가 대답을 할 수 있단 말인가. 블라디미르가 생존해 있다고 해도 그 역시 아무 말도 하지 못했을 것이다. 게다가 블라디미르는 역사의 우연을 믿지 않는 철두철미한 논증의 역사학을 추구해온 학자가 아니던가. 수기가 그런 블라디미르의 손에 들어와 있었다는 게 믿기지 않았다.

블라디미르 교수는 대체 이 수기를 언제 입수했던 것일까. 내가 알마티와 타슈켄트를 헤매고 다니던 지난해에 그는 이미 이 수기를 손에 넣었을 수도 있다. 그는 내가 나의 소년을 추적하느라 현실과 과거를 혼동하며 정신분열적인 모습을 보이자 휴식을 가질 것을 권고하지 않았던가. 그가 나에게 휴식을 권고할 때 이 수기를 이미 입수해놓았다면 블라디미르는 나를 기만한 것이나 마찬가지다. 생각이 여기에 미치자 속이 부글부글 끓어올랐다. 베란다에 나가 길게 한숨을 내쉴 때 견유학파의 목소리가 등 뒤에서 들려왔다.

큰 충격을 받은 모양이군. 자네가 읽고 있던 수기 때문인가. 하지만 일단 마음을 진정하고 내일 일어나서 다시 대화를 나눠보세. 거실은 어수선하지만 방은 깨끗하게 치워놓았으니 오늘 밤은 여기서 묵도록 하게나.

견유학파가 먼저 침실로 들어간 뒤 나는 베란다에 나가서 모스크바의 야경을 바라보았다. 시간의 잔해들로 가득한 모스크바의 밤이라니. 그것도 미궁의 시간이 남긴 잔해이지 않은가. 바람이 불어와 머리카락을 흔들었을 때 나는 내가 서 있는 베란다가 나의 소년이 실려간 강제이주 열차의 화물칸 같다는 착각에 휩싸인다. 시간의 장막을 걷어내면 그 강제이주 열차에서 부는 바람이 모스크바에까지 몰려와서 내 머리카락을 흔들 수도 있다.

다음 순간, 강제이주 명령서에 사인을 하는 스탈린의 손이 클로즈업된다. 모든 게 스탈린 때문에 시작되었다는 건 분명하다. 그런데 스탈린도, 내무인민위원회 위원장 예조프도, 카라칼파크 행정관 자그보드진도, 이 세상 사람이 아니다. 타냐의 할아버지도, 블라디미르도 세상을 떴다. 역사에 참여했던 모든 당사자들이 사라지고 없는 모스크바의 밤. 생사를 모르는 것은 유일하게 나의 소년이다. 나의 소년은 살아 있는가. 살아 있다면 그곳은 어디인가. 그러나 사막지대에서, 그것도 소금먼지가 불어오는 무이낙에 생존해 있을 가능성은 희박하다. 나는 거실로 들어가 수기를 다시 펼쳐본다. 얼굴 없는 거인이란 바로 그 자신이었던 것이다.

하지만 수기에는 강제이주 이후의 삶에 대해서는 어떤 암시도 어떤 설명도 남겨놓지 않았다. 바로 그렇기에 수기에 적힌 모든 문장들은 나를 향해 있는 것 같기도 하다. 수기의 주인공은 나에게 이 말을 하고 싶었을지도 모른다.

> 남은 건 이 불가해한 생의 전모다. 나는 여전히 묻는다. 나는 누구인가.

그건 모든 사람에게 해당되는 말이기도 하다. 심지어 그건 나 자신의 말이기도 하다. 가축 냄새가 나는 지저분하기 짝이 없는 화물칸에 실린 채 서쪽으로 가고 있는 한 무리의 소년들. 나의 소년도 그 가운데 끼어 있다. 나 역시 모스크바라는 이름의 역사적 운반체에 실려 낯선 공간 속을 지나고 있는 것이다. 지금은 보이지 않는 역사의 몸짓들이 바람이 되어 내 머리카락을 흔드는 밤이다. 희미하게 슈만의 〈트로이메라이〉가 들려오고 모스크바의 밤은 깊어간다.

에필로그

나는 결국 귀국 항공권을 취소하고 모스크바에 남았다. 블라디미르 교수가, 아니 모스크바가 나를 주저앉혔다. 벌써 한 달 남짓, 정확히는 40일이 흘렀다. 나의 소년을 찾아나설지는 아직 미지수다. 김의 수기가 내 손안에 있긴 하지만 수기의 주인공이 나의 소년이란 보장도 없다. 블라디미르의 부재. 마음이 무척 무겁다. 블라디미르와 나는 미우나 고우나 5년을 함께 애면글면하지 않았던가. 블라디미르의 부재가 쉽게 와닿지 않는다. 땅에 묻을 때는 내 손으로 삽질을 해 흙을 던져주었는데 오늘은 블라디미르에게서 전화가 걸려올 것만 같다. 돌이켜보면 그는 나를 고지식하게 대하는 교수는 아니었다. 그는 나의 탐사여행을 허용했고 역사강박증에 대해서도 이해심이 깊었다.

나는 모스크바를 마냥 걷고 있다. 세 시간째다. 도시는 광대하다. 인파들이 끊이지 않고 밀려든다. 매연은 심각하다. 소음도 엄청나다. 랜드마크 역할을 하는 거리의 상징적인 동상들마저 좌대에서 내려와 거리를 걷고 있는 것만 같다. 한가했던 광장이 갑자기 어수선해진다.

나는 기숙사로 돌아온다. 침대에 눕자마자 깊은 잠에 빠진다.

얼마쯤 지났을까. 초인종 소리가 울린다. 나는 부스스한 머리카락을 쓸어 넘기며 문을 연다. 우편배달부가 내게 편지 한 통을 건넨 뒤 홀연히 돌아선다. 모스크바에 5년을 거주했지만 편지는 처음이다. 잘못 온 편지인 것 같아 현관의 신발장 위에 올려놓으려다가 봉투에 적힌 수신자 이름을 물끄러미 바라다본다. 아, 이럴 수도 있구나. 봉투에 적힌 수신자는 바로 나였다. 그럼, 발신자는? 타냐였다. 그 순간, 타냐가 문밖에 서 있는 것 같은 느낌이 들어 문을 열어보기까지 했다. 타냐를 떠올리는 순간, 그 편지를 전하고 간 우편배달부의 뒷모습이라도 잡고 싶었는지도 모른다. 나는 봉투를 바로 뜯지 못하고 식탁에 앉아 담배를 꺼내 문다. 심리 상태는 불안하다. 비정상의 심리. 편지 앞에서 내가 주저하고 망설여야 하는 이유는 무엇인가. 그나마 내가 모스크바를 떠났다면 편지를 받을 수 없었을 것이다. 타냐에게 무슨 일이 생긴 것일까. 한편으론 궁금하고 한편으론 무척 망설여지는 이 주저의 정체는 대체 무엇이란 말인가.

손톱 밑에 까맣게 죽은 시간의 때가 끼어 있는 것 같았다. 그건 내가 사력을 다해 무엇인가를 할퀸 흔적처럼 보였다. 수건으로 문질러 시간의 혈흔은 다 지워졌는 줄 알았는데 미처 손톱 밑을 살피지 못한 미숙한 범죄자처럼 얼굴이 화끈거렸다. 병이 도진 것이다. 나도 모르는 또다른 강박증이다.

타냐가 편지를 보냈다면 그건, 단순히 안부를 묻자는 게 아닐 것이다. 만에 하나, 그래 정말 만에 하나 타냐에게 무슨 일이 생겼다면. 그게 무슨 일인지 짚이는 게 있었다. 타냐가 임신을 했다? 딱 하룻밤이었는데. 그렇지 않고서야 어떻게 편지를 보낼 수 있단 말인가. 집 전화번호까지 알고 있는 타냐가 전화 대신에 편지를 보냈다면 그건 단순히 안부를 묻는 게 아닐 것이다. 혈기왕성한 두 남녀가 길고 뜨거운 하룻밤을 보냈다면 얼마든지 임신의 가능성은 있다. 만약 그렇다면, 이 일을 어쩐담. 후회해봤자 아무 소용없는 일이다. 나는 안절부절 못하며 집 안을 서성이고 있었다. 타냐의 얼굴에 주근깨가 있었던가. 1년도 안 된 세월인데 어떻게 얼굴의 윤곽이 명확하게 떠오르지 않을까. 대신 사타구니와 겨드랑이에서 풍기던 체취는 아주 가까이 있는 듯 코를 자극했다. 내 오감에 각인된 그녀의 체취에 비하면 저녁 햇살이 남겨놓은 내 긴 그림자는 방바닥에 붙어 꿈틀대는, 보잘것없는 그늘 덩어리에 불과했다. 나는 아무것도 아닌 존재였다.

팔을 벌려도 기지개를 켜봐도 마찬가지였다. 회색빛 희미한 그림자가 휘득휘득 움직일 뿐, 모든 색깔이 없어지고 만 불투명의 인간. 손에 곰팡이가 피어난 것처럼 나라는 존재가 거북스러워 몇 번이고 손톱을 물어뜯었다. 난 주머니에 손을 찔러넣고 의자에 앉아 식탁 위의 편지를 물끄러미 쳐다보았다.

삶을 연주하는 것은 상처이고 상처를 감상하는 건 이 어둑한 내면의 초조함이란 말인가. 상처는 흘러가지 않고 다만 고일 뿐이다. 고여도 썩지 않는 상처. 그래, 상처야말로 지상의 굳건한 거처다. 헝클어진 삶의 두 현(絃)이 맞닿아 내는 불협화음. 내가 편지봉투를 뜯을 때 동시에 타냐에게 전화가 걸려올 것만 같았다. 아니, 타냐의 목소리가 수화기의 구멍을 통해 농밀하게 들려올 것만 같았다. 내 마음에 비가 내렸다. 편지는 무엇에 대한 암시일까. 나의 강박증은 조각조각 분해

되어 빗줄기를 타고 땅에 떨어지고 있다. 흥분하지 말자. 당황하지 말자. 나는 내 이성 안에서 모든 것을 조용히 처리할 수 있다. 시간 안에 두 개의 선로가 있고 나는 이쪽에, 타냐는 저쪽 선로 위에서 평행하게 흘러가고 있다. 한편으로는 위험하고 한편으로는 의심스럽지만, 인간의 삶에는 이성이 아니라 이성으로는 접근 불가능한 여분의 사건들이 잠복해 있기 마련이다. 두려워할 것은 없다. 모든 일은 아무도 눈치채지 않게 일어나고 또한 아무도 눈치채지 않게 해결될 것이다. 누가 알겠는가? 타냐와 내가 입을 다문다면. 지금은 막다른 길이지만 그곳을 통과하고 나면 또다른 길이 있을 것이다. 하지만 편지봉투를 어떻게 뜯을 것인가. 그 안에 있는 것이 내가 짐작하는 바로 그것이라면. 나는 말뚝처럼 굳어진 채 서 있다. 편지봉투를 비스듬히 흘겨보다가 나도 모르는 사이에 뒤로 물러났다. 그건 어느새 내가 만질 수 없는 견고한 물질이 되어 있다. 그건 아직 지상에 알려지지 않은 암호다. 나는 온갖 상상을 다 해본다. 타냐가 임신을 했다면 새 생명체의 혈관엔 아랄 연안의 무이낙에서 살았던 소수민족의 피가 섞여 있다는 것인데, 그건 나의 소년의 재림이요, 일종의 윤회라 해도 틀린 말은 아닐 것이다. 열린 창문으로 산들바람이 방에 들어왔고, 바람은 곧 흩어져서 온화하고 푸른 그림자로 분해되었다.

아무려면 어때. 나는 봉투를 찢는다. 손으로 쓴 메모지가 들어 있다. 난 단숨에 읽어내린다.

잘 지내나요? 나는 페테르부르크에 정착했어요. 당신과 모스크바에서 헤어진 게 벌써 석 달이군요. 당신이 당신의 소년을 찾았는지 궁금하군요. 언제라도 좋으니 날 찾아와주셨으면 해요. 주소와 연락처를 적어 보냅니다.

창문으로 내다본 기숙사 옥상의 원형 환풍기가 쉴 새 없이 돌아가고 있었다. 방 안을 천천히 살펴보았다. 식탁 위엔 언젠가 모스크바 벼룩시장에서 산 구소련 국기가 빈 보드카 병에 꽂혀 있다. 장식장으로 쓰고 있는 책꽂이 맨 위 칸에 놓인 물품들이 눈에 들어왔다. 레닌의 얼굴을 음각한 손바닥만한 둥근 메달, 소련을 지배해왔던 옛 공산당 서기장들의 얼굴을 그려 넣은 마트료시카, 행운을 갖다준다는 감청색 화강암 사과, 모스크바 올림픽 기념주화 세트, 모조품인 게 분명한 옛 훈장과 휘장들, 소연방 공화국 국기를 그려넣은 관광용 성냥 세트, 우표책…… 그 아래 칸엔 거칠게 인화된 사진들이 꽂혀 있는 몇 권의 앨범, 러시아어 독본으로 읽곤 했던 안드레이 타르코프스키의 『봉인된 시간』…… 찬장엔 러시아 전통 공예인 토우, 이가 빠진 러시아 찻잔 세트…… 서랍 속엔 어느 겨울에 눈을 만졌는지 심하게 쪼글거리는 가죽 장갑, 털실로 짠 목도리, 둥글게 말린 양말 몇 켤레와 옷가지들, 그리고 앙증맞은 나무 묵주 목걸이. 타냐가 목에 차고 있던 목걸이…… 목걸이를 손에 쥔 순간, 나는 시간에서 벗어나고 있다는 느낌이 들었다. 벽장 속에 있던 여행가방을 꺼내 먼지를 털어냈다. '레닌에서 타르코프스키까지'라고 명명해도 좋을 기억의 먼지들이다. 마치 어두컴컴한 극장에 앉아 영사기의 불빛 속에서 무수히 날고 있는 기억의 먼지들을 보고 있는 것 같았다. 나는 간단히 가방을 꾸려 거리로 나온 뒤 페테르부르크행 기차역을 향해 걷기 시작했다. 나에게는 소년도 있었지만 타냐도 있었다. 어떤 강박증 혹은 어떤 산만함으로 인해 나는 눈이 멀었던 것이다. 하지만 내 손으로 과거의 두 눈을 뽑아내기란 얼마나 어려운 일인가. 이제 두 눈을 뽑고 넣는 마술을 부릴 수 있게 되었으니 그건 역사가 내게 건네준 마지막 선물이었다.

작가의 말

초고를 쓰는 데는 두 달 남짓이었다. 2011년 여름과 가을 사이. 나는 다른 시간대로 번져들고 있었다. 미래로는 갈 수 없되 과거로는 얼마든지 번져들 수 있다는 사실이 작은 위안을 주었던 게 분명하다. 이상한 일은 내가 살아온 시간에 타인의 시간이 섞이면서 과거가 재구성되고 있었다는 사실이다. 잃어버린 나를 찾아나섰는데 결과적으로 타인이 되어 살고 있는 나를 만난 격이다. '낯선 나'의 정체는 소설 속 소년이라고 해도 무방할 것이다. 나 자신이면서 타인, 타인이면서 나 자신인 소년은 전존재가 되어 과거 속에 살고 있었다.

인간은 끊임없이 과거로 유랑한다. 지난 9월, 나는 만주 일대를 다녀왔지만 만주에서 돌아온 내가 있고 아직 돌아오지 않은 내가 있다. 삶이 계속될수록 유랑도 계속되고 낯선 타국, 낯선 거리에 버려두고 온 내가 있다는 것을 확실하게 느낄 수 있다. 소년이 과거에서 정지 상태였다면 그것은 외부의 힘이 없었기 때문일 것이다. 외부의 힘이 가해질 경우 소년은 다시 유랑을 계속하게 된다. 문학이란 정지된 시간에 힘을 가해 운동성을 부여하는 일이라고 나는 믿는다.

독일 작가 W. G. 제발트(1944~2001)의 장편 『아우스터리츠 *Austerlitz*』 역시 정지된 시간에 운동성을 부여한 작품이다. 소설엔 네 살 때 혼자 영국으로 보내진 프라하 출신 유대 소년이 등장한다. 제발트가 시간의 저편에 빛바랜 듯 남아 있는 역사의 심층을 오늘의 시간 위에 불쑥 올려놓았듯 나 역시 잃어버렸던 역사의 한 장면을 복원하고 싶었다. 소설의 첫 문장을 『아우스터리츠』의 첫 문장에서 따온 것은 다분히 의도적인 것이었다. 1990년대 모스크바 유학 시절에 찾아다니던 아르히프의 비밀해제문서에서 막 튀어나와 숨 쉬던 소년. 나는 소년을 떠올리며 시를 끼적이기도 했다.

모든 복은 당신께

타슈켄트 출수 호텔 앞에서 어깨를 스치고 사라진 당신
곰삭은 젓갈 냄새를 풍기던 당신은 아랄해의 늙은 뱃사람이었다
한번 나가면 일주일이고 보름이고 돌아오지 않는 출항
우즈베크인 선장이 흔들어대는 뱃전의 종소리를 들으며
당신은 어깨에 그물을 짊어졌던 것이다

어촌계 게시판에 압정으로 박힌 전보엔 단 두 줄
1937년 11월 극동 조선인 728가구 아랄해 도착
거주지가 전무하므로 확보된 모든 천막을 투입할 것

그날 이후 당신은 지상의 복을 찾아 헤매는 어린 어부였으며
그물을 끌어올리거나 생선을 궤짝에 주워 담던 더벅머리 소년이었다

당신은 사마르칸트에도 부하라에도 있었다
다락방에도 계단참에도 복도에도 호텔 앞 부랑자 무리 속에도 당신은 있었다
때때로 현관문을 열고 나서다 벽에 비스듬히 기대어 있는
몽당 빗자루에게 말을 걸고 싶은 마음이 생기듯
신의 뜻으로 당신의 실체가 숨어 있다 해도
그 마음으로 우리는 어깨를 스쳤던 것이다

자오선도 타버릴 것 같은 아랄해에서
당신이 평생 그물질로 건져낸 것은 오직 태양
뜨거운 철선 위에서 보면 태양도 녹슬고 있었다

발바닥이 벌겋게 익어가는 철선 위에서
그물코에 찢긴 손가락을 잘라내야 했을 때
당신은 붉은 초승달에 코란을 걸어놓고 기도했다
—바다가 다 증발해버렸으면
그렇게 당신은 늙었다

돌아갈 수 없다는 건 자명한 사실
고향을 만들기 위해 자식을 낳았다 해도
무참하고 허망하기는 마찬가지였다
모든 걸 버렸어야 했다
피를 끊었어야 했다
뼈아픈 후회로 인해 당신에게서 짠 냄새가 나는 것이다

이제 늙은 당신
당신이 파란 눈의 손자가 갖고 놀던 실 꾸러미에 발목이 감긴 채
좁다란 계단 아래로 굴러떨어져 임종을 맞는다 해도
당신은 아무도 원망할 수 없다

살아온 자취가 실타래처럼 당신 발목을 감은 것이니
아랄해가 당신의 저주를 받아 사라지고 있다 해도
당신은 아랄해의 또다른 현현이어서 언제나 바다 냄새를 풍긴다

오래전 타슈켄트에서 땟국물 도는 허름한 옷차림의 노인이 곁을 스쳐가며 눈매를 번뜩였을 때 사막의 냄새를 맡았던 기억이 지금도 생생하다. 시가 소설을 견인했다고 말해야 할 것이다. 시를 쓴 게 2011년 봄이었으니, 나는 시 한 편을 써놓고 소년이 내게 오기를 기다렸던 것이다. 소년과 마찬가지로 소설 속 블라디미르 교수 역시 실존 인물이다. 그는 내 지도교수였으며 2010년 말 모스크바에서 별세했다. 이래저래 20년 만에 꺼내든 유학 시절의 비밀해제문서엔 나와 토론을

벌이던 그의 필적이 남아 있다. 고인의 명복을 빈다.

그리하여 만약 역사라는 거인에게 남은 복이 있다면 비밀해제문서에서 튀어나온 불귀의 존재인 소년에게 돌려줘야 할 것이다. 모든 복은 소년에게!

2012년 가을

정철훈

참고문헌

• 친기즈 아이트마토프, 『백년보다 긴 하루』, 열린책들, 1990

• 고송무, 『쏘련의 한인들』, 이론과실천, 1990

• 리 블라디미르 표도로비치 외, 『스딸린 체제의 한인 강제이주』, 김명호 옮김, 건국대학교 출판부, 1994

문학동네 장편소설
모든 복은 소년에게

초판 인쇄 2012년 10월 15일
초판 발행 2012년 10월 22일

지은이 정철훈
펴낸이 강병선
책임편집 김필균 | 편집 김민정 강윤정 김형균 | 모니터링 이희연
디자인 엄혜리 유현아
마케팅 신정민 서유경 정소영 강병주 | 온라인마케팅 김희숙 김상만 이원주
제작 안정숙 서동관 임현식 | 제작처 영신사

펴낸곳 (주)문학동네
출판등록 1993년 10월 22일 제406-2003-000045호
주소 413-756 경기도 파주시 문발동 파주출판도시 513-8
전자우편 editor@munhak.com | 대표전화 031) 955-8888 | 팩스 031) 955-8855
문의전화 031) 955-8890(마케팅) 031) 955-2679(편집)

ISBN 978-89-546-1936-3 03810

* 이 도서의 국립중앙도서관 출판시도서목록(CIP)은 e-CIP 홈페이지(http://www.nl.go.kr/ecip)에서 이용하실 수 있습니다.(CIP제어번호: CIP2012004601)

www.munhak.com